銀河帝国の興亡3

アイザック・アシモフ

……後、わずか5年で銀河に覇を唱え惑星連合を形成した超人ミュールだったが、セルダンが“星界の果て”に設置したという第二ファウンデーションの所在は、彼の力をもってしても謎のままである。手がかりを求めて遠征をくり返すが、その所在は杳(よう)として知れない。人々の心に疑念がきざしていた。そもそも第二ファウンデーションなど実在しないのではないか。セルダンはなんらかの意図のもとに嘘をついたのではないか。各種勢力の何人もの探索の末に明かされる真実とは。初期三部作、堂々の完結！

銀河帝国の興亡 3

回天編

アイザック・アシモフ
鍛　治　靖　子　訳

創元ＳＦ文庫

SECOND FOUNDATION

by

Isaac Asimov

1953

目次

銀河帝国の興亡3

回天編

マーシャとジョンとスタンに

プロローグ

第一銀河帝国は数万年のあいだ持続した。ときに暴虐をもって、ときに慈悲深く、だがつねに秩序だった中央集権支配のもとに、銀河系すべての惑星を包括した。そして人類は、それ以外の存在形態があり得ることを忘却した。

ただひとり、ハリ・セルダンを除いて。

ハリ・セルダンは第一帝国最後の偉大なる科学者だった。心理歴史学という学問を最高度にまで発展させた、その当人だ。心理歴史学は社会学の心髄であり、人間行動を数学方程式に変換する学問である。

セルダンは、個人の行動は予測不能だが、集団としての反応は統計的に処理し得ることを発見した。集団の母数が大きければ大きいほど、より正確な結果が算出される。セルダンが扱った人間集団の規模は、当時にして一〇の十八乗を単位として数えられる、まさしく全銀河系の人口であった。

セルダンは、あらゆる常識と人々の信念を超えて、かくも強大に見える輝かしき帝国が回復不能な衰退と崩壊の途上にあることを予見してのけた。そして、そのまま放置すれば、全銀河を統一する政府がふたたび興るまでに、銀河系は三万年の凄惨な無政府状態を経ることになるだろうと予測した（言い換えるならば、おのが方程式を解き、その意味を解釈したのであるが、いずれも同じことだ）。

彼は千年で平和と文明がとりもどせる状況をつくりだすべく、事態の改善に取り組んだ。そして慎重に、科学者によるふたつのコロニーを設立し、〝ファウンデーション〟と名づけた。それらは特別な意図をもって〝銀河系の両端〟に設置された。ひとつのファウンデーションはおおやけにその創設を告知された。いっぽう、第二ファウンデーションについては何ひとつ明らかにされることがなかった。

『銀河帝国の興亡』第一巻および第二巻では、第一ファウンデーションにおける最初の三百年の歴史が語られた。それは、銀河系外縁星域の虚空に放置された百科事典編纂者のささやかな共同体としてはじまり、定期的に危機に直面した。そのたびに、ときの対人交渉や社会的経済的動向の変数は狭められて行動の可能性は一本に絞られ、その線にそって進んでいくと、前方に新たなる発展の地平がひろがるのであった。すべては、はるかな昔に死を迎えたハリ・セルダンによって計画されたものである。

第一ファウンデーションは、その卓越した科学力によって、周辺の野蛮化した諸惑星を支配下におさめた。衰退する帝国から離叛した粗暴な総帥たちと対決し、それを打ち破った。最後の強大な皇帝と最後の強力な将軍をいただく帝国と対決し、それもまた打ち負かした。

そして第一ファウンデーションは、ハリ・セルダンでも予測し得なかったもの、すなわち、たったひとりの人間——ひとりの突然変異体(ミュータント)の圧倒的な力に直面した。ミュールとして知られるその男は、人の感情を支配し思考を制御する能力をもって生まれたのだった。最強の敵がみな、彼を崇拝する下僕(げぼく)と化した。軍も彼と戦うことはできず、戦おうとしなかった。第一ファウンデーションは彼の前に膝(ひざ)を屈し、セルダンの計画は一部崩壊した。

　そして、謎めいた第二ファウンデーションの探索が、最後のゴールとして残された。銀河系征服を完成させるために、ミュールはそれを見つけなくてはならない。第一ファウンデーションに忠誠を誓う残存勢力もまた、彼とは異なる目的のためにそれを見つけなくてはならない。だがそれはどこにあるのか。知る者はいない。

　しかして、本書は第二ファウンデーション探索の物語となる！

第一部　ミュールによる探索

1　ふたりの男とミュール

ミュール……第一ファウンデーションの陥落以後、ミュール政権は建設的な発展を目指しはじめた。第一銀河帝国の崩壊が決定的になったのち、歴史上、真に帝国といえる規模の領域を最初に統一したのは彼である。交易帝国ともいえる初期ファウンデーションは、心理歴史学の予言という無形の後ろ楯を得ていたにもかかわらず、種々雑多な寄せ集めにすぎず、結束力に欠けた。銀河系の十分の一におよぶ宙域と、十五分の一の人口を包含し、厳格に統制されたミュール支配下の〝惑星連合〟とは比ぶべくもない。とりわけ、いわゆる探索の時代には……

銀河百科事典

＊本書における銀河百科事典からの引用はすべて、テルミヌスに拠点をおく銀河百科事典出版社がFE一〇二〇年に発行した第一一六版より、同社の許可を得て転載したものである。

ミュールと彼の帝国に関して、百科事典は多くの行を割いているが、いずれにしてもそのほとんどは本書が扱う目下の問題とはなんの関係もなく、またその大半はわれわれの目的にかなわぬ些事にすぎない。その項目は主として、連合第一市民――これがミュールの正式称号である——の台頭を導いた経済状況と、その経済的影響について語っている。

たとえこの項目の執筆者が、ミュールがほんの五年で無に等しい存在から広大な領土の支配者にのしあがったただならぬ速度に驚いていたとしても、文面からそれをうかがい知ることはできない。また、支配力強化に明け暮れた五年にわたる拡張政策がとつぜん中断されことにさらなる驚愕をおぼえたとしても、その思いをみごとに秘匿している。

ではわたしたちは、百科事典を離れ、われわれ自身の目的にかなう独自の道を進み、第一銀河帝国と第二銀河帝国のあいだにひろがる大空白期間の中でも、ミュールが支配力強化に費やした五年の終わり時点における歴史をとりあげることとしよう。

ミュールの惑星連合は、政治的には平穏だった。経済的には繁栄していた。彼の強固な支配下における平和を、それにさきだつ混沌と取り換えたいと望む者はほとんどいなかった。五年前にファウンデーションを知っていた惑星では郷愁と哀惜を感じる者もいただろうが、それだけのことだった。当時のファウンデーション指導者たちのうち、無用な者は死に、有能な者は転向した。

それら転向者の中でももっとも有能なのは、いまや中将となったハン・プリッチャーであった。

ファウンデーションの時代、ハン・プリッチャーは大尉であり、地下組織、民主革新党のメンバーだった。ファウンデーションは戦わずしてミュールの軍門にくだったが、プリッチャーはなおもミュールと戦った。そして、とどのつまりは転向したのである。

それは、滔々たる理論によって説得されるあたりまえの転向ではなかった。ハン・プリッチャー自身もそのことはよく承知している。彼が転向したのは、ミュールがミュータントであり、他者の感情を望みのままに支配する精神能力をそなえているからだった。だがプリッチャーは完全に満足していた。それも当然だ。満足しているというそのこと自体が、この転向の主たる特徴なのだ。だがハン・プリッチャーは、もはやそれを不思議とも考えなくなっていた。

いま彼は、連合の外に果てしなくひろがる銀河系への第五回大遠征からもどってきたところだ。百戦錬磨の宇宙飛行士にして情報局員である彼にして、きたるべき第一市民との謁見は純粋な喜びだった。だがその思いは、微笑すれば壊れてしまいそうな、木目のない黒い堅木の彫刻じみた顔にはあらわれていない——表に出す必要などなかった。ふつうの人が眉の動きから察するように、ミュールはどれほど微細であろうと内なる感情を読みとることができるのだから。

プリッチャーは旧総督の格納庫でエアカーをおり、規則どおり徒歩で宮殿敷地にはいっていった。方向指示のある公道を一マイルほど進む。ひとけはなく、静まり返っている。プリッチャーも知ることだが、数平方マイルにおよぶ宮殿敷地内に、守衛も、兵も、武装した人間はひとりとして存在しないのだ。

ミュールには護衛の必要などない。

ミュール自身が最高にして全能な、おのが護衛官なのだから。

足音が心地よく耳に響く。前方、旧帝国建築の特徴である大胆に誇張されたいくつものアーチのむこうに、信じられないほど強靭で信じられないほど軽量な、輝く金属壁の宮殿がそびえている。がらんとした敷地を、地平線にひろがる雑然とした都市を、力強く睥睨している。

宮殿の中にはあの男が――あの男ひとりだけがいる。その非人間的な精神構造に、新たな貴族政治体制と連合の全機構が依存している。

近づいていくと、光沢のある巨大な扉が堂々とひらいた。将軍は中にはいった。ひろびろとしたオートスロープで上方に運ばれ、さらに無音エレベーターに乗ってすばやく上階へと移動する。きらめく宮殿尖塔の中でももっとも高所に位置するミュールの私室、その簡素な小さなドアの前に立つ。

ドアがひらき――

ベイル・チャニスは若い。そしてベイル・チャニスは〝非転向者〟である。よりわかりやすくいうならば、彼はミュールによる感情制御を受けていないということだ。彼の感情は、遺伝的な特質と、環境によるその後の修正によって形成された状態を、そのままに維持している。そして彼はそれに満足していた。

まだ三十歳にもなっていないものの、彼は都においてすばらしい評判を得ている。ハンサムで頭の回転がよく――したがって社交界でも人気がある。知的で冷静で――したがってミュールにも気に入られている。そして彼自身は、これらふたつの成功を心ゆくまで楽しんでいる。

そしていま彼は、はじめてミュールより個人的な謁見の呼び出しを受けたのだ。

スポンジ・アルミニウムの尖塔にまっすぐつながる、きらめく長い公道を進んでいく。これらの尖塔は、かつて旧帝国のもとに統治をおこなったカルガン総督の宮殿であり、その後、おのが名のもとに君臨したカルガン独立君主の居城（きょじょう）となり、そしていま現在は、みずからの帝国を支配する連合第一市民の住居である。

チャニスはひとり小声で鼻唄をうたった。この謁見が何を意味するか、疑問などあろうはずもない。もちろん、第二ファウンデーションのことに決まっている！　すべてを押し包むあの恐怖の根源。そのことを考えただけで、ミュールは果てしのない拡張政策を中止し、用心深い静止状態――公式の用語を使うならば〝強化政策〟だ――にはいってしまった。

さまざまな噂（うわさ）が流れている。噂をとめることはできない。ミュールはふたたび積極策に打ってでるらしい。ミュールは第二ファウンデーションの所在を発見し、攻撃するつもりだ。ミュールは第二ファウンデーションと協定を結び、すでに銀河系を分割している。ミュールは第二ファウンデーションは存在しないと判断し、全銀河系を支配下におさめるつもりだ――

控室（ひかえしつ）で耳にしたさまざまな噂をならべても意味はない。そうした噂が出まわるのもこれがはじめてではない。だがいまでは、そうした噂も、より現実味を帯びて聞こえてくる。戦争や軍事活動や政治的混乱のもとで繁栄し、安定し停滞した平和の中では衰退してしまうような、自由主義者や拡張主義者はみな喜んでいる。

ベイル・チャニスもまた、そうしたひとりだ。彼は謎めいた第二ファウンデーションを恐れていない。さらにいうならば、ミュールをも恐れてはおらず、それを誇りとしている。かくも若く、かくも順境に恵まれた男に反感をもつ連中は、ミュールの外見や隠遁生活を堂々とジョークにしてご婦人方とたわむれるこの陽気な男が、相応の報いを受けることをひそかに期待していたはずだ。あえて彼に同調する者はなく、ともに笑おうとする者すらほとんどいなかった。それでも彼の身には何も起こらなかった。そして彼の名声はいっそう高まったのだった。

チャニスは即興で鼻唄に歌詞をつけた。「第二ファウンデーションは脅かす、国家を、万物を」と、意味もなくくり返す。

宮殿が目の前にせまる。

近づいていくと、光沢のある巨大な扉が堂々とひらいた。チャニスは中にはいった。ひろびろとしたオートスロープで上方に運ばれ、さらに無音エレベーターに乗ってすばやく上階へと移動する。きらめく宮殿尖塔の中でももっとも高所に位置するミュールの私室、その簡素な小さなドアの前に立つ。

ドアがひらき——

〝ミュール〟以外に名をもたず、〝第一市民〟以外に称号をもたないその男は、一方向透明の壁を通して、地平線にそびえる明るい都市をながめていた。

黄昏がせまり、星々が輝きはじめる。その中のどれひとつとして、彼に忠誠を誓わぬ星はない。

そう考えると、かすかな苦みのこもった微笑が浮かぶ。星々の忠誠は、ほとんど誰も会ったことのない人間に対して捧げられている。

彼は――ミュールは、見た目のよい人間ではない。嘲笑なくして人目に堪え得る人間ではない。百二十ポンドにもならない体重が、五フィート八インチの身長にひきのばされている。痩せこけた胴体から、骨ばった棒のような四肢が不細工につきだしている。そしてその細長い顔は、くちばしのように突きだした高さ三インチの鼻によって、まるで影が薄くなってしまっている。

だがその目だけは、茶番のようなミュールの肉体にまるで似つかわしくない、優しさを浮かべている。銀河系最大の征服者にしては不思議なほどの優しさの中に――けっして消えることのない哀しみが宿っている。

この都市には、隆盛な惑星の、隆盛な首都における、ありとあらゆる歓楽がそろっている。征服した世界の中でも最大の敵であったファウンデーションに首都を据えてもよかったのだが、いかんせんファウンデーションは、銀河系末端という、はるかな遠方に位置している。

より中央に近く、貴族階級の行楽地として長い伝統を有するカルガンのほうが――戦略的に――都合がよかった。

だが、かつてない繁栄によっていっそう賑わいを増したこの星の伝統的な歓楽にも、彼は安らぎを見いだすことができなかった。

人々は彼を恐れ、彼に従い、おそらくは尊敬もしてくれる――ずっと離れたところから。それでも、彼を見て侮蔑をおぼえぬ者がいるだろうか――〝転向者〟をべつにして。彼らが抱く人為的な忠誠心にどれだけの価値があるだろう――なんの味わいもない、とおりいっぺんの忠誠心。仰々しい称号を選び、さまざまな儀式をおこない、細かなあれやこれやを定めてもよかったのだが、そうしたところで何ひとつ変わるわけではない。それくらいならば、ただの〝第一市民〟となって――身を隠しているほうがいい。少なくとも、そのほうがましだ。

ふいに、強烈で暴力的な反抗心がわきおこった。銀河のほんの一部であれ、彼を否定してはならない。彼は五年のあいだ、ここカルガンにひっそりと埋もれていた。それもみな、実体が見えず噂にもならず誰も知らない第二ファウンデーションという宇宙の謎、永遠の霧に包まれた脅威のためだ。彼はいま三十二歳。年寄りではないが――老いたように感じている。ミュータントとしての精神能力はともかく、彼の肉体は強靭ではない。

全宇宙の星！　この目に見える星も、見ることのできない星も。すべてが彼のものでなくてはならない！

あらゆるものに対する復讐。彼が属していない人類に対して。彼を受け入れることのない銀河系に対して。

頭上の警告灯が冷やかに点滅した。宮殿にはいってきた男の足どりをたどると同時に、ミュータント能力がわびしい黄昏の中で強化・鋭敏化されたかのように、あふれんばかりの感情が脳細胞に触れてくるのがわかった。

それが誰かなど、なんなくわかる。プリッチャーだ。

かつてファウンデーションに属していたプリッチャー大尉。衰(おとろ)えつつあるファウンデーション政府の官僚たちに蔑(ないがし)ろにされ、昇進をはばまれていたプリッチャー大尉。けちくさいスパイという仕事をやめさせ、泥の中からひきあげてやったプリッチャー大尉。まずは大佐に、つづいて将軍にしてやったプリッチャー大尉。その活動を銀河系規模にまでひろげてやったプリッチャー大尉。

はじめは鉄のごとく反抗していたものの、プリッチャー将軍はいまやミュールに完全な忠誠を捧げている。そうした経緯を経てきたにもかかわらず、彼の忠誠は、恩恵をこうむったからでもなく、それに感謝したからでもなく、それらへの返礼のためでもなく――すべては〝転向〟という術策によるものにすぎない。

ハン・プリッチャーの心の表層部分では、永遠に変わることのない強固な忠誠と愛が、すべての感情の渦と流れを染めあげている。五年前にミュール自身が埋めこんだものだ。その奥深くには、強情な個性、規則に縛(しば)られることへの反感、理想主義など、本来のプリッチャーであったものの痕跡が存在している。だがそれらはもはや、ミュール自身にすら見つけだすことはできない。

背後のドアがひらき、ふり返った。壁が透明性を失い、紫の黄昏光が、核エネルギーの白っぽいまばゆい光に変わる。


ハン・プリッチャーは示された椅子に腰をおろした。ミュールとの個人的な謁見においては、頭をさげる必要も、膝をつく必要も、敬称を使う必要もない。ミュールは第一市民にすぎないのだから、〝閣下〟と呼んで敬語を使いはしても、面前でも椅子にすわってかまわないし、何かの拍子に背をむけることがあっても問題にはならない。

ハン・プリッチャーにとっては、それらすべてがミュールの揺るぎない確かな力のあらわれとなる。彼はそれに心から満足している。

「昨日、きみの報告を受けとった」ミュールが口をひらいた。「プリッチャー、いささか失望したと言わざるを得ない」

将軍はぐいと眉をよせた。

「はい、確かにそうだろうと思います――ですが、あれ以外の結論にいたることはできませんでした。第二ファウンデーションなるものは存在しません」

ミュールは思索に沈み、これまで何度もしてきたようにゆっくりと首をふった。

「エブリング・ミスという証拠がある。エブリング・ミスという証拠がつねに存在している」

耳新しい話でもない。プリッチャーは遠慮なく反論した。

「ミスはファウンデーション最高の心理学者だったかもしれませんが、それでもハリ・セルダンに比べれば赤子のようなものです。セルダンの研究を調べているとき、彼は閣下の頭脳コントロールという人為的な刺激のもとにありました。その圧力が強すぎたのかもしれません。それによって誤りを犯したのかもしれません。いえ、誤りを犯したにちがいないのです」

ミュールはため息をつき、細い棒のような首にのった哀しげな顔を前につきだした。

「ほんとうに、彼があと一分長く生きていてくれれば。いままさに、第二ファウンデーションの所在を告げようというところだったのだ。彼は知っていたのだ。彼の話を聞いてさえいれば、わたしは隠遁する必要などなかった。ただひたすらに待つ必要などなかった。なんと多くの時間が失われたことか。五年が無為（むい）にすぎてしまった」

プリッチャーとしては、おのが主君の軟弱な切望を批判することはできなかった。制御された精神構造がそれを許さない。だがそれでも動揺し、なんとはなしに不安をおぼえる。

「ですが、ほかにどのような説明が可能でしょうか。わたしは五回、遠征に出ました。いずれも閣下ご自身が計画されたルートでした。ありとあらゆる小惑星まで調査してきました。旧帝国のハリ・セルダンは、滅びつつある帝国にかわる新たな帝国の核となるべく、ふたつのファウンデーションを設立したと語られていますが——それは三百年も昔の話です。セルダンより百年後、わたしたちがよくよく知る第一ファウンデーションは、外縁（がいえん）星域に知れわたっていました。セルダンより百五十年がたったころには——旧帝国との最後の戦いにおいて、全銀河にその存在を知らしめました。そして三百年後となったいま——この謎めいた第二ファウンデーションがどこにあるというのでしょう。銀河系のいかなる渦状腕においても、そのような話はまったく聞かれていないのに」

「エブリング・ミスは、第二ファウンデーションはみずからの存在を秘匿しているのだと言っていた。秘密によってのみ、その弱さを強さに変えることができるのだと」

「ここまで徹底的に隠されているなど、そもそも存在しないという以外に考えられません」

ミュールが慎重に、鋭い大きな目をあげた。

「いや。それは現実に存在している」骨ばった指を鋭く突きだしながら、「計画を少しばかり変更する」

プリッチャーは眉をひそめた。

「ご自身で行かれるおつもりですか。それはお勧めできません」

「いや、もちろんそんなことはしない。もう一度、きみに行ってもらいたい。こんどこそ最後だ。だが今回は、もうひとりと共同で指揮をとってもらう」

一瞬の沈黙ののち、プリッチャーは堅い声でたずねた。

「誰でしょうか」

「カルガンに、ある若者がいる。ベイル・チャニスという」

「聞いたことがありません」

「ああ、そうだろう。じつに頭の回転がはやく、野心的な男で——そして、転向者ではない」

ほんの一瞬、プリッチャーの長いあごがふるえた。

「そこに何か利点があるとは思えないのですが」

「利点はある。プリッチャー、きみは経験豊かで知略に富んでいる。わたしにもよく仕えてくれている。だがきみは転向者だ。きみの動機づけは、きみ自身ではどうしようもない強制されたわたしへの忠誠心だ。きみは本来の動機づけを失ったときに、ともに何かを――ささやかな気力のようなものを失ってしまった。わたしにはそれを補うことができない」

「わたしはそのようには感じておりません」プリッチャーは頑として反論した。「閣下と敵対していた日々の自分を、はっきりと記憶しております。あのころより、いまが劣っているとは思えません」

「むろんそうだろう」ミュールはくちびるをゆがめて微笑した。「だがこの件に関するきみの判断は、はっきりいって客観性に欠けている。チャニスには野心がある――自分自身の意志によるものだ。彼は完全に信頼できる――自分以外の何ものにも忠誠を誓っていないからね。自分の成功がわたしのおかげであることをわきまえて、その成功がより長く遠くまでつづき、かつゴールが華々しいものとなるならば、わたしの権力を増すためにいかなる働きをも厭わない。彼がきみに同行すれば、彼の探求の背後にある推進力――彼自身のための推進力が、加わることになる」

「非転向者のほうがお役に立てるとお考えならば」プリッチャーはさらに言い募った。「わたしの転向を解除してくだされればよろしいのでは。いまならば、わたしも信頼できるはずです」

「それはちがう、プリッチャー。わたしから手の届く距離、ブラスターの届く距離にいるあいだ、転向という抑制がきみからはずされることはけっしてない。もしいまきみを解放すれば、わたしはつぎの瞬間、死を迎えているだろう」

将軍は鼻孔(びこう)をふくらませた。

「そのようにお考えだとは。心外です」

「きみを傷つけるつもりはない。だが、解放されて本来の動機づけにそって思考するようになったときどのように感じるか、きみ自身には知ることができない。人の精神は支配を嫌う。それゆえ、催眠術師は通常、被験者の意志に反して術をかけることはできない。わたしは催眠術師ではないから、意志に反して人を支配することができる。だが、プリッチャー、疑ってはならない。表にあらわすことができず、そんな自覚すらないだろうが、きみは強い敵意を抱いている。わたしはそれに直面したくない」

プリッチャーはうなだれた。虚(むな)しさがねじれ、心の内に陰鬱(いんうつ)な凶暴さが残る。彼はようやく口をひらいた。

「では、なぜその男が信頼できるのですか。つまり、転向したわたしと同じくらい完全に、ということですが」

「そうだな、おそらくは、完全に信頼できるわけではないだろう。だからこそ、きみも行かなくてはならないのだ。いいな、プリッチャー」

そしてミュールは大きなアームチェアに身体をうずめた。やわらかな背もたれを背景にして、その姿はまるで、ぎこちなく動く爪楊枝のようだ。

「もし万一、彼が第二ファウンデーションに遭遇し――そして、彼らと手を結んだほうがより有利だと判断するようなことがあれば――。わかっているな」

プリッチャーの目に心から納得した光がきらめいた。

「それがよろしいでしょう」

「そうだ。だが忘れるな、彼をつなぐ手綱は、可能なかぎり長く保っておかなくてはならない」

「わかりました」

「ああ……その……プリッチャー。その若者は容姿端麗で、愛想がよくて、じつに魅力的だ。だが騙されてはならない。そのじつ危険で無節操な男だ。対抗手段が整わないかぎり、手を出してはならない。よいな」

そしてミュールはまたひとりになった。照明を落とすと、目の前の壁がふたたび透明性をとりもどした。空はもう紫色に染まり、地平線の町は光の染みだ。

すべてはなんのためなのだろう。たとえ彼が万物を支配していたとしても――それでどうなるというのか。長身をすっくとのばし、強靭で自信にあふれたプリッチャーのような男が、そのありようを変えるというのか。ベイル・チャニスがその美貌を失うというのか。彼自身が彼以外の何かになれるというのか。

みずからの疑問に罵声を浴びせた。自分はいったい何を求めているのだろう。

頭上の警告灯が冷やかに点滅した。宮殿にはいってきた男の足どりをたどると同時に、心ならずも、あふれんばかりの感情が脳細胞に触れてくるのがわかった。

それが誰かなど、なんなくわかる。チャニスだ。微塵も画一性がなく、宇宙の種々雑多な混沌以外、何ものにも触れられておらず、型にもはめられていない、原始的な多様性のあふれる強靭な心が見える。それが波うち、よじれてあふれそうになっている。表面は慎重に穏やかさを装っているが、それも薄皮のようなものにすぎず、隠された渦の中に野卑な皮肉屋がひそんでいる。そしてその下には、そこかしこで残酷な気質をほとばしらせる私利私欲と自己愛の強烈な流れがあり、それらすべてのさらに奥には、静かな深い野心の池がある。

手をのばせば、その流れを塞きとめ、池を底からくつがえして新しいコースに変えられる。ひとつの流れを干して、べつの流れをつくりだせる。だがそんなことをしてなんになるだろう。チャニスの巻き毛の頭にもっとも深い崇敬の念を無理やり植えつければ、昼間を厭い夜を好む原因、無条件に彼のものであるはずの帝国の中で隠遁者としてすごさねばならなくなった原因である、このグロテスクな姿を変えられるとでもいうのか。

背後のドアがひらき、ふり返った。壁が透明性を失い、戸外の闇が、核エネルギーの白っぽいまばゆい光に変わる。

ベイル・チャニスは軽やかに腰をおろして口をひらいた。

「お呼びいただいて光栄です、まあ、まったく予期してなかったってわけでもないんですけれどね」

ミュールはそろえた指で長い鼻をこすり、わずかないらだちをこめて答えた。

「どういうことだ」

「勘でしょうかね。まあ、噂に注意してたってことを認めたくないもんですから」

「噂だと? 噂ならさまざまなものが何十と流れているが、きみが言っているのはどの噂だ」

「新たな銀河系攻勢が計画されてるってやつですよ。もしそれがほんとうなら、ぼくにも何かふさわしい役目がもらえるんじゃないかって期待できます」

「ではきみは、第二ファウンデーションの実在を信じているのか」

「当然でしょう。そのほうがずっと面白いじゃありませんか」

「そしてきみは、第二ファウンデーションに興味があるのだな」

「もちろんです。最高の謎ですからね! これ以上にすごい推理のテーマはありませんよ。近頃、新聞の特集記事はこのことばかりです——たぶん、何か重要な意味があるんでしょうね。コスモス紙は人気のライターに、純粋な精神をもった人々によって構築される惑星とかいう、とんでもない記事を書かせてましたよ。第二ファウンデーションのことですよね。連中は精神パワーを開発して、自然科学で知られるいかなる力にも匹敵する強力なエネルギーを発揮できるようになったんだそうです。何光年も離れたところから宇宙船をぶっとばしたり、惑星を軌道からそらしたり――」

「興味深い話だ。なるほど。だが、きみ自身はこの問題についてどう考える？　きみも、その精神パワーという説を受け入れるのか」

「とんでもない！　そんな連中が自分の惑星にとどまってるわけないじゃないですか。ちがいますよ。第二ファウンデーションはわれわれが考えているより弱いから、だから隠れているんです。ぼくはそう思いますね」

「なるほど、それはわたし自身についてもいえることだ。ところで、第二ファウンデーション探索隊の隊長を務めるつもりはないか」

チャニスは一瞬、予想よりも少しばかりはやい事態の展開についていけなくなった。舌がスリップしてとまり、しばらくの沈黙がつづいた。

「どうだろうか」ミュールが淡々とたずねる。

チャニスのひたいに皺がよった。

「喜んでお受けします。だけど、どこへ行くんですか。何か確かな情報でもあるんですか」

「プリッチャー将軍がきみに同行して――」

「だったら、ぼくは隊長というわけじゃないですよね」

「それは、わたしの話が終わってから、きみ自身で判断したまえ。いいか。きみはファウンデーションの人間ではない。カルガンの生まれだ。だから、セルダン計画についても漠然とした知識しかもっていない。最初の銀河帝国が崩壊するとき、ハリ・セルダンと心理歴史学者の一団は、衰退した現代ではもはや使うことのできない数学的手法を用いて、未来の歴史コースを分析し、銀河系の両端にひとつずつ、ふたつのファウンデーションを設立した。それらによって経済力や社会力がゆっくりと発展し、第二帝国の核となるよう考えたのだ。ハリ・セルダンの計画によれば、その成就は千年後になるはずだった——ファウンデーションがなければ三万年はかかるはずのところをだ。だがセルダンはわたしの出現を予測していなかった。わたしはミュータントであり、集団としての人間の平均的反応のみを扱う心理歴史学では予測不能な存在なのだ。話についてきているか」

「すべて理解しています。ですが、そこにぼくがどう関係してくるんですか」

「すぐにわかる。わたしはいま銀河系を統一し——千年かかるというセルダンの目標を三百年で達成しようとしている。片方のファウンデーション、自然科学者の世界は、いまもわたしの支配下で栄えている。連合の秩序と繁栄のもと、彼らが発展させてきた核エネルギー兵器は、銀河系のいかなる敵にも対処できる——おそらく、その唯一の例外が第二ファウンデーションだ。だからわたしは、第二ファウンデーションについて、よりくわしい情報を手に入れなくてはならない。プリッチャー将軍は、そんなものは存在しないと強く主張している。だがわたしは知っているのだ。あれは存在する」

「どうしてわかるんですか」チャニスは慎重にたずねた。

ミュールがふいに怒りをほとばしらせた。

「わたしが支配しているはずの者が何人も干渉を受けているからだ。じつに巧妙に！　微妙な干渉だ！　いくら巧妙であろうとわたしにはわかる。そして、その干渉はますます頻度を増し、肝心なときに重要な人間を狙ってくるようになった。この数年、わたしが慎重に行動を控えていることを、きみも不思議に思っていたのではないか。

そこできみが必要になるというわけだ。プリッチャー将軍はわたしに残された中で、もっとも優秀な男だ。だからこそ、もはや安全とはいえない。もちろん彼はそのことを知らない。だがきみは非転向者で、したがって、ミュールの配下だと即座に気づかれる恐れがない。きみならば、わたし直属の部下よりも長く、第二ファウンデーションを騙していられる――おそらくは必要なだけの期間。わかるか」

「ええと、そうですね。だけど、質問してもいいですか。直属の部下が干渉を受けるって、どのようになんでしょう。いざというとき、ぼくにもプリッチャー将軍の変化がわかりますか。つまり、転向が解除されるんですか。忠誠心が失われるんでしょうか」

「そうではない。微妙な干渉だと言っただろう。解除よりももっと厄介だ。じつに探知しにくい。問題の人間がふつうの気まぐれを起こしているのか干渉されているのか判断できず、なかなか行動を起こすことができない。忠誠心は変わらないが、独創性とか創造力といったものがぬぐい去られてしまうのだ。わたしのもとには、一見したところなんの異状もないが、まったく役に立たない人間が残される。昨年は六人がやられてしまった。わたしの配下でもっとも優秀だった六人がだ」口の端をもちあげて、「その者たちはいま、訓練基地の監督をしている――目下わたしの最大の願いは、彼らが決断をくださなくてはならないような緊急事態が起こらないことだ」

「もしかしてですが……もしかして、それは第二ファウンデーションじゃないってことはあり得ませんか。べつの敵。閣下ご自身のような――ミュータントだということは」

「その計画は非常に慎重で、かつ長期にわたっている。ひとりの人間なら、もっと性急に行動する。そう、これはひとつの世界のしわざだ。そしてきみは、それに対抗するわたしの武器となるのだ」

　チャニスは目を輝かせて答えた。

「このようなチャンスを与えてくださったことに感謝します」

　だがミュールはその突然の昂揚を抑えるように言葉をつづけた。

「おそらくきみは、自分が特別な報奨(ほうしょう)に値(あたい)する特別な任務を与えられたと考えているのだろう――ことによれば、わたしの後継者にすらなれるかもしれないと。確かにそうかもしれない。だが特別な罰則もあることを忘れるな。わたしの感情操作は忠誠心を植えつけることのみに限られているわけではない」

　薄いくちびるに酷薄(こくはく)な笑みがうっすらと浮かぶ。チャニスは恐怖のあまり椅子からとびあがった。

　一瞬、ほんのわずかな一瞬、チャニスは苦しいほどの圧倒的な悲嘆が押し寄せてくるのを感じた。それは物理的な痛みをともなってのしかかると、彼の思考に耐えがたいほどの闇をもたらし、そして、すっと消えていった。あとに残ったのは強烈な怒りの波ばかりだ。ミュールが言った。

「怒りは無益だ……そう、きみはいまそれを隠そうとしている。だがわたしにはわかる。だから、おぼえておきたまえ――わたしはこういうことを、より強力に、かつ長時間にわたっておこなえるのだ。わたしは感情支配によって何人も殺してきた。それ以上に残酷な死はない」

一瞬の間。

「それだけだ！」


そしてミュールはまたひとりになった。照明を落とすと、目の前の壁がふたたび透明性をとりもどした。空は暗く、ヴェルヴェットのような宇宙空間の深淵に、のぼりゆく銀河系レンズがひろがって、まばゆいきらめきを放っている。

星雲のぼんやりとしたもやは、すべて恒星の集団だ。あまりの数の多さに、他と区別されることなく溶けあって、光の雲となってしまっている。

そのすべてが彼のものになる――

あとひとつ、最後の手筈を整えれば、眠ることができる。

第一の幕間(まくあい)

第二ファウンデーション執行委員会は会議中であった。われわれにはその声しか聞こえない。現時点において、会議の情景や出席者の身許(みもと)は重要ではない。

厳密にいって、その会議のいかなる部分であれ、正確な再現はどう考えても不可能だ。たとえ再現されても、われわれが期待するようなわかりやすいものには、けっしてならないだろう。

この委員会のメンバーたちは心理学者であるが――単なる心理学者ではない。心理学的指向をもった科学者というべきだろうか。すなわち、彼らの科学哲学の基本概念は、われわれの知るいかなる指向性とも異なる場所にむけられているのである。観察を主体とする自然科学から演繹された原理によって発達した科学者たちの〝心理学〟は、彼らの**心理学**とはほとんど関連をもたない。

盲人に色を説明するようなものだが、これがわたしにできる精いっぱいの説明だ――とはいえわたしもまた、聴衆と同じく盲目なのであるが。

要するに、ここに集まった者たちは、一般的な理論を用いるだけではなく、それらの理論を長期にわたって特定の個人に適用することにより、たがいの精神の働きを完全に理解していたのだ。われわれが演説と呼ぶものなど必要ない。文章の断片ですら長すぎる。ひとつの身ぶり、ひとつのうなり声、顔の皺——意味ありげな間合いすらもが多くの情報を伝え得る。

　したがってここでは勝手ながら、微妙なニュアンスが失われることになるものの、会議のごく一部を、幼少期から自然科学に慣れ親しんできた人々にとって必要不可欠な、きわめて特殊な言語形態に翻訳させてもらうこととする。

　きわだって力をもった、ひとつの〝声〟がある。単に、第一発言者と呼ばれる人物のものだ。

「ミュールが初期のようなやみくもな突進をなぜやめたのか、いまやその理由は明らかである。とはいえそれを……そう、われわれの功績ということはできない。彼は第一ファウンデーションの〝心理学者〟と呼ばれる者の頭脳エネルギーを人工的に高めることにより、危うくわれわれの所在をつきとめるところまでいった。心理学者は、その発見をミュールに伝える直前に殺害された。その殺害にいたるまでの過程は、第三位相下のいかなる計算においても、完全に偶発的なものであった。あとはきみが説明してくれ」

　抑揚の変化によって指示されたのは、第五発言者だった。彼は厳しい声で語った。

「状況処理がまずかったことは間違いない。われわれはむろん、集団攻撃、とりわけミュールのような特殊な精神能力をもった者が率いる攻撃に対しては、じつにもろい。彼は第一ファウンデーション征服によって銀河じゅうに名声をとどろかせてまもなく、正確にいえば半年後に、トランターにやってきた。おそらくその半年後にはここまできていただろう。その確率はわれわれにきわめて不利で——九十六・三プラスマイナス〇・〇五パーセントだった。われわれはかなりの時間をかけて、何が彼を阻止したのか、分析をおこなった。もちろん、そもそも彼が何によって駆り立てられていたかは把握されている。肉体的異形（いぎょう）と精神的特異性による内的効果であることは明らかだ。しかしながら、彼が自分に対して誠実な愛情を抱く他者を前にしたとき変則的な行動をとる可能性があると判断できたのは、第三位相を抜けてから——すなわち、そうした事実が起こって以後のことだった。

　そうした変則的行動は、しかるべき他者が、しかるべきタイミングで出現したときにのみ起こることを考えると、すべてはじつに幸運であったといえるだろう。われわれのエージェントが確認したところによると、ミュールの心理学者を殺したのは若い娘であったという。ミュールは情によってその娘を信頼し、それゆえに精神支配をおこなわなかった——彼女に好意を抱いたという、それだけの理由でだ。

　警鐘（けいしょう）となったその事件以来——詳細を知りたい者は、中央図書館でこの問題に関する数学的論述が参照できる——われわれは正統とはいえない方法でミュールを阻止しているが、それによってセルダンの歴史計画すべてが日々危険にさらされている。以上である」

　第一発言者は、各人がいまの話を吸収理解するまでのあいだ、しばしの間をおいてからつづけた。

「したがって、状況は非常に不安定だ。セルダン本来の計画は、危険なところまでねじ曲げられてしまった。しかしながらわれわれは、先見の明をはなはだしく欠いていたがために、これらすべてが発生しているあいだも、無為におろおろするばかりだった――その点は強調しておかなくてはならない。われわれは現在、取り返しのつかない〈プラン〉の破局を目前にしている。時間は刻々とすぎていく。われわれに残された解決策はただひとつしかないのではないか――それもまた、危険ではあるが。

すなわちわれわれは、ある意味において、ミュールに第二ファウンデーションを見つけさせなくてはならないのだ」

ふたたび間をおいて、彼は出席者たちの反応を確認した。

「くり返す――ある意味において、だ！」

2　ふたりの男　ミュール抜き

船の準備はほぼ整った。不足しているものは何もない。ただひとつ、目的地だけを除いて。

ミュールはトランターにもどれと言った。人類史上最大の銀河帝国の比類なき都であった世界、すべての星々の首都であった世界――その廃墟。死の惑星だ。

プリッチャーは不満だった。あそこはすでにからからに搾(しぼ)り尽くされ、なんの情報も残っていない。

航行室にベイル・チャニスがいた。彼の巻き毛はほどよく乱れて、まるでわざわざセットしたかのように、ひと房だけがひたいにかかっている。おまけに、歯を見せてにっこり笑うと、それがまたなんともよく似合っているのだ。堅苦しい将軍は、自分がこの若者に対して冷淡になるのを感じた。

チャニスは明らかに興奮していた。

「プリッチャー、こいつは偶然にしたらすごすぎるよ」

将軍は冷やかに答えた。

「なんの話だ」

「ああ——じゃあ、椅子をひいてこいよ。説明する。あなたの報告書を読んでいたんだ。ほんとうにすばらしい」

「それはどうも……光栄だ」

「だけど、あなたがぼくと同じ結論に到達したかどうか、そこんとこは疑問だね。この問題を演繹的に分析したことはあるかい。つまり、手当たりしだいに、虱つぶしに、星を調べていくのもいいけどさ。あなたは五度の遠征で、ひたすら星から星へと飛びまわっているだけだ。それは確かだよね。そんなふうにして、既知の惑星ぜんぶを調べようと思ったら、どれだけ時間がかかるか、計算したことはあるかい」

「ああ、何度となく」

この若者と馴れあうつもりはない。だが、彼の精神——支配を受けていない、したがって予測不能な、彼の精神をさぐることは重要だ。

「それじゃ、これを分析して、ぼくたちが何をさがしているのか、はっきりさせようじゃないか」

「第二ファウンデーションだ」プリッチャーはきっぱりと答えた。

「心理学者のファウンデーションだよ」チャニスが訂正する。「第一ファウンデーションが心理学に弱かったのと同じように、自然科学に弱い連中だ。あなたは第一ファウンデーションの出身なんだよね。ぼくはそうじゃないけどさ。言いたいこと、わかってくれるかな。ぼくたちがさがさなくてはならないのは、精神的な技術に基づいて統治されているけれど、科学的にはものすごく遅れている世界なんだ」

「必ずしもそうとはかぎらないのではないか」プリッチャーは静かに反論した。「われわれの惑星連合は、精神能力をもつ支配者をいただいているが、科学的に遅れてはいない」

「ミュールは第一ファウンデーションの技術を使っているからさ」いくぶんいらだたしげな答えが返った。「そして第一ファウンデーションは、銀河でただひとつの知識の貯蔵庫なんだ。第二ファウンデーションは、崩壊した銀河帝国の干からびた残骸の中で生きていかなくてはならない。あそこには、ひろえるような科学知識なんか残っていないからね」

「きみはつまり、第二ファウンデーションはいくつもの惑星を支配できる精神能力をもちながら、物理的には無力であると仮定するわけだな」

「物理的に無力っていったって、相対的な意味でだよ。衰退していくいっぽうの近隣世界に対する自衛力なら、充分にもってるさ。だけど、成熟した核エネルギー経済を後ろ楯に再生したミュールの軍事力にはかなわない。そうでなきゃ、なぜあいつらの位置情報がそんなに必死で隠されているのさ。そもそものはじめは創設者ハリ・セルダンによって、いまではあいつら自身によってね。あんたたちの第一ファウンデーションは、孤独な惑星上の無防備な一都市にすぎなかった三百年前にも、その存在を隠そうとしなかったし、秘密にしてもらうこともなかったのにね」

プリッチャーは、なめらかだった浅黒い顔の輪郭を皮肉っぽくゆがめた。

「深遠なる分析はそれで終わりか。では、政治的に荒廃した宙域における、きみの演説やそのほかの要因に合致する王国、共和国、惑星国家、独裁政権などの完全なリストを提供しようか」

「それじゃ、ぼくがいま話したことはすべて、もう考慮ずみってことなのかな」チャニスの厚かましさは微塵も失われていない。

「当然ながら、報告書には載っていない。だがわれわれは、向こう端の外縁星域にある政治単位を網羅したリストをもっている。きみは本気で、ミュールがまったくのいきあたりばったりで仕事をしていると思っていたのか」

「だったら、それじゃ」若者の声にとつぜん熱意がこもった。「タゼンダ寡頭(かとう)独裁国はどうなんだ」

プリッチャーは耳に手をやりながら考えこんだ。

「タゼンダだと？　ああ、聞いたことがある。だがあれは外縁星域ではない。銀河系中心部にむかって、三分の一あたりのところではないか」

「そうだよ。あれはどうなのさ」

「われわれのもつ記録によれば、第二ファウンデーションは銀河系の向こう端にある。宇宙にかけて、われわれが頼るべき情報はそれひとつだ。だがなぜタゼンダなのだ。第一ファウンデーションからのラジアンは、百十度から百二十度しかない。百八十度からはほど遠い」

「記録には、もうひとつヒントがあるじゃないか。第二ファウンデーションは〝星界の果て〟に設立されたってね」

「それが銀河系のどこに相当するかは、いまだつきとめられていない」

「地元だけで通用する名前だったからだよ。もっと大きな秘密を守るために、隠されてしまったんだろうね。それとももしかすると、セルダンとその仲間がわざわざつくりだした名前だったのかもしれない。〝星界の果て（スターズエンド）〟とタゼンダって、関連があると思わないかい」

「音が似ているくらいだな。たいした意味はない」

「行ったことはある？」

「ない」

「だけど、あなたの報告書に出ているよ」

「どこに？　ああ、そうか。食料と水の補給に立ち寄っただけだ。どうということのない、つまらない世界だった」

「首都惑星におりたの？　政治の中心地に？」

「わからん」

チャニスは将軍の冷やかな視線を浴びながら、しばらく考えこんだ。そして言った。

「いっしょに〈レンズ〉を見てくれないかな」

「ああ」


〈レンズ〉は、いま現在、恒星間巡航艦における最新の装置で、正確にいえば、銀河系の任意の一点から見える夜空をスクリーン上に投射する複雑なコンピュータだ。

チャニスが座標点を設定し、操縦室の壁照明が消えた。レンズの制御盤にともる暗い赤い光に照らされて、チャニスの顔が赤く輝く。プリッチャーはパイロットシートにすわって長い脚を組んだ。彼の顔は薄闇に隠れている。

調整時間がゆっくりとすぎ、スクリーンに光点があらわれた。銀河系中心部に近い人口稠密(ちゅうみつ)な星系が、みっしりと明るく輝いている。

「これは」チャニスが説明した。「トランターで見られる冬の夜空だ。ぼくの知るかぎり、こいつはこれまであなたの調査でも見逃されてきた重要な問題なんだ。知的な作業において方位確定をするときは、必ずトランターをゼロ地点として設定しなくてはならない。トランターは銀河帝国の首都だった。政治的にはもちろん、科学的・文化的な意味においてもね。だから、名称に何か意味がある場合、十のうち九までが、トランターとの位置関係に由来した名前であるはずなんだ。そうしたことを、セルダンは外縁星域に近いハリコンの出身なのに、彼のグループはトランターで研究をおこなっていたという事実と、関連づけてみてくれ」

「いったい何が言いたいのだ」

氷のように平淡なプリッチャーの声が、しだいに高まるチャニスの熱狂に突き刺さる。

「星図が説明してくれるよ。暗黒星雲はわかるかい」

きらめく銀河系を映しだすスクリーンに、腕の影が落ちた。人差し指が、光の織物にあいた穴のような小さな黒い点を示す。

「宇宙地理ではペロット星雲と呼ばれてるやつだ。見てろよ。拡大するから」

〈レンズ〉の映像拡大なら以前も見たことがある。それでもプリッチャーは、はっと息をのんだ。まるで、ハイパースペースに突入することなく、恐ろしく星が密集した宙域を突き進みながら、ヴィジプレートをながめているかのようだった。星々が中心部からひろがるように飛んできて、輝きながら外側にむかい、スクリーンの端からこぼれ落ちていく。それぞれの光点が二倍になり、さらにふくらんで球形になる。ぼんやりとした染みが無数の点にわかれる。そしてつねに、移動しているように感じられる。

そのあいだじゅう、チャニスは話しつづけた。

「ぼくたちはトランターからペロット星雲にむかって直線移動している。つまり、トランターから見えるものとまったく同じ恒星方位をながめているということだ。たぶん、光の重力偏向によるわずかな誤差があるだろうけれど、ぼくの数学の能力じゃ計算できないし、たいして重要じゃないはずだ」

スクリーン上に闇がひろがりはじめた。拡大速度が遅くなり、星々が名残惜しそうにスクリーンの四隅から消えていく。しだいに大きくなってきた星雲の縁に、とつぜんまばゆい星団があらわれた。数立方パーセクにわたり宇宙空間に密集して渦を巻いているナトリウムとカルシウムの原子群に隠されて、いままで見ることのできなかった光だ。

チャニスがふたたび指さして言った。

「この宙域に住む人々は、これを〝口〟と呼んでいる。重要なのは、トランターからながめた場合にしか、〝口〟のようには見えないってことなんだ」

彼の指は星雲にあいた亀裂を示している。縁がぎざぎざではあるけれども、まばゆいばかりに輝く星をいっぱいにつめて、にやりと笑った横顔の口に見える。

「この〝口〟をたどっていく」チャニスはつづけた。「この〝口〟から咽喉のほうへおりていくと、細い切れ切れの光の線になる」

ふたたび映像がわずかに拡大した。星雲と口はさらにひろがってスクリーンからはみだし、細い光の線だけ残された。チャニスは無言でその線をたどる。線が乱れて停止したが、彼の指はなおも進み、ただひとつ、さびしくきらめいている星にたどりついた。そこで指がとまった。そのさきは、単調な闇がひろがるばかりだ。

「〝星界の果て〟だよ」若者が淡々と言った。「ここでは星雲が薄くなっている。そしてこの星の光は、一方向からしか見ることができない——この星の輝きは、トランターにしか届かないんだ」

「きみが言おうとしているのはつまり――」ミュールの将軍の声が、疑惑に途切れた。

「言おうとしているんじゃない。あれが〝星界の果て〟だ。つまり、タゼンダなんだよ」

照明がともり、〈レンズ〉が消えた。プリッチャーは大股の三歩でチャニスに歩み寄った。

「どうやってそんなことを思いついたのだ」

チャニスは椅子の背にもたれ、奇妙に当惑したような表情を浮かべている。

「偶然だったんだ。ぼくはすごく優秀だからねって言いたいところだけど、ほんとうにただの偶然なんだよ。だけど、たとえそうだとしても、ちゃんと符合してるだろう。資料によると、タゼンダは寡頭独裁国で、二十七の居住惑星を支配している。科学的な進歩は見られない。そして何よりも、拡張主義をとらず、この宙域政治において厳正な中立を保っている、正体のよくわからない世界なんだ。見にいくべきだと思わないかい」

「ミュールには報告してあるのか」

「いや。今後も知らせるつもりはないよ。ぼくたちはもう宇宙に出て、これから最初のジャンプにはいろうとしているんだから」

プリッチャーはふいに恐怖に駆られてヴィジプレートにとびついた。調節すると、冷やかな宇宙が目にとびこんできた。彼はその光景をじっと見つめ、ふり返った。彼の手は無意識のうちに、心地よくカーヴを描くブラスターの硬い銃把(じゅうは)にのびていた。

「誰の指示だ」

「ぼく自身の指示だよ、将軍」――チャニスが相棒の肩書を呼んだのはこれがはじめてのことだった――「あなたをここにひきつけているあいだにやったんだ。たぶんあなたは加速も感じてなかったよね。〈レンズ〉画像を拡大するのと同時に発進したから、映像による星の動きからくる錯覚だと思っていたはずだ」

「なぜだ。何をするつもりなのだ。では、タゼンダについてのいまの戯言はなんだったのだ」

「戯言じゃないよ。徹頭徹尾、真剣だったさ。ぼくたちはあそこへ行くんだ。予定では三日後に出発するはずだった。だから今日出発した。将軍、あなたは第二ファウンデーションの存在を信じていない。だけどぼくは信じている。あなたは信じないで、ただミュールの命令に従っているだけだ。ぼくは深刻な危険を認識している。第二ファウンデーションには、五年もの準備期間があったんだ。どれだけ準備が整っているかはわからないけれど、もし連中がカルガンにエージェントを派遣していたらどうなる。ぼくが第二ファウンデーションの所在地を知っていたら、やつらはそれに気づくかもしれない。ぼくは危険にさらされるかもしれない。だけどぼくは自分の人生を愛してるんだ。そんな危険がほんのわずかでもあるんじゃないかと思ったから、安全策をとったんだ。タゼンダのことは、あなた以外、誰も知らない。そのあなたにしても、宇宙に出るまでは何も知らなかった。そこまでしたってまだ、クルーはどうなんだって問題があるけれどね」まさしく彼の独壇場だ。チャニスはふたたび皮肉っぽくにやりと笑った。

プリッチャーの手がブラスターから離れた。その一瞬、彼は漠然とした不安に貫かれた。

なぜ自分は行動を起こさないのか。なぜこんなにも鈍(にぶ)くなってしまったのだろう。第一ファウンデーションという商業帝国の、反抗的で昇進できない大尉だったときなら、すばやく大胆な行動をとるのは、チャニスではなく彼自身だったはずだ。ミュールの言(げん)は正しかったのだろうか。ただひたすら服従するよう支配された精神は、自主性や独創性を失ってしまうのか。泥のような絶望が押し寄せ、彼は奇妙な脱力感に沈んでいった。

「みごとな手並みだ！　だがこれからは、こうした決定をくだす前に、ひと言わたしに相談してほしい」

そのとき信号が明滅して彼の注意をひいた。

「機関室だな」チャニスが淡々と言った。「五分前に予告して発進準備をさせたんだけど、何か問題が起こったら知らせるよう言っておいたんだ。ここはあなたにまかせてもいいかな」

プリッチャーは無言でうなずいた。とつぜんのさびしさとともにしみじみ考える。このざまは五十歳が近くなったせいだろうか。ヴィジプレートに映る星はまばらだ。銀河系の本体は片隅でもやとなっている。もしミュールの支配をはずれたら、自分はいったいどうなるのだろう――

彼は恐怖にかられ、それ以上考えるのをやめた。

ハクスラニ機関長は、私服姿の若者を鋭い視線で見つめた。いかにも艦隊将校然(ぜん)とした自信にあふれ、実際にそうした地位にいるらしい男だ。だがハクスラニだとて、あごにミルクをこぼしていたころからの正規艦隊乗組員で、いつも特別記章で上官をまごつかせている。

とはいえ、この若者を任命したのはミュールだ。そして、ミュールの言葉は唯一無二の絶対的なものだ。ハクスラニは意識下においてさえ、彼の決定に疑問を抱くことがない。感情支配は深く浸透していた。

ハクスラニは無言で、小さな楕円形の物体をチャニスにわたした。

チャニスが重さを計るようにそれをもちあげ、にっこりと笑った。

「きみはファウンデーションの人間だね、そうだろ?」

「そうであります。第一市民がその地位につかれる前、ファウンデーション艦隊で十八年勤務しておりました」

「機関操縦技術の訓練はファウンデーションで受けたのかな」

「一級技師の資格をもっております——アナクレオン中央学校で学びました」

「わかった。それで、通信回路の中にこれがあるのを見つけたんだね。チェックしてくれとぼくが言ったから」

「はい、そうであります」

「これはそこの部品?」

「ちがいます」

「だったら、何?」

「ハイパートレイサーであります」

「それだけじゃわからない。ぼくはファウンデーション人じゃないからね。どういうものなんだ」

「ハイパースペースで船を追跡するための装置であります」

「つまり、ぼくたちはどこに行っても追跡されているということなのかな」

「そうであります」

「わかった。最近の発明品だな。第一市民が設立した研究所のどれかで開発されたんだ」

「確かそうだったと思います」

「政府の秘密だったよな」

「確かそうだったと思います」

「なのにそれがここにある。不思議じゃないか」

チャニスはしばらく、そのハイパートレイサーを、右手に、左手にと持ち替えていたが、やがてぐいとつきだして言った。

「それじゃこいつは、きみが見つけたとおりの場所に、見つけたとおりの状態で、もどしておいてくれ。わかったな。そしてこのことは忘れろ。完全にだ！」

機関長は反射的な敬礼をかろうじてこらえ、くるりと背をむけてその場を去った。

彼らの船は、大きく間隔のあいた点線を星々のあいだに描きながら、はねるように銀河を進んでいった。それぞれの点は、通常空間における十光秒から六十光秒といったわずかな距離にすぎず、そのあいだには、百光年以上にわたるハイパースペース・ジャンプの空隙がひろがっている。

ベイル・チャニスは〈レンズ〉操作盤の前にすわって、じっとそれを見つめた。われ知らず、崇敬に近い感情がこみあげてくる。彼はファウンデーション人ではないから、スイッチをひねったり接続を切ったりして、いくつものエネルギーを作用させあうことには慣れていない。

ファウンデーションの人間でも、〈レンズ〉に退屈することなどあり得ないだろう。信じがたいほどコンパクトにまとまった装置の中に、一億の星の位置関係を正確に表示できる電子回路がおさめられている。さらには、それくらいなんてこともないというかのように、この装置は、銀河系領域の任意の部分を三本の空間軸のどれかにそって平行移動させたり、任意の部分を中心として回転させたりもできるのだ。

それゆえに、〈レンズ〉は恒星間旅行に革命的ともいえる変化を引き起こした。恒星間旅行の初期において、ハイパースペース・ジャンプの計算は、一回ごとに、一日から一週間もかかる大仕事で――その作業の大部分は、銀河系スケール基準による〝船の位置〟を正確に算出することだった。基本的にそれは、任意の銀河系トリプル・ゼロを基準として位置が判明している、少なくとも三つの遠く離れた星を正確に観測することを意味する。

問題は、この〝判明している〟という言葉だ。ある基準点からのスターフィールドを熟知している者にとって、星は人間と同じくそれぞれ個別の存在である。しかしながら、十パーセクのジャンプをすると、自分の太陽すらわからなくなる。見えなくなっていることさえある。

　むろん、それはスペクトル分析で解決する。何百年ものあいだ、星間工学の主題は、計り知れない数の星々の〝光性〟を、果てしなく詳細に分析することだった。それとともにジャンプそのものもまた精密さを増したため、銀河系では標準航行ルートが定められるようになり、恒星間航行術は芸術性を失い科学的傾向を強めていった。

　それでも、より進んだコンピュータと、スターフィールドをスキャンして既知の〝光性〟をさがす新しい装置をもっているファウンデーションにおいてすらも、パイロットにとって馴染みのない宙域では、三つの星を見つけて位置を算定するのに数日を要することがあった。〈レンズ〉はそのすべてに変化をもたらした。まず、必要とされる既知の星はひとつだけでいい。さらに、チャニスのような宇宙の素人にも操作ができるのだ。

　ジャンプ計算によると、それなりの大きさをもつ最寄りの恒星は、いまのところヴィンセトリのようだ。ヴィジプレートの中心で、明るい星がきらめいている。これがヴィンセトリだといいのだけれど。

　ヴィジプレートのすぐ隣に〈レンズ〉のスクリーンが表示されている。チャニスは慎重に、ヴィンセトリの座標をうちこんだ。中継器を閉じると、スターフィールドがぱっと明るく輝いた。その中心にまばゆい星が陣取っているものの、それ以外に両スクリーンにはなんの共通点もない。彼は〈レンズ〉をZ軸にそって調整し、中央のふたつの星の光度が等しくなるまでフィールドを拡大した。

　それから、ヴィジプレートでそれなりの大きさに輝く二番めの星をさがし、該当するものを見つける。ゆっくりとスクリーンを回転させて、両者の傾斜角度を等しくする。そこでくちびるをゆがめ、苦い顔でいまの結果を破棄した。もう一度回転させて、またべつの明るい星の位置を定める。またべつの星。そこで彼はにやりと笑った。うまくいった。関係識別の訓練を受けた者なら一発で成功するだろうが、彼だって三度めにはなんとかやってのけられたではないか。

　つぎに調整をする。最終段階にはいり、ふたつのフィールドが重なって、〝あまり正確ではない〟海の中にのみこまれる。ほとんどの星が二重写しになっている。だがそれほどたたないうちに精密な調整がおこなわれ、二重になっていた星が溶けあい、ひとつだけのフィールドが残った。これで〝船の位置〟をダイヤルから直接読みとることができる。すべての作業に三十分もかからなかった。

　ハン・プリッチャーは私室にいた。ベッドを整えているようだ。将軍が顔をあげた。

「何か新しい知らせか」

「特にこれといったわけじゃないけど。あと一度のジャンプでタゼンダにつくよ」

「知っている」

「これから寝むっていうなら邪魔はしないけどさ。シルで手に入れたフィルム、見たかい」

話題の品は低い本棚にはいっていた。ハン・プリッチャーはその黒いケースに、馬鹿にしたような視線を投げた。

「ああ、見た」

「で、どう思った？」

「かつて〝歴史〟に科学というものがあったとしても、銀河のこの宙域では失われてしまっているようだ」

チャニスは大きな笑みを浮かべた。

「ああ、わかるな。そういうふうに考えたら、ほんとうに無意味なものだよね」

「支配者の個人的な年代記に興味があるなら、面白いかもしれない。もちろん、どちらにしても信頼できるものではないがな。主として個人に焦点をあてた歴史は、書き手の関心のあり方によって、白か黒かどちらかに偏る。このフィルムはほとんど役に立たない」

「だけどタゼンダの話だよ。このフィルムをあんたにわたしたのも、それを見せたかったからさ。タゼンダが出てくるものといったら、これしか見つからなかったんだ」

「いいだろう。支配者にはよい者も悪い者もあった。彼らはいくつかの惑星を征服し、いくつかの戦いに勝ち、たまに敗北もした。とりたてて語るべき特徴はない。チャニス、きみの意見にもたいした意味があるとは思えない」

「でも、あんたが見逃していることがいくつかあるよ。連中が絶対によそと手を組まなかったこと、気がついてないかな。連中はいつだって、この宙域の政治から完全に一歩離れたところにいた。確かにいくつかの惑星を征服したけれど、そこでやめてしまった——重大な結果をもたらすような大きな敗北もしてないのにさ。自衛のために必要だけれど、注目されることのないちょうどいい範囲まで拡張したってことなのかもしれないね」

「いいだろう」無感情な返事があった。「着陸に異存はない。最悪の場合でも——少しばかり時間が無駄になるだけだ」

「とんでもない。最悪の場合は——完全な敗北だよ。もしあそこがほんとうに第二ファウンデーションだったら。ミュールのようなやつがどれだけいるかわからないんだぜ」

「何か計画があるのか」

「どこか目立たない属領惑星におりる。そしてタゼンダについてわかるかぎりのことを調べて、そのあとは出たとこ勝負かな」

「わかった。異存はない。よければ明かりを消したいのだが」

チャニスは手をふって退室した。

広大な宇宙空間に放りだされて突き進んでいく金属の小島のような宇宙船の狭苦しい私室で、ハン・プリッチャー将軍は眠りにつくことなく、とほうもなく奇妙な方向へと思考をたどっていった。

もし、チャニスがあれほど苦労して断定したすべてが事実だったら——何もかもが、ぴったりと符合しはじめているではないか——では、タゼンダが第二ファウンデーションなのだ。

逃げ道はない。だがどうして。どうしてなのだろう。

　ほんとうにタゼンダなのだろうか。ごくありふれた世界。これといった特徴のない世界。帝国の残骸の中に取り残されたスラム惑星。破片の中のひと欠片。ミュールはよく、第二ファウンデーションの秘密をさぐりあてた――らしい――旧ファウンデーションの心理学者エブリング・ミスのことを話す。そのときのミュールの、か細い声と皺のよった顔がぼんやりと思いだされる。

　ミュールの、張りつめた言葉もよみがえってくる。

「ミスは驚きに圧倒されていた。第二ファウンデーションにまつわる何かが、彼の予測をはるかに上まわっていて、しかも彼が考えていたのとはまったくべつの方向に突き進んでいるかのようだった。わたしに、彼の感情ではなく思考を読むことができていれば。だがその感情はじつに明らかだった――すさまじいばかりの驚愕が、それ以外の感情すべてを抑えこんでいた」

　基調となるのは〝驚愕〟だ。このうえもなく驚くべき何か！　そしてついさっきも、いつもにやにや笑っているあの若者がやってきて、嬉々として、タゼンダとそのはっきりとしない異常性についてまくしたてていった。彼は正しいはずだ。正しくなくてはならない。さもなければ何もかも筋が通らなくなる。

　眠りにつく直前、彼の最後の思考には、わずかな冷酷さがひそんでいた。エーテル管に設置されたハイパートレイサーはまだあそこにあった。一時間前、チャニスがそばにいないあいだにチェックしたのだ。

第二の幕間

それは、委員会会議室控えの間でのさりげない会話だった。その日の議題を討議するために入室する少し前のこと。いくつかの思考がすばやくとりかわされた。

「ミュールがくるようだな」

「わたしもそう聞いた。危険だ！　はなはだしく危険だ！」

「予定どおりに進行すれば大丈夫だ」

「ミュールはふつうの人間ではない──彼の選んだ部下を、彼に気づかれずに操作するのは難しい。支配された精神に接触するのも困難だ。勘づかれたことも幾度かあるという」

「そうだ。どうすればそれを回避できるのかわからない」

「支配されていない精神ならば簡単だ。だが、ミュールのもとでそれなりの地位についている者で、支配されていない者はわずかしか──」

彼らは会議室にはいった。第二ファウンデーションの他の者たちも、そのあとにつづいた。

3　ふたりの男と農夫

ロッセムは、ほとんどいつも銀河史から無視され、より恵まれた無数の惑星の住人に着目されるほど存在を主張したことのない、辺境世界のひとつである。

銀河帝国末期には、何人かの政治犯が荒野に住みついたことや、観測所がひとつとささやかな宙軍基地があるおかげで、完全な無人惑星となることをまぬがれていた。そののちの災厄ともいうべき戦乱の時代には、ハリ・セルダンの時代が到来する以前でも、心弱き人々が、人口稠密な中心部を離れ、銀河系辺境の荒野に避難地を求めてやってきた、彼らは数十年周期で訪れる不安と危険や、惑星の略奪や、無為で邪悪な数年間だけ至尊の座をしめる短命な皇帝がつぎつぎと登場することに、ほとほとうんざりしていたのだ。

ロッセムでは、寒々とひろがる荒野にそっていくつかの集落がかたまっている。この星の太陽は、わずかな熱量を握りしめて手放そうとしない小さな赤い吝嗇家だ。一年のうち九カ月は、細々と雪が降りつづける。雪におおわれた何カ月ものあいだ、地産の丈夫な穀物は土の中で眠っている。そして、太陽がしぶしぶ熱を放射して気温が華氏五十度に近くなると、パニックを起こしたようなスピードで成長し、熟していく。

山羊に似た小動物が、ちっぽけな三本の蹄で草原の薄い雪をかきわけながら、草をはんでいる。

ロッセムの住人はこのようにして、パンと乳(ちち)と――家畜が減ってもいいと思えるときには肉を、手に入れる。赤道地帯の半分以上をおおう暗く不吉な森が、家を建てるのにちょうどいい木目(もくめ)のつまった頑丈な木材を提供してくれる。この木材は、ある種の毛皮と鉱物とともに、立派な輸出品となる。ときどき帝国の船がやってきて、農業機械や核エネルギーヒーターやテレヴァイザーなどと交換していく。テレヴァイザーも、けっして不釣り合いな贅沢品というわけではない。長い冬のあいだ、農民たちは孤独に冬ごもりをしなくてはならないのだから。

帝国史はロッセムの農民の頭上を流れすぎていった。交易船がばたばたとニュースをもたらすこともある。ときには新たな逃亡者が到着する――一度などは、かなりの数の集団がやってきてそのまま定住した。そして、彼らはたいていいつも、銀河系のニュースを携えてくる。

ロッセムの住人たちはそのときになってようやく、大規模な戦争と大勢の死者のこと、皇帝の暴虐や総督の叛乱(はんらん)のことなどを知るのだった。彼らはため息をついて首をふり、髭をのばしたあごのまわりに毛皮の襟(えり)をひきよせながら、弱々しい陽光に照らされた村の広場に腰をおろし、人類の悪について哲学的思索にふけるのだ。

やがて交易船の訪れが絶え、生活は厳しくなった。異国の美味(びみ)な食べ物、煙草(たばこ)、機械などの供給はなくなった。テレヴァイザーが伝える断片的で曖昧な言葉から察せられるニュースは、しだいに不穏なものになっていった。ついにトランターが陥落したという知らせがひろまった。全銀河系の偉大なる首都惑星、歴史に語り伝えられた壮麗にして無敵で他に類を見ない歴代皇帝の居住地が、略奪され、蹂躙（じゅうりん）され、完膚（かんぷ）なきまでに破壊された。信じがたい話だった。大地を引っ搔（か）いて暮らしているロッセムの住人の多くにとっては、銀河系そのものの終わりが目前にせまっているように思われた。

そして、常日頃となんのかわりばえもないある日、ふたたび船がやってきた。各村の老人たちは賢（さか）し顔でうなずき、老いた目蓋（まぶた）をもちあげて、父の時代もこうだったとささやいた。だがそれは間違いだった。

それは帝国の船ではなかった。船首に輝いているはずの帝国の紋章〈宇宙船と太陽〉もなく、古い船の断片を集めてつくられたずんぐりとしたしろもので――乗員たちはタゼンダの兵だと名のった。

農夫たちは困惑した。タゼンダという名を聞いたことがなかったのだ。それでも彼らは伝統的なやり方で兵たちを歓迎した。訪問者は事細かな質問をおこなった。この惑星の特徴、住民の数、都市――農民たちはその言葉を〝村〟と勘違いしたため、大混乱が生じた――の数やその経済様式など。

さらに何隻かの船がやってきて、この惑星はタゼンダの支配下にはいった、ついては、赤道を周回して――すなわち居住地域に――徴税機関が設置される、さる公式に従って一定割合の穀物と毛皮を毎年徴収すると、惑星じゅうに宣言がおこなわれた。

ロッセム人は真面目くさってまばたきをした。彼らは〝税〟という言葉を知らなかったのだ。徴収の時期になり、多くの者は要求されたものを支払った。制服を着た異国人が収穫したトウモロコシや毛皮を大型地上車に積みこむのを、混乱したままぼんやりと見守る者もあった。

あちこちで、憤慨した農夫たちが古い狩猟用の武器をもちだして集まったが――結局どうすることもできなかった。タゼンダの兵がやってくると、彼らはぶつぶつ文句を言いながら解散し、そもそも困難な生きるための戦いが、なおいっそう厳しくなるのを絶望をこめてながめるばかりだった。

だがやがて、新たな均衡が訪れた。タゼンダの陰気な総督はジェントリ村に住みつき、そこからロッセム人すべてを追いだした。総督と配下の役人たちは正体のわからない異国人として、めったにロッセム人の目に触れることはなくなった。徴税役はタゼンダに雇われたロッセム人がおこなうようになり、定期的に訪れるその姿もすっかり見慣れたものになった。そして農夫たちは、穀物を隠したり家畜を森に追いこんだりする方法や、自分の住まいをあからさまに飾りたてず貧しさを装うことを学んだ。そして、いかにも頭の悪そうなぼんやりとした顔で、ただ見えるものを指さし、財産についての鋭い質問をやりすごすのだった。

だがそうした機会もしだいに少なくなり、税の負担は軽くなった。このような世界から小銭を搾りとることに、タゼンダがうんざりしたかのようだった。

交易がはじまった。おそらく、タゼンダもそのほうが儲かることに気づいたのだろう。ロッセム人たちが受けとる品は、帝国製品のように立派なものではなかったが、タゼンダの機械にせよタゼンダの食べ物にせよ、自国の品よりは良質だった。何より、灰色の垢抜けない手織り布でない婦人服だ。それはとても重要だった。

こうして銀河史はふたたび穏やかに流れいき、農夫たちは固い土をひっかいて暮らした。

ナロヴィは小屋から出て、顎鬚に息を吹きこんだ。今年最初の雪が固い地面をおおいはじめている。空はどんよりとしたピンク色だ。目を細くして慎重に空を見あげ、嵐の気配はないと判断した。さほど問題なくジェントリまで行って、余剰の穀物を処理し、冬をすごすだけの缶詰を手に入れることができるだろう。

ほんの少しドアをあけて、家の中にむかって怒鳴った。

「坊主、車に燃料をいれたか」

中から声が怒鳴り返し、ナロヴィの長男が出てきた。赤い頬髭はまだ短く、幼さを隠しきれていない。息子はむっつりと答えた。

「燃料ははいってる。アクセルの調子がもうひとつだけど、ちゃんと走れる。アクセルはおれのせいじゃねえからな。プロの修理が必要だって言ったろ」

老人は一歩さがり、眉をひそめて息子をじろじろとながめながら、髭の濃いあごをぐいとつきだした。

「で、それはおれのせいだっていうのか。いったいどこでどうやって、プロの修理を受けられるってんだ。だいたいこの五年ってもの、まともな収穫があったか。家畜に疫病が流行らなかったとでもいうのか。毛皮が高く売れるようになったと――」

「ナロヴィ！」

家の中から響く聞き慣れた声にさえぎられ、彼はぶつぶつとこぼした。

「わかったわかった――かかあは親父と息子の話に割りこまないではいられないんだからな。車を出してこい。荷物用トレーラーは気をつけて、ちゃんととりつけろよ」

そして手袋をはめた両手をぱんと打ち鳴らし、もう一度空を見あげた。ぼんやりと赤味がかった雲が集まりつつある。その隙間からのぞく灰色の空に、ぬくもりは感じられない。太陽は見えない。

視線をはずそうとしたそのとき、彼の目があるものをとらえた。我知らず指が高くもちあがる。彼は寒さを完全に忘れ、大きく口をあけて勢いよくさけんだ。

「おい、ばあさん――出てこいよ」

怒り満面の顔が窓辺にあらわれた。女の視線が夫の指をたどり、そしてぽっかりと口がひらいた。女は悲鳴をあげ、古いショールとリネンを一枚ひっつかんで、入口の木の階段を駆けおりてきた。リネンで頭と耳をおおい、肩からショールをだらりとぶらさげている。

「外宇宙からきた船だね」

すすり泣くような女の声に、ナロヴィはいらだたしげに答えた。

ている。

「ほかに何があるってんだ。客だよ、ばあさん、客がきたんだ！」

その船は、ナロヴィの農場の北の端、凍りついた不毛の地面にゆっくりと着陸しようとしている。

「だけど、どうしたらいいんだろう」女があえぎながら言った。「ちゃんとおもてなしができるかね。床が泥だらけのあばら家で、先週焼いたトウモロコシのパンの残り物を出すのかい」

「だったらお隣に行かせるってのかい」

ナロヴィの顔は、寒さのために深紅を超えて紫色に染まっている。彼はなめらかな毛皮に包まれた両腕をあげて、妻のがっしりとした肩をつかんだ。

「女房殿」彼は上機嫌で呼びかけた。「おれたちの部屋から椅子を二脚、もってくるんだ。太った仔牛をつぶして、芋といっしょに焼いてな。トウモロコシのパンも新しく焼け。おれは外宇宙からきた偉いお客人に挨拶してくる……そして……そして――」大きな帽子を斜めにかぶり、ためらいがちに頭を掻いて、「そうだ。醸造酒の壺も出そう。酒があれば心がなごむ」

彼が話しているあいだ、女は口をぱくぱくさせていたが言葉は出てこなかった。その段階がすぎ、ようやく耳障りな金切り声がこぼれた。

ナロヴィは指を一本もちあげた。

「ばあさんや、一週間前、村の長老方がなんと言っておられたかね。ええ？　頭をふりしぼって思いだしてみな。長老方が農場から農場へまわってこられたんだ——長老みずからがだぞ！　どれだけ重要な話かわかろうってもんだ！　もし外宇宙からきた船が着陸するようなことがあったら、すぐさま報告しろってな。それも、総督の命令でだ。お偉方に取り入る絶好のチャンスじゃないか。あの船を見ろ。あんなものを見たことがあるか。外宇宙からくる人たちは、金持ちで大きな力をもっている。総督ご自身が緊急のお触れを出し、長老たちがこの寒々しい天気の中を農場から農場へと歩いてまわったんだ。それだけ重要な人たちってことだ。きっとロッセムじゅうにお触れが出てるんだろう。タゼンダの貴族さまたちが、あの人たちを待ち望んでおられるってな——そして、その客人たちが着陸しようとしてるのが、こともあろうにおれの農場だってんだからな」

　期待のあまり、思わずとびはねてしまった。

「立派なおもてなしをすれば——おれの名前が総督に報告される——そうすりゃなんだって望むものが手にはいるぞ」

　彼の妻はふいに薄い部屋着を通して寒さがしみこんでくるのに気づき、戸口に駆けもどりながら肩ごしに怒鳴った。

「だったらさっさと行っといで」

　だが声をかけられた男はすでに、船が着陸しようとしている地平線にむかって矢のように駆けだしていた。

その惑星の寒さも、荒漠たるわびしさも、ハン・プリッチャー将軍は気にかけなかった。周囲の貧しさも、汗を流している農夫のこともだ。

彼が気にかけていたのは、自分たちの戦術が賢明かどうかという問題だけだった。彼とチャニスはこの地でふたりきりなのだ。

宇宙に残してきた本船は、あたりまえの状況なら問題なく管理されるはずだ。それでも不安はぬぐい去れない。この行動については、もちろんチャニスに責任がある。視線をむけると、若者は毛皮を張った間仕切りにむかって陽気にウィンクを送っていた。間仕切りの隙間から、こちらをうかがう女の目とぽっかりあいた口がのぞいていたのだ。

少なくとも、チャニスはすっかりくつろいでいる。プリッチャーはその事実に悪意のこもる満足をおぼえた。チャニスのゲームが希望どおりに展開するのもあとわずかだ。そしてそのあいだ、ふたりと船をつなぐものといえば、手首につけたウルトラウェイヴ送受信機だけなのだ。

主人役の農夫が満面の笑みを浮かべて何度も頭をさげ、敬意と追従のこもる声で述べたてた。

「恐れながら、尊きお客人に申しあげます。わたくしの上の息子が――立派なよい息子なのですが、貧しいため、ふさわしい教育を受けさせることができずにおりますが――その息子が、まもなくわたくしどもの長老たちが到着すると申しております。このあたりの者ならみな存じておることですが、わたくしは正直者の卑しい農夫で、一生懸命働いておりますのにとんでもない貧乏で。それでも貧しいなりに心をこめておもてなしいたしました。ここでのご滞在にはご満足いただけたものと思います」

「長老だって?」チャニスが陽気な声でたずねた。「このあたりの偉い人のことかな」

「さようでございます。尊きお客人。そして、みな正直で立派な方々でございます。わたくしどもの村が公正にして正直な地であることは、ロッセムじゅうに知れわたっております。暮らし向きは厳しく、畑や森の恵みは乏しゅうございますが。尊きお客人、よろしければ、わたくしがいかに敬意と礼節をもって旅のお客人を歓迎したか、長老たちにお話しいただけますでしょうか。そうすれば、もしかしたら、長老たちもわが家のために新しいモーターワゴンを注文してくださるかもしれません。なんせ、古いやつときたらのろのろ動くのがやっとといったありさまで、そのがらくたにわたくしどもの暮らしがかかっておりますので」

農夫は下手(したて)に出ながらも懸命に訴えてくる。ハン・プリッチャーは、押しつけられた〝尊い客人〟の役割にふさわしい超然とした態度でうなずいた。

「おまえのもてなしについては、長老の耳に届けておこう」

プリッチャーはふたりきりになった瞬間をとらえて、なかば居眠りをしているチャニスにむかって言った。

「わたしはとりたてて、その長老とやらに会いたいとは思わないのだが。きみには何か考えがあるのか」

チャニスは驚いたようだった。

「べつにないけどさ。だけど何を心配しているんだ」

「こんなところで人目に立つ真似をしているより、もっとやるべきことがあるのではないか」

チャニスが抑揚のない低い早口で言った。

「つぎの段階では、あえて人目に立つ必要があるかもしれないよ。中の見えない袋に手をつっこんでさぐってるだけじゃ、求める相手は見つからない。精神を操作して支配する人間が、明らかな権力を握っているとはかぎらないからね。そもそも、第二ファウンデーションの心理学者は、全人口のうちのごくわずかにすぎないと思う。あんたの第一ファウンデーションで、技術者や科学者がほんの少ししかいなかったのと同じさ。あたりまえの住人は、ほんとうに——まったくあたりまえなんだ。心理学者たちはうまく身を隠していて、表向きの権力をもった連中は、自分たちこそほんものの支配者だと本気で信じているのかもしれない。この氷の塊みたいな惑星で、問題の答えが見つかるかもしれないんだ」

「いったい何を言っているのだ」

「なんだよ、もうはっきりしてるじゃないか。タゼンダはたぶん、何百万、何億って人口を抱えた巨大な世界なんだ。そんな中からどうやって心理学者をさがしあてて、第二ファウンデーションの所在地をつきとめましたなんてミュールに報告できるっていうんだ。だけどここ、農業を主とするちっぽけな属領世界では、あの農夫の話だと、支配者のタゼンダ人はみんな、ジェントリという村にまとまって住みついているという。たぶん二、三百人ってとこだろう。その中に、少なくともひとり、もしくは数人の、第二ファウンデーション人がいるはずなんだ。最終的にはそこに行きつくことになるけれど、まずはとにかく、その長老たちに会おうじゃないか——それが論理的な手順というものだよ」

黒髭の農夫がころがるようにもどってきた。明らかに興奮している。ふたりはすっと身を離した。

「尊きお客人。長老が到着いたしました。恐れながら、わたくしのためにひと言、お口添えいただけますよう、重ねてお願い申しあげます——」そして懸命な追従をこめて、二つ折りにならんばかりに頭をさげた。

「もちろんおまえのことはおぼえておくよ」チャニスが言った。「あの人たちがその長老なのか」

明らかにそうだ。やってきた長老は三人だった。

ひとりが近づいてきて、いかにも威厳のある態度で、敬意をこめて頭をさげた。

「ようこそ、お客人。乗り物を用意してきた。さしつかえなければ、われらが集会所にご臨席いただけまいか」

第三の幕間

第一発言者はもの思いに沈みながらじっと夜空を見あげた。星のきらめきをさえぎって薄い雲が飛んでいく。宇宙が強烈な敵意を放っているように感じられる。宇宙はふだんでも冷たく恐ろしい。それがいまはあの奇妙な男、ミュールをかかえているのだ。彼という存在ゆえに、その闇はなおいっそう暗く濃く、不吉な脅威をたたえている。

会合は終わった。長くはかからなかった。特質がわからない精神的ミュータントを扱うという難解な数学的問題により、多くの疑問と疑惑が生じた。予想外の事態すべてを考慮にいれなくてはならなかった。

これでほんとうに大丈夫だろうか。この宇宙のどこかに、銀河系宇宙の手の届くところに、ミュールがいる。彼はどう動くだろう。

彼の部下を扱うのは簡単だ。彼らは計画どおりに反応する——いまもそうだ。

だが、ミュール自身はどうだろう。

4　ふたりの男と長老たち

ロッセムのこの地域の長老は、あたりまえの予想とはいくぶん異なっていた。農民の代表としてふつうに想像されるような、尊大で親しみにくい老人ではなかったのだ。

まったくちがっていた。

最初の会合から威厳あふれる態度が顕著(けんちょ)で、その印象はますます強くなっていった。つまりはそれこそが、彼らの最大の特徴なのだろう。

長老たちは、動きは緩慢だが深刻な思索にふける思想家のように、楕円形のテーブルを囲んで腰をおろした。大半は肉体的な盛りをすぎかけた者たちで、髭を生やした何人かはそれを短く整えている。それでも、四十前と思われる者も少なくはない。〝長老〟という言葉は明らかに、文字どおりに年齢をあらわしているのではなく、敬称なのだろう。

外宇宙からきたふたりはテーブルの首座につき、荘厳な静寂の中で、滋養のためというよりは儀式のような質素な食事をとりながら、それまでとはうってかわった雰囲気を味わっていた。

食事が終わり、長老の中でもっとも尊敬されているらしい数人が敬意をこめてひと言ふた言を告げたのち——スピーチというにはあまりに短く簡潔だった——集まりはぐっとくだけたものとなった。

異国人を迎えるための荘厳さが消え、素朴で温かな親しみやすさや好奇心がとってかわったようだった。

彼らはふたりの異国人の周囲に群がり、洪水のように質問を浴びせた。

宇宙船の操縦は難しいのか。操船には何人の人間が必要なのか。自分たちの地上車のエンジンを改良できないか。タゼンダではめったに雪が降らないというが、ほかの世界でもそうなのか。あなた方の世界の人口はどれくらいか。タゼンダと同じくらい大きいのか。ずいぶん遠くにあるのか。その服の布地はどういう織り方で、なぜ金属のように光っているのか。

なぜ毛皮を着ていないのか。髭は毎日剃っているのか。プリッチャーの指輪にはまっているのはなんという石か——。質問は延々とつづく。

ほとんどの質問がプリッチャーにむけられた。年長者であるため、当然のように、より大きな権限をもっていると考えられたのかもしれない。気がつくと、プリッチャーの答えはどんどん長くなっていた。まるで子供の群に囲まれているかのようだ。彼らの質問は、じつに無邪気な驚異から発せられている。あまりにも熱心な知識欲はそれなりに愛おしく、無視することができない。

プリッチャーは説明した。宇宙船の操縦は難しくない。乗員の数は、船の大きさによって、ひとりから大勢までさまざまだ。あなたがたの地上車がどのようなエンジンを使っているのかわからないが、おそらく改良できるのではないかと思う。惑星の気候はそれこそ千差万別だ。自分の世界には何億という人が住んでいるが、それでも偉大なるタゼンダ帝国に比べればはるかに少なく、意味のないものだ。この服はシリコン・プラスティック製で、金属的な光沢は表面の分子の方向性を変えることで人工的につくりだしている。この布は発熱効果があるので毛皮は必要ない。髭は毎日剃っている。指輪の石はアメジストだ——。

質問はいつまでもつづく。気がつくとプリッチャーは、われ知らずこの地の住人たちに親しみをおぼえていた。

彼が答えるたびに、長老たちは早口で言葉をかわしあう。まるで、いま得た情報について検討しているかのようだ。彼らの会話をたどるのは難しかった。銀河共通語ではあるけれども、あまりにも長いあいだ外界と接触していなかったため、現在通用しているものとかけ離れた古語のようになってしまった言語が使われている。

彼らが内々でかわしあう短い言葉は、いまにも理解できそうでありながら、いざという瞬間に手からすべり落ちていくようだった。

やがて、チャニスが話をさえぎった。

「こんどはこちらの質問に答えてもらえませんか。ぼくたちはこの地ははじめてで、タゼンダについてわかるかぎりのことを知りたいと思っているんです」

すると、なんということだろう、それまで話好きだった長老たちがいっせいに黙りこみ、その場はしんと静まり返ってしまった。それまで、あんなにもすばやい微妙な動きで、言葉にひろがりとさまざまな意味をつけ加えていた彼らの手も、ふいにだらりとして勢いを失った。さぐるように視線をかわしあっているのは、明らかに、誰かに発言を押しつけようとしているのだ。

プリッチャーはすばやく言葉をはさんだ。

「いまの彼の発言は、あくまで友好的な意図のもとになされたものだ。タゼンダの名声は銀河系にあまねくとどろいている。ロッセムの長老たちの忠誠と愛情については、間違いなく総督に知らせよう」

安堵(あんど)の吐息(といき)こそ聞こえなかったものの、長老たちの顔が明るくなった。ひとりの長老が親指と人差し指で髭を撫(な)で、かすかなカールをひっぱってのばしながら言った。

「われらはタゼンダ貴族さまの忠実なる下僕だ」

チャニスのやつ、なんと不用意な発言をするのか。だがプリッチャーはそのいらだちを静めた。近頃では何かと歳を感じさせられているものの、少なくとも、他者のしくじりを取り繕う能力はまだ失われていないようだ。

「われわれの住むはるかな宙域では、タゼンダ貴族の歴史はほとんど知られていない。彼らはこの地で、慈悲深い統治を長くおこなっているのだろうか」

さっきと同じ長老が答えた。ごく自然な成り行きで、いつのまにか代表にされたのだろう。

「貴族さまたちのおられなかった時代のことは、最年長者のその祖父でも思いだすことができない」

「平和な時代がつづいているのか」

「平和な時代がつづいているかだと！」彼はためらった。「総督は強く力ある支配者で、なんのためらいもなく叛逆者を処刑する。もちろん、われらの中には叛逆者などいないが」

「過去においては、しかるべき処刑がおこなわれたのだな」

ふたたびためらい。

「この世界からは、叛逆者はひとりも出ていない。われらの父の時代も、その父の時代もだ。だがよその世界では、ときどきそうした者が出現し、すみやかに死がもたらされる。考えても楽しいことではない。われらは卑しい農夫で、政治に関わりをもたないのだから」

彼の声にこもる不安と、全員の目に浮かぶ懸念が、はっきりとわかる。プリッチャーは澱みなくつづけた。

「あなた方の総督への謁見を申請するにはどうすればいいか、教えてもらえないか」

とつぜんの当惑がその場を支配した。

かなりの時間をおいて、その長老が答えた。

「ご存じなかったのか。総督は明日、当地においでになる。あなた方の到来をお待ちしていた。われらにとってはすばらしい名誉だ。よろしければ……総督に対するわれらの忠誠心を、とくとお取り次ぎいただければ幸いに存ずる」

プリッチャーはほとんど笑顔をゆがませることなく問い返した。

「わたしたちを待っていたと？」

長老は驚いたようにふたりの顔をながめた。

「ええ、むろん……われらはこの一週間、あなた方をお待ちしていた」

ふたりのために用意された宿舎は、この世界においては間違いなく豪奢（ごうしゃ）なものだった。プリッチャーはもっと貧しい暮らしをしたことがある。チャニスは外観にはまったく無関心だった。

ふたりのあいだには、これまでとは異なる緊張が張りつめていた。プリッチャーは確かな決断の時が近づきつつあることを感じながら、この待機時間がもう少しつづけばいいのにと願ってもいた。総督と会えば、賭けの危険性ははるかに増大する。だがその賭けに勝てば、数倍の賭け金がもどってくる。チャニスが眉間にわずかな皺を寄せている。前歯で下唇を噛んで、そこはかとない不安を浮かべている。それを見て、ふいに怒りがこみあげてきた。無意味な芝居などうんざりだ。さっさとやめてくれればいいのだけれど。

「われわれは待たれていたようだな」プリッチャーは言った。

「そうだね」チャニスが短く答えた。

「それだけなのか。ほかに言うことはないのか。わたしたちはここにきた。総督はわたしたちを待っていたという。おそらくこんどは総督から、タゼンダがわたしたちを待っていたと聞かされることになるのだろう。となれば、われわれの使命にいったいどれだけの意味があるのだ」

チャニスが顔をあげ、うんざりしていることを隠そうともしない声音で言った。

「ぼくたちを待ってたからって、ぼくたちが何者で、なんのためにきたかを知っているとはかぎらないさ」

「そういうことを第二ファウンデーションの人間から隠せると思うのか」

「なんで隠せないのさ。たぶん大丈夫だよ。なんだよ、もうゲームをおりるつもりなの？　きっと宇宙で船が探知されたんだ。どこの国だって、国境には監視所を設置するじゃないか。ふつうの異国人だって興味の対象にはなるだろう」

「われわれを呼びつけるのではなく、総督おんみずからが出向いてくるほどの興味か」

チャニスは肩をすくめた。

「その問題はあとで考えようよ。その総督とやらがどんなやつか、とっくり拝見しようじゃないか」

プリッチャーは歯をむいて、力なく顔をしかめた。状況はどんどん馬鹿げたものになりつつある。

チャニスがわざとらしく、陽気な声でつづけた。

「少なくとも、ひとつはわかってるじゃないか。タゼンダは第二ファウンデーションなんだ。でなきゃ、百万もの証拠の断片がみんな間違った方向を示していることになる。ここの住人がタゼンダに対して抱いているあからさまな恐怖をどう解釈すればいい？　圧政の気配はない。あの長老たちだって、まったくなんの干渉も受けず自由に集まることができる。彼らの話では、課税もそれほどきついものではないし、おまけに徴収もかなりいい加減みたいだ。連中はやたらに貧しい貧しいと言うけれど、体格はいいし、栄養も充分に行き届いている。住居は粗末で、村は洗練からほど遠いけれど、それはこうした集落には当然のことだ。

正直な話、ぼくはこういう世界は好きだな。こんなに愛想のない世界ははじめてだけれど、住人は苦しんでないし、単純だけれどバランスのとれた幸福な暮らしを送っていると思うよ。都会的な中央先進世界の連中には欠けている幸せだな」

「ではきみは、農夫の美徳をこそ、よしとするのか」

「星々にかけて、とんでもない」チャニスは面白がっている。「ぼくはただ、今回のことすべてにどういう意味があるのか、指摘しただけだよ。タゼンダは明らかに有能な統治者だ

——旧帝国や、第一ファウンデーションや、それをいうならぼくたちの連合とも、まったくちがった意味での有能さだけどね。これまでの統治者は、無形の価値を犠牲にして、国民に機械的な効率をもたらしてきた。だけどタゼンダは、幸福と充足をもたらしている。支配の方向性がまったく異なっているのがわからないか。物質的じゃなくて、精神的なんだよ」

「そうかね」プリッチャーはあえて皮肉っぽく答えた。「その慈悲深き心理学者の統治者が叛逆者を処刑すると話したときの、長老たちの恐怖はどうなのだ。どうすればあれがきみの説と一致するのだ」

「長老たちは処刑の対象じゃないじゃないか。他人の処刑について話してるんだ。処刑という情報がたたきこまれていれば、処刑そのものは一度だっておこなわれる必要はない。適切な心構えが植えこまれてるんだから、この惑星にはきっと、タゼンダ兵なんかひとりだっていやしないよ。わからないかなあ」

「総督に会えばわかる」プリッチャーは冷やかに言った。「ところで、もしわたしたちの精神が操(あやつ)られていたらどうするのだ」

チャニスはあからさまな軽蔑(けいべつ)をこめて言い放った。

「あんたはいつだってそうだろ」

プリッチャーは目に見えて青ざめたが、ぐっと自制して背をむけた。ふたりはその日、以後ひと言も言葉をかわさなかった。

風のない静かな極寒の夜。プリッチャーはチャニスのかすかな寝返りの音に耳を澄ましながら、音をたてないよう指の爪で手首のトランスミッタを操作し、チャニスのトランスミッタでは設定できないウルトラウェイヴで船とコンタクトした。

音のない感覚閾ぎりぎりのかすかな短い震動が幾度かつづいてから、応答があった。

プリッチャーは二度たずねた。

「何か連絡はあったか」

答えは二度返った。

「ありません。待機しております」

プリッチャーは寝台をおりた。部屋は寒い。毛皮の毛布を巻きつけて椅子にすわり、ひしめきあう星々を見つめた。生まれ故郷の外縁星域の夜空を彩る平淡な靄のような銀河系レンズとは、配置の複雑さもまばゆさも、まったく異なっている。

あの星々のどこかに、彼を圧倒する複雑な問題の答えがある。ああ、はやくその答えが届いて、すべてを終わらせてくれればいいのに。

彼は一瞬、ふたたび疑惑にかられた。もしかするとミュールは正しいのではないか。転向によって、彼は自主独立という確固たる力を失ってしまったのではないか。それとも、これはすべて年齢と、ここ数年、絶えざる変化にさらされてきたことによるものだろうか。

いや、そんなことはどうでもいい。

彼はただ疲れていた。

ロッセムの総督はつつましやかに登場した。供（とも）をしているのは、地上車を運転する制服の男ひとりだけだ。

地上車のデザインは贅（ぜい）をこらしたものだが、プリッチャーの見たところ、能率は悪そうだった。むきを変えるのも不器用だし、ギアの切り換えがはやすぎたからか、一度ならずエンストを起こしている。核エネルギーではなく化学燃料を使っているのだと、ひと目でわかる。

タゼンダ人の総督は、薄く積もった雪の上に静かに足をおろし、敬意を表して二列にならんだ長老たちのあいだを進んできた。長老たちには目もくれず、すぐさま屋内にはいる。長老たちがそのあとにつづいた。

ミュール連合からきたふたりの男は、指定された場所から一行を見守った。その男――総督は、たくましいが、どちらかといえば背が低く、いまひとつ風采（ふうさい）があがらない。

だが、それがなんだというのか。

ふいに気力が失われ、プリッチャーはみずからを罵（ののし）った。表情はもちろん、氷のように冷静なままだ。チャニスの前で恥をさらすわけにはいかない。それでも、自分の血圧が高まり、咽喉（のど）がからからに渇いていることがはっきりと自覚される。

これは肉体的な恐怖ではない。恐れることを知らず、想像力をもたず、無神経な肉の塊のような人間もいるが、プリッチャーはそんな愚か者ではない。そして、肉体的な恐怖なら、説明をつけて対処することができる。

だがこれはべつのものだ。べつの恐怖だ。

すばやくチャニスをうかがった。若者は所在なげに片手の爪をながめ、不揃いなところが気になるのかぼんやりとつついている。

なぜか猛烈に腹が立ってきた。チャニスは精神支配など恐れてもいない。

プリッチャーは心の中でひと息つき、過去を思いだそうとした。ミュールに転向させられる前、一徹（いってつ）な民主主義者だったころの自分は、どんな人間だっただろう。思いだせなかった。どうしてもあのころの気持ちにもどることができないのだ。からみついて彼の感情をミュールに縛りつけるワイアを、断ち切ることができない。知識としては、自分がかつてミュールを暗殺しようとしたことを記憶している。だが、耐えられるかぎりがんばっても、そのときの感情を思いだすことができない。彼自身の精神が自己防御しているのかもしれない。あのときの感情を思いだそうとするだけで――細かいことはわからないまでも、どんなものだったか理解しようとするだけで、吐き気がこみあげてくる。

もし、総督が彼の精神に干渉してきたら、どうなるのだろう。

もし、第二ファウンデーションの実体のない精神触手が、彼の精神の感情的な亀裂にはいりこみ、引き裂いて、再構築したら――

はじめてそれを受けたときは何も感じられなかった。苦痛も、精神的不快感も――何かが切り替わった感覚すらなかった。彼はつねにミュールを愛していた。ずっと昔に――五年ほど前でしかないが――ミュールを愛さず、憎んでいると思っていた時期があったとしても

――そんなものはおぞましい錯覚にすぎない。そんなことを考えるだけで心が乱れる。だがとにかく、あのとき苦痛はなかったのだ。

総督との会見で、あれがまたくり返されるのだろうか。これまでのことすべて、ミュールのためのすべての行動、彼の人生を方向づけてきたすべてが――民主主義という言葉だけを掲げた、あの靄に包まれたようなべつの世界の夢に加わってしまうのだろうか。ミュールもまた夢になり、タゼンダだけが忠誠の対象となって――

彼ははっと顔をそむけた。

また激しい吐き気がこみあげてくる。

そのときチャニスの声が耳を貫いた。

「さあ、ご登場だぞ」

プリッチャーはまたむきなおった。いつのまにか音もなく扉がひらき、ひとりの長老が静かな敬意と威厳をこめて入口に立っていた。

「ロッセムの総督閣下は、タゼンダ貴族の名により、お客人の謁見を快諾なされた。御前に参上されよ」

「了解」

チャニスが言ってぐいとベルトを締めなおし、ロッセム風フードの位置を正した。

プリッチャーは口もとを引き締めた。さあ、真の賭けがはじまる。

ロッセム総督の容貌は、とりたてて恐ろしげではなかった。ひとつには、フードも帽子もかぶっていないため、明るい茶色の髪が白く、かつ薄くなりはじめているのがわかるからかもしれない。それによって柔和な印象がかもしだされる。高くつきだした眉が、ふたりにむけられると同時にさがった。網の目のように細かな皺に囲まれた両眼は抜け目がなさそうだが、短く髭を刈りこんだあごはやわらかく、細い。骨相によって性格を判断する疑似科学の信者なら、間違いなく〝弱そう〟と判断するだろう。

プリッチャーは相手の目を避け、あごに視線を据えた。そんなことに効果があるかどうかはわからない――そもそも、何か効果をあげることなどできるのだろうか。

総督の声は甲高く、淡々としていた。

「タゼンダへようこそ。われらは平和のうちにあなた方をお迎えする。食事はおすみか」

指が長く血管の浮きでた片手が、まるで王者のようにU字型のテーブルを示した。

ふたりは頭をさげて席についた。総督はUの字の底部の外側に、ふたりは内側にすわった。両側の直線部分に、無言の長老たちが陣取る。

総督の話し方は途切れとぎれでまとまりがなかった。タゼンダからの輸入品だという食事を褒め――長老たちの粗末な食事よりさほどいいというわけではなかったが、ともかく別種のものだった――ロッセムの気候に文句をつけ、さりげなく宇宙旅行の複雑さについて語った。

チャニスはほとんど話さず、プリッチャーはひと言も口をきかなかった。

やがて食事が終わった。小さな果物を煮こんだデザートを食べ、口をぬぐったナプキンを片づける。総督が椅子の背にもたれた。

その小さな目がきらめく。

「あなた方の船について調べている。もちろん、適切な手入れと整備をおこなうよう手配するつもりだ。だがその所在がわからないと報告があった」

「そうでしょうね」チャニスが気軽に答えた。「本船は宇宙に残してきたんですよ。敵対的な宙域でも長旅ができる大型船なんでね。ここに着陸したら、平和的な意図で訪問したと言ったって信じてもらえないかもしれないから。だから、武器をもたず、ふたりだけでおりてきたんですよ」

「心憎い配慮だ」総督が評したが、いかにも口先だけの言葉だった。「大型船と言われたな」

「戦闘艦じゃないですよ」

「ほう、なるほど。あなた方はどこから参られたのだ」

「サンタン二星域の小さな惑星です。まったく重要性のない星だから、きっと閣下はご存じないでしょうね。今回の訪問の目的は、貿易関係を築くことです」

「貿易か。それで、何を売ろうというのだね」

「あらゆる種類の機械ですね。それと引き換えに、食料や材木や鉱物を――」

「ほう、なるほど」総督はなおも疑わしそうにしている。「わたしは貿易についてあまりよくは知らない。おそらく、相互に利益のあるよう取り決めることができるだろう。おそらく、あなた方の信任状を詳細に調べたあとでな。わたしの政府は物事を進める前に多くの情報を要求する。船の調査が終わったのち、タゼンダにむかわれるがよかろう」

返事をせずにいると、総督の態度は目に見えて冷やかになった。

「いずれにせよ、あなた方の本船を見なくてはならぬ」

チャニスが遠まわしに答えた。

「残念ながら、船はいま修理中なんです。四十八時間待ってくだされば、お目にかけますよ」

「わたしは待つことに慣れていない」

プリッチャーははじめて、鋭く光る総督の目と視線をあわせた。彼の内で呼吸が静かに爆発する。その一瞬、彼は溺れるのではないかと不安になり、すぐさま視線を引き剝がした。

チャニスは揺るぐことなく言葉をつづけた。

「本船は四十八時間、着陸できないんです。ぼくたちは武器をもたず、ここにいます。それでも閣下はぼくたちの真っ正直な意図を疑うんでしょうか」

長い沈黙のすえに、ようやく総督がぶっきらぼうに言った。

「あなた方がやってきた世界について話すがよい」

それだけだった。ふたりは無事に関門を通過した。それ以後、不愉快な出来事は起こらなかった。公務を果たした総督は関心を失い、謁見はそのままどんよりと終了した。

すべてが終わると、プリッチャーはぼんやりとしたまま宿舎にもどり、改めて自分自身を精査してみた。

慎重に——息を凝らして——感情を〝さぐった〟。もちろん、いまはなんの変化も感じない。だが、そもそも何か感じられるものだろうか。ミュールによる転向のあと、何か変化を感じただろうか。すべてあたりまえに思えたのではなかったか。間違いなく、これがあるべき状態だと。

実験してみた。

冷徹な目的意識をもって、心の中の静かな洞窟でさけんだ。

「第二ファウンデーションを発見し、壊滅させなくてはならない」

それにともなってわきおこったのは、間違いなくほんものの憎悪だった。わずかの躊躇もまじってはいない。

つづいて、〝第二ファウンデーション〟という言葉を〝ミュール〟におきかえてみようとした。そう思っただけで息がつまり、舌が硬直した。

いまのところは大丈夫だ。

だが、ほかの方法で——もっと微妙なやり方で、操作されているのではないか。ごくごく小さな変化が起こっているのでは？　操作されたからこそ判断力がねじ曲げられて、変化を探知できなくなっているのではないのか。

それはもう知りようがない。

それでも、彼はまだミュールに絶対的な忠誠心を抱いている！　それさえ変わっていなければ、どうということはない。

では、行動にもどろう。チャニスは部屋の向こう端でいそがしそうにしている。プリッチャーは親指の爪で、さりげなく手首のトランスミッタに触れた。

応答があった。うねるような安堵の波が押し寄せ、全身から力の抜けるのがわかった。

めったに動くことのない顔の筋肉は感情をあらわしていないものの、彼は心の中で快哉をあげていた。チャニスがふり返ったとき、プリッチャーはこの茶番劇が終わりに近づきつつあることを知った。

第四の幕間

ふたりの発言者が道ですれちがい、ひとりがもう一方をひきとめた。

「第一発言者から知らせがあった」

その内容を察したのだろう、相手の目がきらめいた。

「交点か」

「そうだ！　願わくば、生き延びて夜明けを目撃できんことを！」

5　ひとりの男とミュール

チャニスは、プリッチャーの態度にも、ふたりの関係にも、なんらかの変化が生じたことに気づいたそぶりをいっさい見せなかった。彼は両足をひらいて前に投げだし、どっかりと固い木のベンチに背中を預けた。

「あの総督をどう思う?」

チャニスの問いに、プリッチャーは肩をすくめた。

「べつになんとも。精神的な能力をもっているようには見えない。第二ファウンデーションの成員だとしても、じつに貧相(ひんそう)な見本だ」

「あの総督はちがうと思うな。どう判断したらいいかわからないんだけどね。あんたが第二ファウンデーションの人間だとしてみよう」チャニスは考えこんだ。「あんたならどうする? ぼくたちがここにきた目的を知っていたら。あんたなら、ぼくたちをどうする?」

「もちろん転向させる」

「ミュールみたいに?」チャニスがすばやく顔をあげた。「もし連中に転向されたら、ぼくたちにそれがわかるのかな。どうなんだろう――。もし連中がただの心理学者、それもとびきり優秀な心理学者だとしたら、その場合はどうかな」

「その場合、わたしだったら、すぐさまわたしたちを殺す」

「それで船はどうするの。駄目だよ」チャニスが人差し指をふる。「ぼくたちははったりを相手にしてるんだ、プリッチャー。はったりでしかあり得ない。たとえ連中がほんとうに感情支配の力をもっているとしても、ぼくたちは——あんたとぼくは、先遣隊にすぎないんだ。連中が戦わなきゃならないのはミュールだよ。だから、ぼくたちが連中に対して慎重に行動しているように、連中の方でもぼくらに対して慎重になってるんだ。ぼくらが何者なのかは、間違いなくばれてるよ」

プリッチャーは冷やかににらみつけた。

「ではきみは、どうするつもりなのだ」

「待つんだよ」嚙みつくような口調だった。「むこうが動きだすのを待つのさ。連中、すごく不安なんだ。たぶん、ぼくらの船のことでね。もしかしたらミュールのこともさ。連中、総督を使ってはったりをかましてきた。だけどうまくいかなかった。ぼくらはここにいすわっている。つぎにはきっと、第二ファウンデーションの人間が送りこまれる。そして、なんらかの取引をもちかけてくるんだ」

「それから？」

「それから、取引するのさ」

「それは賛成しかねる」

「ミュールを裏切ることになるから？　それはちがうよ」

「いや、ミュールはきみが考えるような裏切りくらい、どんなものでも対処できる。それでもわたしは賛成しかねる」

「それじゃ、ぼくたちじゃ第二ファウンデーション人を騙せないって思ってるのかな」

「おそらく騙すことはできまい。だがそれが理由ではない」

チャニスはプリッチャーが握っているものに視線を落とし、暗い声で言った。

「つまり、それが理由だって言いたいんだな」

プリッチャーはブラスターをふった。

「そのとおりだ。おまえを拘束する」

「なんでだよ」

「連合第一市民に対する謀叛の罪だ」

チャニスのくちびるが引き締まった。

「いったいどういうことだよ」

「謀叛だ！　いま言ったとおりだ。わたしが事態を収拾する」

「証拠は？　根拠は？　憶測と白昼夢なんじゃないのか。それとも頭がいかれたのかな」

「いや、いかれているのはおまえのほうだ。ミュールがなんの意味もなく、乳離れもしていない若造を夢と冒険あふれる馬鹿げた任務に送りだすと思うのか。はじめから奇妙だと思っていたのだ。だがわたしは、自分自身を疑って時間を無駄にしてしまった。ミュールはなぜおまえを送りだしたのか。笑顔が可愛い洒落者だからか。二十八歳だからか」

「たぶん、ぼくが信頼できるからだよ。あんた、論理的な理由がほしいんじゃないのか」

「おそらく、おまえが信頼できないからだろう。それはそれで、充分に論理的な理由になる」

「ぼくたちはパラドックスの比べあいをしてるのかな。それとも、どっちができるだけたくさん言葉を使って、もっとも意味のないことを言えるかってゲームかな」

ブラスターが前に進んだ。プリッチャーがそのあとにつづく。彼は若者の前に立ちはだかった。

「立て！」


チャニスは立った。とりたててあわてることもない。ベルトに触れるブラスターの銃口を感じながらも、腹の筋肉が縮こまることはなかった。

「ミュールは第二ファウンデーションの所在地を求めている」プリッチャーが言った。「ミュールは失敗し、わたしもまた失敗した。わたしたちふたりともが見つけられなかったということは、つまり、それだけ厳重に隠された秘密なのだ。だが、まだためしていない可能性がひとつだけある——さがすふりをしながら、その隠し場所をすでに知っている者を見つけることだ」

「それがぼくだってのかい」

「そういうことなのだろうな。もちろん、はじめはわたしにもわからなかった。わたしの頭は鈍くなりつつあるようだ。とはいえ、方向性まで見失ってはいない。なんとたやすく〝星界の果て〟が見つかったことか！　そしておまえは、無限ともいえる可能性の中から正しいレンズのフィールド宙域を見つけだした。まさしく奇跡だ！　そのうえ、われわれはまさしく絶好の観測点から観測をしている！　不器用な愚か者め！　こんなにあり得ないほどつづけざまの幸運に恵まれて、わたしが素直に信じると思っていたのか。それほどわたしを見くびっていたのか」

「つまり、ぼくが成功しすぎてるって言いたいのかな」

「真に忠実な人間ならば、この半分しか成功できまい」

「ぼくって、そんなに成功と縁遠そうに見えるのかなあ」

銃口がぐいと押しつけられる。だが彼にむけられたプリッチャーの顔の中で、高まる怒りをあらわしているのは、両眼に宿る冷ややかな光だけだ。

「おまえが第二ファウンデーションから報酬を受けとっているからだ」

「報酬だって？」無限の軽蔑。「じゃあ、証明してみなよ」

「もしくは精神的影響下にある」

「ミュールに気づかれずに？　それは無理だろう」

「ミュールは気づいている。わたしが言いたいのはそこだ、愚かな若者よ。ミュールは気づいているのだ。さもなければ、おまえの玩具とするために船を与えたりはしない。おまえは期待どおり、われわれを第二ファウンデーションへと案内した」

「そのどうしようもない戯言の山をひっかきまわして、何かちゃんとした事実を見つけだしてみようか。それじゃたずねるけど、どうしてぼくがそんな期待どおりのことをしなきゃならないのさ。ぼくが裏切り者だとして、どうしてわざわざあんたを第二ファウンデーションに連れてくるのさ。むしろこれまでのあんたみたいに、何も見つけることができないまま、あっちこっち楽しく銀河じゅうをスキップしてまわるんじゃないかな」

「この船を手に入れるためだ。第二ファウンデーションは明らかに、自衛のための核エネルギー兵器を必要としている」

「それじゃ根拠が弱いな。たった一隻の船じゃなんの役にも立たないよ。この船から科学を学んで、来年に核エネルギー発電所を建てようと計画してるんだったら、第二ファウンデーション人はどうしようもなく単純でおめでたい連中ということになる。まあ、あんたと同じくらい単純だってことかな」

「ならばミュールにそう弁明するのだな。その機会は与えよう」

「カルガンにもどるってのか」

「逆だ。われわれはここにとどまる。およそ十五分後にミュールが合流する。ミュールが追ってくると考えてはいなかったのか、頭の回転がはやくて如才のない、この自惚れ屋めが。おまえはまったく逆の意味で、みごとに囮役を果たした。獲物をわれわれのところに連れてくるのではなく、われわれを獲物のところに案内してくれたのだよ」

「すわってもいいかな」チャニスは言った。「絵を描いて説明したいことがあるんだ」

「立っていろ」

「それじゃ、立ったまま言えることだけ言っておくよ。あんた、通信回路にハイパートレイサーがとりつけてあるから、ミュールがぼくたちを追ってきたと考えてるんだろう」

もしかしたらブラスターが揺れたかもしれない。だがチャニスにもそれを指摘するつもりはないようだった。

「あんた、驚いてないね。まあ、そんなことを考えて、時間を無駄にするのはやめておくよ。ああ、ぼくはハイパートレイサーのことを知っていた。あんたはぼくが知ってるとは思ってなかっただろうけれどね。それを教えたついでだ、あんたの知らないことを教えてあげるよ。あんたが知らないってこと、ぼくにはちゃんとわかってるんだ」

「前置きが長すぎるぞ、チャニス。おまえのでっちあげ能力は、もっと澱みなく発揮されるのではなかったのか」

「でっちあげなんかじゃないさ。もちろん、裏切り者がいたんだよ。敵のエージェントといったほうが、あんたの好みにはあうかな。ミュールはちょっとばかり奇妙な事情でそのことを知った。何人かの転向者が、干渉を受けたみたいなんだよ」

今回は、間違いなく、ブラスターが揺れた。

「プリッチャー、ここんとこを強調しておくけれどね、だからミュールにはぼくが必要だったんだ。ぼくは転向者じゃない。ミュールも、非転向者が必要なんだってくり返してただろう？　ほんとうの理由を告げたかどうかは知らないけどさ」

「ほかの言い訳を考えるんだな、チャニス。わたしがミュールにそむいているなら、自分でそうとわからないはずがあるまい」

プリッチャーはいそいで自分の思考をチェックした。いつもと変わらない。変わらないと思える。もちろん、この男が嘘をついているのだ。

「つまり、あんたは自分がミュールに忠実だと感じてるんだね。まあ、そうなのかもしれないな。忠誠心は干渉されなかったんだろう。干渉されたらすぐにばれちまうもの。ミュールがそう言っていた。だけどあんた、精神的にはどんな気分？　かったるいんじゃない？　この旅に出てから、一度も異状を感じたことはない？　もしかして、ときどき自分が自分じゃないみたいな、変な気分にならなかった？　なんだよ。引金に指もかけないで、ぼくに穴をあけようってのか」

プリッチャーはブラスターを半インチひっこめた。

「何が言いたいのだ」

「つまり、あんたは干渉を受けてたんだよ。操られてたんだ。あんたは、ミュールがハイパートレイサーをしかけるのを見たわけじゃない。誰がしかけたのか、見たわけじゃない。ただあれがあそこにあるのを見つけて、ミュールがやったと考えただけだ。そしてそれ以来ずっと、ミュールがぼくたちを追っていると信じこんでいた。ぼくには使えない波長を使って、手首につけたトランスミッタで船と連絡をとっていた。ぼくが知らないとでも思っていたのかな」チャニスは怒りをこめて早口にまくしたてている。無関心の仮面は剝がれ、獰猛さがあらわれている。「だけど、いまやってこようとしているのはミュールじゃない。ミュールじゃないんだ」

「ならば、誰だというのだ」

「誰だと思う？　ぼくは出発したその日のうちに、あのハイパートレイサーを見つけた。だけど、ミュールがしかけたものだとは思わなかった。ミュールにはあの時点で、そんなまわりくどい手段をとる必要なんかなかったからね。馬鹿げてるってこと、わからないかな。もしぼくが裏切りを働いていたとしても、ミュールがそれを知ったら、簡単にぼくを転向できるじゃないか。あんたを転向したみたいにね。そうしたら、銀河系の半分を横断させるまでもなく、簡単に第二ファウンデーションの所在地という秘密をひきだせるだろ――あんたはミュールに対して何かを秘密にしていられるかい。また、ぼくが第二ファウンデーションの位置を知らなければ、ミュールを案内することはできない。どっちにしても、ぼくを派遣する意味はないよね。

　あのハイパートレイサーは、第二ファウンデーションのエージェントが設置したんだよ。いまここにやってこようとしているのは、そいつらなんだ。まんまと騙されたってことは、つまり、あんたの崇高な精神が干渉を受けてたってことじゃないか。どうしようもない愚行を叡智だと思いこむなんて、あんた、とても正常とはいえないよ。ぼくが第二ファウンデーションに船をもっていこうとしてるって？　船を手に入れて、連中がどうするっていうのさ。

　連中がほしがっているのはあんただよ、プリッチャー。あんたは、ミュールをべつにすれば、連合について誰よりもくわしい。そして、連中にとって危険じゃない。ミュールは危険だけどね。だから連中はぼくに、どこを探索すればいいか思いつくようにしむけたんだ。レンズを手当たりしだいにさがしてタゼンダを見つけだすなんて、できるわけないじゃないか。ぼくにだってそれくらいはわかる。だけどぼくは、第二ファウンデーションがぼくたちを追っていることも、連中がこれを仕組んだんだってことも知っていた。だったら連中のゲームにのっかればいい。つまりは、はったり合戦さ。連中はぼくらをほしがっていて、ぼくは連中の位置を知りたがっている――はったり負けたほうが宇宙にのみこまれちまうんだ。

　あんたがぼくにブラスターをむけているかぎり、負けるのはぼくたちだぞ。そしてそれは、あんた自身の意志じゃない。やつらの意志なんだ。プリッチャー、そのブラスターをよこせ。そんなことは間違っていると思えるだろうけれど、それはあんた自身の思考じゃなくて、あんたの内にひそんでいる第二ファウンデーションが告げているんだ。プリッチャー、そのブラスターをよこすんだ。そして、これからやってくるものに力をあわせて立ちむかおうじゃないか」

　プリッチャーは怯えながらも、ふくれあがる混乱に立ち向かった。ほんとうだろうか！　自分がそんなにも間違っていたなんて。なぜいつまでも自分自身に対する疑惑が消えないのか。なぜ確信がもてないのか。なぜこんなにもチャニスの言葉が真実らしく聞こえるのか。

　ほんとうだろうか！

　それとも、自分はいま、ねじ曲げられた精神で、異質なるものの侵略と戦っているのだろうか。

ふたつに引き裂かれてしまいそうだ。

霞(かす)む目に、すぐ前に立って手をさしのべているチャニスの姿が映る。そしてプリッチャーはふいに、自分がチャニスにブラスターをわたそうとしていることに気づいた。

武器をわたすために腕の筋肉が収縮しかけたまさにそのとき、背後のドアがゆっくりとひらき――彼はふり返った。

銀河系にはときとして、ゆったりとくつろいだ状況でも見間違えてしまうような、よく似たふたりが存在する。同様に、さほど似ていなくとも、精神状態によって別人と見間違えることもある。だがミュールはいずれのケースも完全に超越していた。

恐ろしいほどの苦悶(くもん)にさいなまれていたプリッチャーだが、洪水のようにあふれくるさわやかな生気にすぐさまのみこまれていった。

ミュールは、肉体的にはいかなる状況をも支配することはできない。今回もそうだった。いつも以上に着膨(きぶく)れたその姿は滑稽(こっけい)ですらあるが、それでもふつうの人間の体格に達してはいない。顔はマフラーでおおわれ、いつでもひときわ目立っているくちばしのような鼻だけが、外につきだして寒さに赤くなっている。

おそらく、救い手としてこれ以上不似合いな姿もないだろう。

「プリッチャー、ブラスターをわたすな」

ミュールはそう命じてから、チャニスにむきなおった。チャニスは肩をすくめ、腰をおろしていた。

「この場の感情的状況は混乱し、ぶつかりあっている。わたしではない誰かがきみたちを追っているとは、いったいどういうことなのか」

プリッチャーは鋭い声で話をさえぎった。

「では、わたしたちの船にハイパートレイサーをしかけたのは、閣下の指示だったのですね」

ミュールは冷やかな目を彼にむけた。

「むろんだ。この銀河系において、惑星連合以外のどこの組織にそんな真似ができる？」

「彼の話では――」

「将軍、本人がここにいる。きみから報告を受けるまでもない。チャニス、きみは将軍に何か話したのか」

「ええ。ですが間違っていたみたいです。ぼくは、あのハイパートレイサーを設置したのは第二ファウンデーションに雇われた誰かで、連中は、何か目的があってぼくたちをここまで連れてきたんだと考えました。だから、その目的の裏をかいてやろうとしたんです。さらにいえば、将軍は多少なりとも連中の影響下にあるんじゃないかとも思っていました」

「その口ぶりでは、いまはもう、そうは考えていないということか」

「残念ながら、そういうことになりますね。でなければ、その入口に閣下が立つこともなかったわけですから」

「では、その問題を徹底的に検討してみようではないか」ミュールは電熱パッドのはいった外衣を脱いだ。「わたしも腰をおろしてかまわないかな。さて——ここにはなんの危険もなく、またいかなる邪魔もはいらない。氷の塊のようなこの惑星の住人たちがこの場所に近づくこともない。それは保証する」

彼は冷やかに、そして執拗に、みずからの能力を強調している。チャニスが嫌悪を浮かべた。

「どうしてプライヴァシーを守る必要があるんですか。誰かがお茶を出してくれるとか、ダンサーを連れてきたりするっていうんですか」

「それはない。きみの仮説について聞かせてくれ。第二ファウンデーションが、わたし以外に誰ももっているはずのない装置を使って、きみたちを追跡していたというのか——そしてきみは、どうやってここを見つけたといっていたかな」

「状況から見るに、どうやらぼくの頭にそうした概念が植えつけられたと考えるのが——」

「第二ファウンデーションによってか」

「ほかにあり得ないでしょう」

「なのにきみは気がつかなかったのか。第二ファウンデーションが自分たちの目的のために、きみを第二ファウンデーションにむかうよう、強制なり誘導なり騙すなりしたのだとしたら——きみはその者がわたしと同じ方法を使ったと考えているようだが、わたしが他者に植えつけられるのは感情だけであって、概念ではないことを忘れてはならない——つまり、もしほんとうにそういうことができるのだとしたら、ハイパートレイサーをしかける必要などまったくなかったことに、きみは気がつかなかったというのだな」

チャニスははっと顔をあげ、驚きをこめてあるじの大きな目を見つめた。プリッチャーが何かをつぶやきながら、肩の力を抜いた。

「ええ、まるで気がつきませんでした」チャニスは答えた。

「きみを追跡する必要があるとしたら、それはつまり、彼らも目的地を知らず、したがってきみに情報を植えつけられなかったということになる。そして情報を与えられなければ、きみにはここまでの道を見つけることはできなかった。そのことにも気がついてはいなかったのだな」

「気がつきませんでした」

「なぜだ。きみの知的レベルは、あり得ないほど低下してしまったのか」

「なんとも答えようがありませんけれど、ひとつ質問してもいいでしょうか。閣下もプリッチャー将軍のように、ぼくを裏切り者と糾弾(きゅうだん)なさるんでしょうか」

「糾弾したら、きみは釈明できるのか」

「将軍に説明したことをくり返すだけです。もしぼくが裏切り者で、第二ファウンデーションの位置を知っていたなら、閣下はぼくを転向させてその情報を直接入手できたはずです。ぼくを追跡する必要があるとお考えになったのなら、それはつまり、ぼくにはその情報がなかったということで、ぼくは裏切り者ではありません。閣下のパラドックスに、またべつのパラドックスでお答えします」

「それで、きみの結論は？」

「ぼくは裏切り者ではありません」

「それには同意しよう。きみの論理には反論の余地がない」

「それじゃ、なぜぼくたちをひそかに追跡してこられたのか、その理由をうかがってもいいでしょうか」

「すべての事実に加えて第三の解釈があるからだ。きみとプリッチャーは、それぞれ自分なりの事実を語ったが、それは事実のすべてではない。時間を割いてくれれば、いまここでわたしがすべてを説明しよう。退屈するほどの時間はかからない。プリッチャー、すわりたまえ。そしてブラスターをよこしなさい。攻撃される心配はない。中からも外からも、そう、第二ファウンデーションからもね。それも、チャニス、きみのおかげだ」

ワイアに電気を通したロッセムふうの電球がひとつ、天井からぶらさがっている。その黄色い光に照らされて、三つの影が床に落ちている。

ミュールが話しはじめた。

「わたしはチャニスを追う必要があると考えた。そこから何かが得られると、明らかに期待できたからだ。彼は驚くようなスピードで、まっすぐ第二ファウンデーションにむかった。つまるところ、わたしの期待はそういう形で実を結んだことになる。わたしが彼から直接情報を得なかったのは、何かそれをはばむものがあったからにちがいない。これが事実だ。もちろんチャニスは答えを知っている。わたしも知っている。プリッチャー、きみはわかるか」

「いいえ、わかりません」プリッチャーはなおも頑なに答えた。

「では説明しよう。第二ファウンデーションの所在地を知り、かつわたしがそれを知ることをさまたげられる人間は、一種類しかない。つまりチャニス、遺憾ながら、きみが第二ファウンデーションの人間なのだ」

チャニスは膝に肘をついて身をのりだし、怒りにこわばるくちびるから言葉を放った。

「直接証拠は？　今日、もう二度も推論の誤りが証明されたんですけれど」

「直接証拠もある。簡単なことだ。チャニス、配下の者が干渉を受けていることは話したな。干渉したのは明らかに、（a）非転向者であり、（b）物事の中心近くにいる者だ。範囲としてはかなりひろいが、無制限というわけでもない。チャニス、きみは成功しすぎていた。人に好かれすぎていた。何もかもがうまくいきすぎていた。だからわたしは不審に思った——

そこでわたしはきみを呼んで、この遠征を命じた。きみはひるまなかった。わたしはきみの感情を観察していた。きみは不安も感じていなかった。きみは自信を示しすぎたのだ。真に有能な者ならば、あのような仕事を命じられて一瞬も不安をおぼえずにいられるはずはない。だがきみはそうならなかった。つまり、愚かであるか、制御されているか、そのどちらかということだ。

それは簡単にためすことができた。わたしはくつろいでいたきみの精神をとらえ、ほんのつかのま悲嘆で満たし、すぐにとりのぞいた。きみは怒った。わたしでさえ、ごく自然だと判断してしまいそうな、じつに巧みな反応だった。だがその前に、もうひとつの反応があったのだよ。わたしがきみの感情をとらえた瞬間、きみが事態を把握する直前のほんの短い一瞬、きみの心は抵抗したのだ。わたしが知りたかったのはそれだった。

誰であれ、わたしに抵抗できる者はいない。ほんの短い一瞬であってもだ。わたしと同じ精神制御能力をもたないかぎり」

チャニスは低い皮肉な声で言った。

「ふうん、それで？　それで、どうするっていうんですか」

「きみはここで死ぬのだ――第二ファウンデーションの人間として。それがやむを得ないことは、きみにも理解できるだろう」

そしてふたたび、チャニスはブラスターの銃口をのぞきこむことになった。だがいまその銃を握っているのは、チャニスの好きに精神をねじ曲げることのできるプリッチャーではなく、チャニス自身と同じくらい円熟し、かつ同じくらい強靭な抵抗力をそなえた精神の持ち主なのだ。

事態を改善するべく彼に与えられた時間は、あまりにも少なかった。

そのあとに起こったことは、ふつうの感覚しかもたず、ふつう程度の感情抑制しかできない者には、描写が困難である。

ミュールの親指が引金となるスイッチを押すまでのじつに短い瞬間に、チャニスはつぎのことを認識した。

ミュールの感情は現在、わずかなためらいにも曇らされず、硬く磨きあげられた決意となっている。あとで計算していたら、発砲を決断した瞬間から破壊エネルギーが到達するまでの時間差は、わずか五分の一秒ほどだとわかっただろう。

ほとんど無に等しい時間だ。

じつに短いその同じ瞬間に、ミュールもまた認識した。彼自身はなんの衝撃も感じていないのに、チャニスの脳の感情エネルギーがとつぜんふくれあがったこと。それと同時に、身の毛もよだつ純粋な憎悪の波が思いがけない方角からどっと押し寄せてきたこと。

その新しい感情が、彼の親指をブラスターのスイッチから引き剝がした。そんなことのできるものはほかにない。同時に、彼は状況が一変したことを完全に理解した。

もしこれがドラマだったら、そのストップモーションのような一場面はあまりに短く、こめられた重要性を伝えることはできなかっただろう。ミュールがブラスターから親指を離し、チャニスを凝視している。チャニスは緊張のあまり、まだ息もできずにいる。そしてプリッチャーは椅子の上で痙攣していた。全身の筋肉は引き攣ってちぎれそうだし、いまにもミュールめがけて突進しようとするかのように、すべての腱がよじれている。彼の顔はついに、訓練のすえ身につけた無表情を捨ててゆがみ、恐ろしい憎悪をたたえた誰のものともわからぬデスマスクとなった。そしてその両眼は、ただひたすら、ミュールひとりだけをひたと見据えていた。

チャニスとミュールはほんのひと言ふた言をかわしただけだった。彼らのような者たちのあいだでは、それだけで感情意識の流れが完全に明かされ、永久につづく理解が生じる。だが限界あるわれわれ常人のためには、そのとき、そしてそれ以後に何が起こったのか、言葉に翻訳した説明が必要となる。

チャニスが張りつめた声で言った。

「第一市民、あなたはいま挾撃にあっている。ふたつの精神を同時に操ることは、あなたにもできない。そのうちのひとつがぼくなのだから。あなたに選択肢を与えよう。プリッチャーはあなたの転向から解放された。ぼくが絆を断ち切った。昔のプリッチャー、あなたをすべての自由と正義と崇高さの敵と見なし、あなたを殺そうとした男にもどっている。おまけに彼は、自分がこの五年間、あなたによって無力な追従者に貶められていたことを知っている。いまはぼくが彼の意志を抑えているけれどね。ぼくが死んだら、その抑制は消える。そうしたら、あなたがブラスターのむきを変えるよりも、いや、意識のむきを変えるよりもはやく、彼があなたを殺すだろう」

ミュールははっきりとそれを理解し、動こうとはしなかった。チャニスはつづけた。

「もしプリッチャーのほうをむいて、制御するとか、殺すとか、何かしようとしたら、こんどはぼくを阻止することができなくなるね」

ミュールはなおも動かず、理解を示すかすかなため息を漏らしただけだった。

「それじゃ、ブラスターをおろして、対等な立場にもどらないか。そうしたらプリッチャーを返してやるよ」

「ミスをした」やがてミュールが言った。「きみと対決するときに第三者をそばに残したのが間違いだった。変数がひとつ余計だった。過ちの代価は支払わなくてはならない」

そして無造作にブラスターを落とし、部屋の向こう端に蹴飛ばした。同時に、プリッチャーがぐったりと深い眠りに落ちた。

「目覚めたときはもとにもどっているだろう」ミュールが無造作に言った。

ミュールがブラスターの引金スイッチに親指をかけてから、それを落とすまでのすべての会話にかかった時間は、わずか一秒半にすぎなかった。

だがチャニスは、探知できるぎりぎりの瞬間に、意識の境界のわずか下で、ミュールの心にほんの一瞬だけきらめいたつかのまの感情をとらえたのだった。それは依然として、自信と確信あふれる勝利感だった。

6 ひとりの男とミュール——そしてもうひとり

肉体的には正反対に見えるふたりの男は、緊張感もなくゆったりくつろいでいるようでありながら——感情を探知するありとあらゆる神経をぴりぴりと張りつめていた。

ミュールは長い年月のあいだではじめて、自分のやり方に自信がもてなくなっていた。チャニスもまた、少しのあいだくらいは自衛できるだろうが、それには多大な努力が必要なこと、そして、自分に加えられる攻撃は、自分が敵に加えられる攻撃とは比べ物にならないだろうことに気づいていた。耐久力の勝負になれば、自分が負けるだろうことにも。

そんなことを考えてはいけない。致命傷となる。ミュールに感情的弱みをもうすでに漏すのは、その手に武器を握らせることと同じだ。ミュールの心には何か——もうすでに勝利をおさめたかのような何かがちらついている。

時間を稼げ——

なぜほかの者たちは遅れているのだ。ミュールが自信にあふれているのはそのせいか。やつは彼の知らない何を知っているのだろう。注視してもミュールの心は何も語らない。あの思考を読むことさえできたら。だがそれでも——

チャニスは混乱する思考に急ブレーキをかけた。いまはただ時間を稼ぐだけだ——

「プリッチャーをめぐるささやかな対決のあと、あなたはぼくが第二ファウンデーションの人間だと断定し、ぼくもそれを否定しなかったけれど、それじゃ、ぼくがなぜタゼンダにきたのか、説明してもらえないかな」

「いやいや」ミュールは自信に満ちた高慢な笑い声をあげた。「そんな必要はない。プリッチャーはなんとか理由づけて説明しようとしていたがね。きみにはきみなりの理由があったのだろう。それがなんであれ、きみの行動はわたしの目的と合致した。だからとりたてて詮せんた索はしない」

「だけど、今回の成り行きについて、あなたの理解にはいっぱい穴があるはずだ。タゼンダはあなたがさがしていた第二ファウンデーションなのかな。あなたが試みた第二ファウンデーション探索や、あなたの道具だった心理学者エブリング・ミスについては、プリッチャーがいろいろと話してくれたよ。ときどきだけれど、ぼくがほんの少し……その……促したから、漏らしたこともある。エブリング・ミスのことを思いだしてくれないか、第一市民」

「なぜそんなことをしなくてはならないのだ」

なんという自信！

時間が経過するにつれて、ミュールの抱えていた不安がしだいに消滅し、自信がじわじわとにじみだしてくるのがわかる。

チャニスは自暴自棄になりそうな衝動を懸命にこらえながら言った。

「あなたには好奇心ってものがないんだな。プリッチャーはミスが何かにものすごく驚いていたと言っていた。ミスは、いそがなくてはならないと、第二ファウンデーションに警告を送らなくてはならないと、ひどくあせっていた。なぜ？　なぜなんだ？　エブリング・ミスは死んだ。第二ファウンデーションは警告を受けなかった。それでも第二ファウンデーションは存在している」

ミュールが心から嬉しそうに微笑した。同時に、驚くほどの酷薄さがぐいとチャニスにせまり、すばやくひいていった。

「だが明らかに、第二ファウンデーションは警告を受けている。さもなければ、どうしてベイル・チャニスという男が、わたしの配下の者を操ったり、わたしを出し抜いたりするという面白くもない仕事のため、カルガンまでやってくるのだ。警告は届いた、ただ時期が遅すぎただけだ」

「だったら」チャニスはあえて哀れみを表出しながら言った。「あなたは第二ファウンデーションがどういうものかを知らないいんだよ。いま起こりつつあることすべての、より深遠な意味だって、何ひとつね」

時間を稼げ！

ミュールはチャニスの憐憫を感じとった瞬間、敵意にすっと目を細くした。そろえた指でいつものように鼻をこすり、鋭い声で言い返した。

「ならば勝手に面白がっているがいい。第二ファウンデーションがなんだというのだ」

チャニスはゆったりと、感情的記号論ではなく言葉を使って語った。

「ぼくが聞いた話じゃ、ミスをいちばん困惑させたのは、第二ファウンデーションをとりまく謎だってことだった。ハリ・セルダンはふたつの組織をまったく異なる形で創設した。第一ファウンデーションは、二世紀にわたって銀河系を圧倒する光だった。それにひきかえ、第二は深淵にひそむ闇だった。

滅びゆく帝国時代に知性がどのような状態だったか、そうした雰囲気がもう一度感じられないかぎり、その理由を理解することは難しいだろうな。あれは絶対性の時代、偉大な最後の普遍性の時代だった。少なくとも思想においてはね。だけどもちろん、思想がそれ以上発展しないように枷がはめられたってのは、文化が衰退しつつあるしるしだった。セルダンが名を成したのは、そうした枷に抵抗したからだよ。彼は帝国を夕焼けの光で照らし、のぼりくる朝陽たる第二帝国の誕生をほのかに予言した。みずからの内に秘められた若々しい創造性の最後のきらめきとしてね」

「じつにドラマティックだ。それで?」

「そこで、セルダンは心理歴史学の法則に基づいてふたつのファウンデーションをつくった。だけど、その法則もまた相対的なものだってことは、誰よりも彼自身がよく知っていただろうね。彼がつくったものは、けっして完成品じゃなかった。完成をありがたがるのは衰退する精神だけだ。彼がつくったのは進化するメカニズムであり、第二ファウンデーションはその進化のための機関なんだ。いいか、虚しき惑星連合の第一市民、われわれこそ、われわれこそが、セルダン計画の守護者なんだ。われわれだけがね!」

「きみは言葉でみずからを鼓舞しようとしているのか」ミュールが馬鹿にしたようにたずねた。「それとも、わたしに感銘を与えようとしているのか。第二ファウンデーションもセルダン計画も第二帝国も、わたしに何ひとつ感銘を与えることはないし、憐憫や共感や責任感や、きみがわたしに植えつけてなんらかの助けにしようとしているいかなる感情の源に触れることもない。いずれにしても、愚か者よ、第二ファウンデーションについて語るときは過去形を使うがいい。すでにそれは滅ぼされたのだから」

ミュールが椅子から立ちあがって近づいてきた。チャニスの心にのしかかる感情エネルギーが強度を増す。彼は必死で抵抗したが、何かが容赦なくはいりこんできて、彼の心をうちのめし、うしろへ——うしろへと、押しもどした。

背後に壁が感じられる。目の前にはミュールがいる。骨ばった両腕を腰にあて、山のような鼻の下でくちびるが恐ろしい笑みを刻んでいる。

「チャニス、きみのゲームは終わった。きみたち全員のゲーム——かつて第二ファウンデーションであったものに所属していた人間全員のゲームは終わったのだ。すべては過去のものだ！　すべては過去のものなのだ！

きみはずっとここにすわって何を待っていたのだ。肉体的にはなんの苦労もなくプリッチャーを打ち倒してブラスターをとりあげることだってできたのに、ここにすわったままくだらぬ話をしていた。いったい何を待っていたのだ。わたしを待っていたのではないのか。できるだけもっともらしい状況で、わたしを迎えようとしていたのだろう。

残念ながら、そんな努力は必要なかった。わたしは知っていた。きみのことなどよくよくわかっていたのだ、第二ファウンデーションのチャニス。

だが、きみはいま何を待っているのだ。なおも懸命に言葉を投げつけてくる。声の響きだけでわたしをこの場にすくませようとしているかのように。そして話しながら、きみの心の一部は、ひたすら待っている。待って、待って、待ちつづけている。だが誰もこない。きみが期待しているものは——きみの仲間は、けっしてこない。きみはここでひとりきりだ、チャニス。これからもずっとひとりだ。その理由がわかるか。

きみの第二ファウンデーションは、最後の最後のどたん場で、わたしについての計算間違いを犯したのだ。わたしははやくから彼らの計画に気づいていた。彼らは、わたしがきみを追ってここまでやってきて、まんまと料理されるだろうと考えていた。きみは囮の役を果たすことになっていた――帝国を追うのに夢中になるあまり、あからさまな落とし穴にはまってしまう、愚かでか弱い哀れなミュータントをひきよせる囮だ。だがわたしは、いま虜になっているか。

わたしが艦隊を引き連れずにくると思っていたのか。その砲を前にしたら、彼らなどまったく哀れなほど無力だということに気づかなかったのか。わたしがわざわざ時間をとって話し合いをしたり、何かが起こるのを待ったりするなどと考えていたのか。

わたしの艦隊は十二時間前、タゼンダにむかって発進し、その任務をみごとに果たした。タゼンダは廃墟となり、人口稠密地帯は一掃された。抵抗はなかった。第二ファウンデーションはもはや存在しない、チャニス――そしていままでは、異質で醜く虚弱なこのわたしが、銀河系の支配者なのだ」

チャニスはただひたすら弱々しく首をふるばかりだった。

「そんな――そんな――」

「そうだ――そうだ――」ミュールはからかうようにその口調を真似た。「そして、きみがその最後のひとりなのだとしても――おそらく事実なのだろうが――それもそう長くはない」

意味ありげな短い間につづいて、チャニスはふいに、精神のもっとも奥深い細胞が貫かれ引き裂かれるような苦痛に襲われ、悲鳴をあげそうになった。

ミュールは攻撃の手をひいて、つぶやいた。

「まだだ。きみはまだテストを通過していない。きみの絶望は見せかけだ。それは、理想を打ち壊すような広大にして圧倒的な恐怖ではなく、個人的な破壊を恐れて染みだしたささやかなものにすぎない」

ミュールの華奢な手が虚弱な力でチャニスの咽喉(のど)をつかんだが、チャニスにはなぜかそれをふりほどくことができなかった。

「きみはわたしの保険だ、チャニス。わたしが過小評価を犯さないよう、監督してくれる」

ミュールの視線がのしかかってくる。執拗に——苛酷に——

「わたしの計算は正しいか、チャニス。わたしはきみたち第二ファウンデーションを出し抜くことができたか。タゼンダは滅びた。徹底的に破壊された。なのになぜきみの絶望は上辺(うわべ)のものにすぎない。事実はどこにある。わたしはどうあっても、事実と真実を知らなくてはならない！　話せ、チャニス、話せ。では、わたしの理解はまだ甘かったのか。危険はまだ存在しているのか。話せ、チャニス！　わたしはどこで間違えたのだ」

チャニスは口から言葉がひきだされるのを感じた。むろん話したいわけではない。言葉を押しとどめようと歯を食いしばった。舌を嚙んだ。咽喉のあらゆる筋肉をこわばらせた。

それでも言葉はこぼれだした——あえぐように——彼の咽喉と舌と歯を切り裂いて、力ずくでひきだされた。

「真実は」きしるような声で言った。「真実は——」

「そう、真実だ。わたしは何をし残している？」

「セルダンはここに第二ファウンデーションを設立した。前にも言った、ここだ。嘘ではない。心理学者たちがやってきて、もとからいた住人を支配した」

「タゼンダの住人をだな」ミュールは洪水のようにあふれるチャニスの感情と苦悶の奥深くまではいりこみ、無情にそれを掻き乱した。「わたしはタゼンダを滅ぼした。きみはわたしが何を求めているか知っているはずだ。それを明かせ」

「タゼンダではない。第二ファウンデーションはなんの力ももっていないように見えると言ったはずだ。タゼンダは表看板にすぎない——」第二ファウンデーション人の意志の粒子ひとつひとつに逆らいながら、ほとんど聞きとれないような言葉が絞りだされた。「ロッセムだ——ロッセムが——ロッセムこそが、その世界なのだ——」

ミュールが手を放した。チャニスは苦痛と苦悶のうちにくずおれた。

「わたしを騙そうとしていたのだな」ミュールが静かにたずねた。

「まんまと騙されたじゃないか」それは、消滅しつつあるチャニスの抵抗の、最後のひと欠片だった。

「だが、きみにもきみの仲間にとっても、真相を明かすタイミングがはやすぎたようだ。タゼンダを片づけたいま、艦隊はロッセムにやってくる。だがまずは——」

耐えがたい闇がチャニスにせまってきた。痛む目をかばおうと思わず腕をあげたが、それをはらいのけることはできなかった。闇が息をつまらせる。引き裂かれ傷ついた精神が、よろよろと、奥へ奥へ、永遠の闇の中へと後退していく。彼の目に映った最後の光景は、笑うマッチ棒のような勝ち誇ったミュールの姿――そして、笑いに揺れている、肉塊（にくかい）のような長い鼻だった。

音が消えていった。闇が愛おしむように彼を包みこんだ。

稲妻のように強烈な閃光がひらめいて闇が遠のき、ゆっくりと意識が回復した。視覚もどうにかもどってきたが、涙のたまった目を通してすべてがぼんやりとにじんでいる。我慢できないほど激しい頭痛。手をあてても、刺すような痛みが感じられるばかりだ。生きていることは間違いない。吹き抜ける風に舞う羽毛（うもう）のように、静かに思考が安定し、おちついた。安らぎが――外側から――しみいってくる。苦労しながらやっとのことで首を曲げると――刺すように鋭い安堵がこみあげてきた。

ドアがあいていた。そしてそのすぐ内側に、第一発言者が立っていた。チャニスは話そうとした。さけぼうとした。警告を送ろうとした――だが舌は凍りついたように動かない。ミュールの強力な思考が、いまだ彼をとらえ、すべての言葉を奪っているのだ。

もう一度首を曲げた。ミュールはまだ部屋の中にいる。怒りに目を燃やしている。もはや笑い声をあげてはいないが、歯を剝きだして凶暴な笑みを浮かべている。

第一発言者の精神が、癒（いや）すようにやさしくチャニスの心を撫でていく。ミュールの防御に触れて、一瞬争ったすえに、痺れるような感覚を残してひいていった。

ミュールが、痩せこけた身体に不釣り合いなグロテスクな怒りをこめて、きしるような声をあげた。

「ではまたひとり、わたしを迎えに出てきたというわけか」

精神がすばやく部屋の外に触手をのばし——のばし——のばし——

「ひとりか」

第一発言者はうなずいて答えた。

「わたしひとりだよ。ひとりでこなくてはならなかった。五年前にきみの未来についての計算を誤ったのはわたしだからだ。人の手を借りず、それを正せるのはありがたいことだ。残念なことに、この場所を包んでいるきみの感情排斥フィールドの強度を計算にいれていなかったので、それを解除するのに時間がかかってしまった。これほどのものを形成できる能力は称賛に値する」

「褒められても感謝はしない」敵意に満ちた返事だった。「わたしに世辞など使うな。その脳髄の欠片を、壊れた柱のようにそこに倒れている男のものと、ならべるためにきたのか」

第一発言者は微笑した。

「ああ、きみがベイル・チャニスと呼んでいるその男は、みごとに任務を果たしてくれたよ。その精神パワーがきみと比べはるかに劣っていることを思えば、なおさら立派なものだ。きみが彼をむごく扱ったことはわかっている。だがいまならばまだ、完全な回復が期待できる。

彼はじつに勇敢だった。精神的な損傷を被る可能性が非常に高いと数学的に予測されていたにもかかわらず、この任務に志願してくれた。肉体的な損傷よりも、ずっと恐ろしいことなのだがね」

言いたいことがあるのに、心が虚しく脈打つばかりで、言葉が出てこない。警告を叫びたいのに、それもできない。ただ恐怖を垂れ流しているばかり――恐怖だけを――

ミュールはおちついていた。

「あなたはもちろん、タゼンダが破壊されたことは知っているのだな」

「知っている。きみの攻撃があるだろうことは予測されていた」

彼は残忍に言い放った。

「ああ、そうだろう。だがそれを防ごうとはしなかったのだな」

「ああ、しなかった」第一発言者の感情的記号は明快だった。おのれに対する憎悪。完全な自己嫌悪だ。「だが責められるべきはきみではなく、むしろわたしのほうだ。きみがいまのような力を得ると、五年前に誰が想像できたろう。われわれは最初から――きみがカルガンを手に入れた瞬間から、きみには感情支配能力があるのだろうと推測していた。それほど驚くべきことでもなかった。第一市民、それを説明してやろう。

きみやわたしが所有する感情接触能力は、とりたてて新しいものではない。それは基本的に、人間の脳に内在しているのだ。ほとんどの人間は、表情や声音などと関連づけたごく単純な方法で、他者の感情を読むことができる。動物の多くは、この能力をさらに高度に発達させている。彼らはもっぱら嗅覚を使う。そこにふくまれる感情はそれほど複雑ではない。じつのところ、人はもっとさまざまな力をもっているのだが、感情に直接接触する能力は、百万年以上も昔、言語が発達したために退化してしまった。その忘れられた感覚を発展させ、少なくともある程度まで回復させたのは、われわれ第二ファウンデーションのおおいなる功績といえるだろう。

だがわれわれは、それを完全に使用できるように生まれついてはいない。百万年にわたる衰退が、とてつもない障害となっている。われわれは、運動によって筋肉を鍛えるように、その感覚を磨き鍛えなくてはならない。その点がきみとはまったく異なる。きみには生まれつきその能力が備わっていたのだから。

そこまではわれわれにも計算できた。そのような感覚をもつ男が、それをもたない人間の世界にどのような効果をもたらすかも計算できた。目の見える人が、目の見えない人々の国にくるようなものだ。きみがどの程度の権力欲に支配されるかも計算したし、それに対する対策も講じた。だが、予想外のことがふたつあったのだ。

ひとつめは、きみの能力が非常に広範囲に効果をおよぼせることだ。われわれは、相手が視界にはいっているときしか感情接触ができない。だからわれわれは、きみが考えているよりも、物理的な武器に対して無力だ。視覚が非常に重要となる。だがきみはそうではない。きみは視覚も聴覚も届かない場所にいる相手とも、密接な感情接触をして支配下におくことができる。いまになればはっきりとわかる。だがわれわれは、それに気づくのが遅すぎた。

ふたつめは。われわれはきみの肉体的特徴――とりわけ、きみにとって非常に重要な意味をもち、騾馬（ミュール）という名を選んだ原因となった特徴について、知らなかったことだ。われわれは、きみが単にミュータントというばかりではなく、生殖能力をもたないミュータントであることまでは予見できなかったし、その劣等感から生じる心理的なゆがみを見逃してしまっていた。われわれは権力欲のみを考慮し――病的なほど強度な偏執（へんしつ）性については考えていなかった。

　そうしたことを見逃した責任は、わたしが負うべきものだ。きみがカルガンを制圧したとき、第二ファウンデーションの指導者の地位にいたのはわたしだったのだから。きみが第一ファウンデーションを滅ぼしたときにわれわれは気づいた――だが遅すぎた。その失策ゆえに、タゼンダで何百万という生命が失われた」

「そして、いまそれを正そうというのか」ミュールの薄いくちびるがゆがみ、精神が憎悪で脈打った。「何をしようというのだ。わたしを肥（ふと）らせるのか。男としての能力を回復させるのか。異質な環境ですごした長い子供時代を過去からとりのぞこうというのか。わたしの苦しみに同情してくれるのか。わたしの不幸を嘆（なげ）いてくれるのか。わたしはなすべきことをしたまでだ。後悔はない。銀河系はおのれでおのれを守るといい。わたしが保護を必要としたときに、指一本も動かしてはくれなかったのだから」

「きみの感情は生（お）い立ちによって形成されたものだ」第一発言者が言った。「非難するつもりはない――ただ変えるだけだ。タゼンダ壊滅は避けることができなかった。さもなければ、何世紀にもわたって銀河系全域に、より大きな破壊がもたらされていただろう。われわれは、限られた方法ではありながら、最善を尽くした。できるだけ多くの住人をタゼンダから避難させたのだ。残りの者たちは、惑星じゅうに散らばらせた。だが残念ながら、そうした措置では充分というにはほど遠く、何百万という死者が出てしまった――きみはそれを痛ましいとは思わないのか」

「まったく――同じように、いまから六時間以内にロッセムで死ぬ十万を痛ましく思うこともない」

「ロッセムでだと?」第一発言者がすばやく言った。

そして彼は、なかばまで身を起こしていたチャニスをふり返り、思考をのばした。チャニスの中でふたつの精神が激しく争う。彼を縛る拘束がぱちんとはずれ、言葉が口からこぼれ落ちた。

「すみません、ぼくは完全に失敗してしまいました。あなたが到着する十分ほど前、彼はぼくから無理やり情報をひきだしたんです。抵抗できませんでした。言い訳はしません。彼は第二ファウンデーションがタゼンダではなく、ロッセムであることを知ってしまいました」

そしてチャニスの精神はふたたび束縛された。

第一発言者が眉をひそめた。

「そうか。そしてミュール、きみはどうするつもりなのだ」

「本気でたずねているのか。この明らかな答えが、ほんとうに見えていないのか。あなたが感情接触の特質について講義をしているあいだ——権力欲とか偏執性とかいった言葉をわたしに投げつけているあいだ——そのあいだもずっと、わたしは働いていた。艦隊と接触し、指示をくだしていた。わが艦隊は六時間のうちに、わたしがなんらかの理由でその指示を取り消さないかぎり、この孤立した村とその周囲百平方マイルをのぞいて、ロッセム全土を爆撃する。徹底的に破壊しつくしたあとで、ここに着陸する。

六時間あるが、六時間ではわたしの精神を打ち倒すことも、ロッセムを救うこともできはしない」

ミュールは両手をひろげてふたたび笑い声をあげたが、第一発言者はこの新たな状況をなかなかのみこめずにいるようだった。

「その指示をとりさげるための条件を聞こう」

「なぜとりさげなくてはならないのだ。そんなことをして、わたしになんの得がある。ロッセム住人の生命を惜しめというのか。そうだな、艦隊の着陸を許可し、あなた方全員——第二ファウンデーションの成員全員が、わたしの求める精神支配を受けるというなら、爆撃命令をとりさげてもいい。高度な知性をもった人間をそれだけ多く支配下におさめるのも面白い。だが、かなりの労力が必要になるから、結局は割にあわないかもしれない。となれば、あなたが同意しようとしまいと、わたしとしてはどちらでもいい。さあ、どうする、第二ファウンデーション人。少なくともあなたと同じくらいの力をもつわたしの精神に対して、あなた方が所有することなど夢にも思ったことのない強大な艦隊に対して、あなたはどのような武器をもっているのだ」

「わたしが何をもっているかだと？」第一発言者はゆっくりと問い返した。「ああ、何ももってはいないよ。ほんのわずかな知識——きみももっていない、ほんとうにちっぽけな知識のほかはね」

「さっさと話すがいい」ミュールが笑った。「作り話をするがいい。懸命にもがいているのだろうが、どれほどもがこうと、そこから抜けだすことはできない」

「哀れなミュータントだ」と第一発言者。「わたしは、もがいて抜けださねばならない状況にはいない。おのれに問うてみるがいい——なぜベイル・チャニスが囮としてカルガンに送りこまれたのか。若く勇敢だが、精神パワーにおいては、そこに眠っているハン・プリッチャー将軍と同じくらい、きみに劣っているベイル・チャニス。なぜ、わたしやほかの指導者——きみと張りあえるだけの力をもった者が出向かなかったのか」

このうえなく自信に満ちた答えが返った。

「あなた方もそれほど馬鹿ではなかったということだ。わたしと張りあえるだけの者が、誰もいなかったのだろう」

「真の理由はもっと論理的だよ。きみはチャニスが第二ファウンデーションの人間だと気づいた。チャニスはそれをきみから隠すだけの力をもっていなかった。自分のほうが優れているとわかっていたから、きみはあとで出し抜けばいいと、恐れることなく彼のしかけるゲームにのり、彼の望みどおりにあとを追った。もしわたしがカルガンにおもむいていたら、きみは真に危険な敵と見なしてわたしを殺していただろう。また、わたしが死を避けようと正体を隠していたら、きみを宇宙に誘いだすことはできなかった。きみをおびきだす役目は、明らかにきみよりも劣る者が務めなくてはならなかったのだ。そして、きみがカルガンにとどまるかぎり、第二ファウンデーションの総力をもってしても、部下と軍と精神パワーに守られているきみを傷つけることはかなわなかった」

「悪あがきだな。精神パワーはいまこの場にわたしとともにある」ミュールが言った。「そして、部下と軍もさほど遠くにあるわけではない」

「確かにそのとおりだ。だが、きみはいまカルガンではなく、ここ、タゼンダ王国にいる。論理的に――きわめて論理的に、第二ファウンデーションとしてきみに示された星だ。そう、この星を示す手順は論理的でなくてはならなかった。きみはじつに聡明だから、論理的でないものにはけっして従おうとしない」

「そうだ。わたしがここまでおびきよせられたのは、確かにあなた方にとって一時的な勝利なのだろう。だがわたしには、あなたの部下チャニスから真実をひきだす時間と、これは仕組まれたものかもしれないと認識するだけの知恵があった」

「ああ、やはりきみには少しばかり狡猾さが足りないようだね。われわれは、きみがその一歩を踏みだすだろうことを予測し、そのためにベイル・チャニスを用意したのだよ」

「その用意も無意味だった。わたしは鶏の羽根をむしるように、彼の脳の外皮を完全に剝ぎとった。彼の脳はわたしの前でむきだしになり、ふるえていた。ロッセムが第二ファウンデーションだと告げたとき、それは掛け値なしの真実だった。わたしはなめらかな薄紙のようになった彼を、徹底的に調べあげたのだ。顕微鏡的に小さな隙間すらなく、欺瞞の欠片も隠れることはできなかった」

「それはそうだろう。われわれの予測としては、それでよかったのだよ。さっきも話したように、ベイル・チャニスは志願者だった。彼が何を志願したか、わかるかな。ファウンデーションを出てカルガンのきみのもとへむかう前、恐ろしいほど苛酷な感情処置を受けたのだ。それならば充分、きみを騙すことができると思わないか。精神的な処置を受けていないベイル・チャニスに、きみを騙すことができたと思うか。そう、それが必要だったのだよ。ベイル・チャニスは、彼自身が騙されることを選んだのだ。ベイル・チャニスは心の奥の奥のその中心核まで純粋に、ロッセムが第二ファウンデーションだと信じている。

われわれ第二ファウンデーションは、三年をかけて、ここタゼンダ王国にそれらしい見せかけをつくり、きみを待っていた。そして成功した。そうではないか。きみは第二ファウンデーションはタゼンダだと知り、さらにはロッセムだと知った――だが、それからさきを知ることはない」

ミュールが立ちあがった。

「では、ロッセムもまた第二ファウンデーションではないというのか」

床の上のチャニスは、第一発言者の精神パワーを受けてミュールの束縛が永久にはじけとんだことに気づき、まっすぐに上体を起こした。そして、信じられないという思いをこめてさけんだ。

「第二ファウンデーションはロッセムではないとおっしゃるんですか」

これまでの人生の記憶が、心にとどめている知識が――ありとあらゆるものが――混乱し、ぼんやりとかすんで彼の周囲で渦を巻いている。

第一発言者が微笑した。

「見ただろう、第一市民。チャニスもきみと同じように驚いている。もちろんロッセムは第二ファウンデーションではないよ。もっとも強力でもっとも危険でもっとも巨大な敵たるきみを、みずからの惑星まで案内するなど、正気の沙汰ではあるまい。そう、とんでもないことだ！

気がすまないというなら、きみの艦隊にロッセムを爆撃させればいい。かなうかぎりの破壊をおこなうがいい。彼らに殺せるのは、せいぜいがチャニスとわたしだけなのだから――そして、きみの状況は何ひとつ改善されない。

ロッセムで三年をすごし、一時的にこの村の長老を務めていた第二ファウンデーションの派遣隊は、昨日、船に乗ってカルガンに出発した。きみの艦隊を避け、少なくともきみより一日はやくカルガンに到着する。だから、わたしはいまこうした事情すべてを話しているのだよ。わたしが命令を取り消さないかぎり、帰国したきみを迎えるのは、叛乱を起こした帝国、崩壊した国土だ。そして、きみに忠誠を捧げているのは、ロッセムにきた艦隊勤務の者たちだけになる。数としては圧倒的に少ない。それだけではない、きみの本国艦隊は第二ファウンデーションの成員がしっかりガードしているから、誰ひとり二度と転向しなおすことはできない。きみの帝国は終わったのだよ、ミュータント」

ミュールはゆっくりとうなだれた。怒りと絶望が完全に彼の精神を追い詰めていた。

「そうだ。遅すぎた――遅すぎたのだ。いまとなればわかる」

「そう、いまはわかる」第一発言者が同意した。「だが、いまはもうわからない」

絶望にかられた一瞬、ミュールの精神が開放された。その瞬間にそなえ、かつその性質をあらかじめ予測していた第一発言者が、するりと彼の精神にはいりこんだ。一秒の何分の一という時間のうちに、修正が完了した。

ミュールが顔をあげて言った。

「では、わたしはカルガンにもどるのだな」

「そうだよ。気分はどうだね」

「快適だ」ひたいに皺を寄せて、「あなたは誰だ」

「気にしなくてよい」

「ああ、そうだ」彼はその問題を忘れ、プリッチャーの肩に手をかけた。「起きるんだ、プリッチャー。さあ、帰国しよう」

それから二時間後、ベイル・チャニスはようやく、自分の足で立って歩けるだけの力を回復した。

「あいつ、二度と思いだすことはないんですか」

「二度とね。彼はこれからもあの精神パワーと帝国を所持しつづける――だがその動機は、いままでとまったく異なったものになる。第二ファウンデーションのことなど何も知らない、平和を愛する人間となったのだよ。今後はこれまでよりずっと幸せにすごすことができる。もっとも、欠陥をかかえたあの肉体はあと数年で寿命が尽きるだろうけれどね。彼の死後は、またセルダン計画がつづいていくだろう――なんとかしてね」

「でも、ほんとうなんですか」チャニスはせきこんでたずねた。「ロッセムが第二ファウンデーションではないというのは、ほんとうなんですか。誓ってもいいけれど――ぼくはそう知ってるんです。狂ってるわけじゃありません」

「きみは狂ってなどいないよ、チャニス。さっきも言ったように、修正されているだけだ。ロッセムは第二ファウンデーションではない。さあ、おいで！　わたしたちも帰国しよう」

最後の幕間

ベイル・チャニスは白いタイル張りの小部屋に腰をおろし、ゆったりとくつろいでいた。いま現在を生きているだけで心が満たされる。壁があり、窓があり、外には草が生えている。だがそれらに名前はない。ただの〝物〟だ。ベッドがあり、椅子があり、ベッドの足もとではブックが漫然と映像を流している。食事を運んでくれる看護師がいる。

はじめのうち、彼は懸命に、耳にした音の断片をつなぎあわせようとした。たとえば、ふたりの男の会話だ。

「こんどは完全な失語症だ」ひとりが言った。「まったくの空白だが、損傷はないようだ。記録しておいたもとの脳波構造をもどすだけで大丈夫だろう」

その響きは完全に記憶している。何か特別な意味をもっているらしい。でも、いまはどうだっていい。

それよりも、自分が横たわっている物の足もとで変化する、綺麗な色をながめているほうがずっと面白い。

それから誰かがはいってきて、彼に何かをした。長い眠りが訪れた。

それが終わったとき、ふいにベッドがベッドとして認識され、自分が病院にいるのだと知った。記憶していた言葉がふたたび意味をもった。

彼は身体を起こした。

「どうなってるんですか」

かたわらに第一発言者がいた。

「きみは第二ファウンデーションにいる。そして精神をとりもどした。きみの、本来の精神をだ」

「そうだ！　そうです、そうです！」

チャニスは計り知れない勝利感と喜びとともに、自分が間違いなく自分自身であることを知った。

「では聞かせてもらおうか」第一発言者が言った。「いまならば、第二ファウンデーションがどこにあるか、わかるだろう」

真実が巨大な波となって押し寄せ、チャニスは答えることができなかった。かつてのエブリング・ミスのように、彼はただひとつの巨大な驚きに満たされて茫然としていた。

やがて彼はうなずいた。

「銀河の星々にかけて——いまなら、わかります」

第二部　ファウンデーションによる探索

7　アーケイディア

ダレル、アーカディ　……作家。ファウンデーション紀元(エラ)三六二年五月十一日生まれ、四四三年七月一日没。アーカディ・ダレルは本来小説家であるが、彼女の著作中もっとも有名なものは、祖母ベイタ・ダレルの伝記である。これは祖母から直接聞いた話を記したものであり、数世紀にわたり、ミュールおよび彼の時代に関する主要な情報源とされていた……。『思い出の扉をあけて』と同様、彼女の小説『何度でもくり返し』は、子供時代のカルガン訪問をもとにしているといわれ、空位時代初期の華(はな)やかなカルガン社会を生き生きと描きだしている……

銀河百科事典(エンサイクロペディア・ギャラクティカ)

アーケイディア・ダレルは音声入力プリンタのマウスピースにむかって堂々と語りかけた。

「セルダン計画の未来、A・ダレル」

そして鬱々(うつうつ)と考える。いつの日か立派な作家になったら、すべての傑作をアーカディというペンネームで書いてやるんだ。アーカディだけ。名字なんていらない。

〝A・ダレル〟は、作文のクラスですべての提出作品に書かなくてはならない名前だけれど

――ほんとにつまらない。クラスの生徒はみなそうしなくてはならない。オリンサス・ダムだけは例外だ。彼が最初に自分のイニシャルと名字を口にしたとき、クラスじゅうが大笑いしたから。〝アーケイディア〟なんて、小さな女の子の名前じゃないか。曾祖母さまがそう呼ばれていたという理由だけで、彼女に押しつけられた。お父さまもお母さまもまるっきり想像力というものをもちあわせていなかったんだ。

彼女は二日前に十四歳になった。もう大人なのだという単純な事実を認めて、アーカディと呼んでくれてもいいのに。彼女はきゅっとくちびるを引き締めた。なのにお父さまときたら、ブック・ヴューアからおざなりに顔をあげて、「アーケイディア、いま十九歳のふりをするのはいいがね。二十五歳になったとき、男の子たちはみんなおまえのことを三十歳だと思うようになるぞ。そうしたらどうするんだね」と言ったのだ。

彼女はいま自分専用のアームチェアに横むきに寝ころんで、肘掛けに背中と両脚を預けている。そこからドレッサーの鏡に目をむけた。片足が邪魔でよく見えない。いつもの癖で、足の親指でスリッパをくるくるまわしているせいだ。足をひっこめて身体を起こし、不自然なほどしゃっきりと首をのばした。たっぷり二インチは背がのび、スマートですてきになったように思える。

ほんの一瞬、しげしげと自分の顔をながめた――丸すぎる。くちびるを閉じ、その奥で口腔を半インチひらく。どの角度から見ても不自然なほどほっそりとしている。すばやくくちびるを舐める。濡れたやわらかなくちびるをつきだす。気怠げに大人っぽく目蓋を伏せる

——。ほんとにもう、頰がこんな馬鹿みたいなピンク色でなかったら。

両の目尻に指をあてて軽く目蓋を吊りあげ、エキゾティックで神秘的な内星系の女たちの物憂げなさまを真似てみた。だけど、両手が邪魔になって顔があまりよく見えない。

こんどはあごをもちあげて横顔を映し、首が痛むのを我慢して、無理やり目の端から横目遣いに鏡をながめた。そして、いつもより一オクターブ低い声で言った。

「ねえ、お父さま、あたくしが愚かな男の子たちの考えることをほんのわずかでも気にかけているとお思いなら——」

そこで、手の中の音声入力プリンタがオンになったままなのを思いだし、「うわ、やっちゃった」とうんざりとした声をあげてスイッチを切った。

左端に桃色の枠線がはいった薄い菫色の紙に、文字が打ち出されていた。

セルダン計画の未来　A・ダレル

「ねえ、お父さま、あたくしが愚かな男の子たちの考えることをほんのわずかでも気にかけているとお思いなら——

うわ、やっちゃった」

彼女は腹を立てて紙を引き抜き、べつの一枚をセットしなおした。

だがそれでも、彼女の顔はいらだちちを浮かべることなく穏やかで、小さな口はにっこりと満足の笑みを刻んでいる。そっと紙の匂いを嗅いだ。うん、これよ、これ。エレガントでチャーミング。そして何より字が綺麗！

この機械は二日前、成年になってはじめての誕生日に届けられたものだ。機種を選ぶときに、彼女は訴えたのだった。

「だけど、お父さま、みんな――クラスの中で、少しでも自分ってものを意識してる子はみんな、これをもってるの。キーボードなんて使ってるの、古くさくてお固い連中だけよ――」

セールスマンも言った。

「これほどコンパクトでありながら、これほど多機能なモデルはほかにございません。スペルも句読点も、文意に応じて正確に表記いたします。当然ながら、教育的にも非常に役立ちましょう。発音と発語に気をつけなくては正確な綴りが記されませんし、端正で優雅な話し方をしなくては正確な句読点が打たれることもありませんから」

そのときになっても父は、彼女が皺くちゃなオールドミスの教師であるかのように、活字をプリントするタイプを求めようとした。

だが届いたのは、彼女がほしかったモデルだった――たぶん、十四歳の大人には少しばかりふさわしくない泣き落としが功を奏したのだろう。この機械でプリントされる文字は、ものすごく女らしいチャーミングな手書き風フォントだし、その大文字ときたら、誰も見たことがないくらい最高に優雅で美しいのだ。

この音声入力プリンタが書くと、「うわ、やっちゃった」という言葉すら、魅力的な息づかいをたたえている。

それでも作文は仕上げなくてはならない。椅子にまっすぐすわりなおし、てきぱきと下書き原稿を整え、歯切れのよい明確な発音で口述を再開した。お腹を平らに、胸をあげて、慎重に呼吸をコントロールする。彼女は芝居のような抑揚をつけながら読みあげた。

「セルダン計画の未来
ファウンデーションの過去の歴史は、優秀な教員の揃った本惑星の学校システムにおいて教育されたわたしたちならば、全員がよくよく承知していることである。

(ほら、こういう書きだしなら、性悪婆(しょうわるばばあ)のミス・アールキンだって満足でしょ)

その過去の歴史は、だいたいにおいて、偉大なるハリ・セルダン計画の歴史である。そのふたつは同一のものだからだ。しかしながら今日(こんにち)、ほとんどの人の心には、この〈プラン〉はその偉大なる叡智(えいち)のままに継続していくのか、それとも失敗し無効になってしまうのか、もしくは、もしかしてすでに崩壊しているのではないかという疑問が宿っている。

この点を理解するにあたっては、これまで人類に明かされてきた〈プラン〉の要点をざっとふり返ってみることが必要だろう。

(ここからは簡単。なんたって前の学期に近代史をとったんだから)

四世紀ほど昔、第一銀河帝国が最終的な死の前兆である停滞に陥(おちい)っていたころ、ひとりの男——偉大なるハリ・セルダンが、近づきつつある終焉(しゅうえん)を予測した。彼とその協力者たちは心理歴史学を通して——それに用いられた複雑(イントリカシ)な数学は遠い昔に忘れられてしまっているが——

(彼女は小さな疑惑にかられて言葉をとめた。cの音をやわらかくして、ちゃんと〝イントリカシ〟と発音したと思うのだけれど、この綴りは間違っているんじゃないだろうか。まあいいや。機械が間違えるはずはないし——)

巨大な社会的経済的潮流がどのように当時の銀河系を押し流していくか、その進路を予告した。彼らはまた、このまま放置しておけば帝国は滅亡し、その後新しい帝国が建設されるまで、少なくとも三万年の混沌(こんとん)たる無政府状態がつづくだろうことをも理解した。

おおいなる崩壊を阻止するにはもはや間に合わないが、少なくとも、その中間たる混沌期間を短縮することは可能だ。そこで、第一帝国と第二帝国を隔(へだ)てる期間がわずか一千年ですむようにと、〈プラン〉が設定された。わたしたちはいま、その一千年の第四世紀を終えようとしている。〈プラン〉がけしてそれることのない道を厳然(げんぜん)と突き進んでいるあいだに、何世代もの人間が生き、死んでいった。

ハリ・セルダンは、心理歴史学的問題に最善の数学的解答が出るような方法と状況のもと、銀河系の両端にそれぞれファウンデーションを設立した。そのうちのひとつ、わたしたちのファウンデーションは、ここテルミヌスに設置された。これは帝国の自然科学を結集したものである。それにより、わたしたちのファウンデーションは、外縁部で帝国から分離独立した野蛮な諸王国の攻撃にも耐えることができた。

ファウンデーションは事実、サルヴァー・ハーディンやホバー・マロウら、聡明にして英雄的な指導者たちの活躍により、それら短命な王国を逆に征服するにいたった。彼らは〈プラン〉を的確に読み解き、その

(下書きではここも複雑(イントリカシ)となっているけど、こんどは危険を冒さずにいこう)

こみいった道筋に従って、わたしたちの国を導いたのである。

ファウンデーションは最終的に、銀河系のシウェナおよびアナクレオン星域という広範囲にわたる宙域を支配する通商システムを構築し、最後の大将軍ベル・リオーズ率いる旧帝国の残滓(ざんし)をも打ち負かした。いまやセルダン計画をとめることは何者にもできないだろうと思われた。セルダンが計画したすべての危機は、適切な時期に発生し、解決された。ファウンデーションはその解決のたびに、第二帝国と平和にむかって、一歩ずつ大きく前進していった。

それから、

(ここで息が切れたので、最後の言葉は歯の隙間(すきま)から絞りだしたのだが、音声入力プリンタは冷静に、優雅な文字でそれを書き留(と)めてくれた)

死せる第一帝国の残滓が消失し、倒壊した巨大

国家の断片や切れ端を幾人もの無能な総帥が支配するようになったそのとき、みごとにミュールが出現したのである。

（このフレーズは、先週見たわくわくするようなヴィデオからとったものだけれど、ミス・アールキン婆は交響曲と講義しか聞かないのだから、絶対にばれっこない）

この奇妙な男は〈プラン〉にふくまれていなかった。彼はミュータントであるため、その誕生を予測することはできなかったのだ。ミュールは人の感情を操作・支配する不可解にして奇妙な力をもっていて、それにより、あらゆる人間を自分に従わせた。彼は驚くようなスピードで各国を征服して新帝国を樹立し、ついにはファウンデーションそのものをすら敗北せしめた。

それでも、彼はついに全宇宙を支配することはできなかった。初期の圧倒的な大躍進の途上において、偉大なるひとりの女性の知恵と勇気により、阻止されたのだ。しかしながらその物語の真の全容を知る者はほとんどいない。

（ああ、ここでいつもの問題だ。お父さまは必ず、あたしがベイタ・ダレルの孫だってことを絶対にもちだしちゃいけないって言うんだ。みんなが知ってることなのに。ベイタは史上かつてないほど偉大な女性で、たったひとりでみごとにミュールを阻止したんだから）

（そうよ！　クラスでこれを読むことになったら、最後の部分は暗い声を使ってやろう。そしたら絶対に誰かが、で、ほんとのところはどうだったの？　ってたずねてくるに決まってる。そう、たずねられたら、ほんとのことを話さないわけにはいかないでしょ

――彼女はすでに心の中で、厳しく問い質してくる父親に対して、むかつきながらも雄弁に釈明をおこなっていた）

強権的な支配を五年つづけたあと、ミュールに新たな変化が生じた。その理由は知られていないものの、彼はそれ以後、すべての征服計画を放棄した。晩年の五年間、彼は啓蒙専制君主として君臨した。

ミュールの変化は、第二ファウンデーションの介入によるものだと主張する者もいる。しかしながら、このもうひとつのファウンデーションの正確な所在地を発見した者も、正確な機能を知る者もいないため、この説はいまだ証明されないままである。

ミュールの死から丸々一世代がすぎた。ミュールの登場と死を経たいま、未来はどうなるのだろうか。彼はセルダンの〈プラン〉に介入し、ずたずたに破壊したかと思われた。だがミュールの死後、死にゆく星の灰の中からよみがえる新星のように、ファウンデーションは時をおかずふたたび立ちあがった。

（うん、ここはあたしの文章だ）

惑星テルミヌスはふたたび、ミュールによる征服以前と同じくらい大規模で豊かな、そしてそれ以上に平和で民主的な通商連合の中心となった。

これは計画どおりなのだろうか。セルダンの偉大なる夢はいまもなお継続していて、六百年後には第二銀河帝国が築かれるのだろうか。わたし自身はそうと信じたい。なぜならば、

（この部分は重要だ。ミス・アールキンはいつも、赤鉛筆の下手くそな字で、「これではただの説明です。あなた個人の意見はどうなのですか。考えなさい！　あなた自身を表現しなさい！　魂の奥をのぞきこみなさい！」と殴り書きをしてよこすのだ。魂の奥をのぞきこみなさい、か。生まれてから一度も笑ったことがないみたいな渋い顔をしているくせに、ミス・アールキンは魂のことはよく知っているんだ——）

現在の政治状況が、かってないほど良好だからである。旧帝国は完全に消滅し、そのあとにつづく総師乱立時代は、ミュールの支配によって終止符を打たれた。銀河系の大部分は文明化され、平和を享受している。

さらには、ファウンデーションの内部状況もまた、これまでになく健全だ。征服以前の世襲制市長による独裁は終わり、初期の民主的選挙制度にもどった。もはや、独立貿易商世界が異議を唱えることもなく、少数の手に巨額の富が蓄積されることによって生じる不正や混乱もない。

したがって、失敗を懸念する理由は何もない。ただひとつの問題は、第二ファウンデーションそのものが危険だという話が真実であるかどうかだ。その説を支持する人たちも、それを裏づける証拠をもっているわけではなく、ただ漠然とした不安や恐怖にかられているにすぎない。わたしたち自身を、この国を、ハリ・セルダンの偉大なる〈プラン〉を信頼して自信をもてば、わたしたちの心や精神からすべての疑念がぬぐい去られることは間違いなく、

（なんだかもう、いかにも陳腐でつまらない。だけど締めくくりにはこういうものが期待さ

れてるんだから)

したがってわたしは――」

「セルダン計画の未来」はそこで中断した。静かに、ほんとうに静かに、窓をたたく音が聞こえたのだ。片方のアームの上でバランスをとりながらのびあがると、ガラスのむこうで微笑している顔とむきあうことになった。くちびるに一本の指をあてているため、その短い垂直線によって、顔の左右対称性が面白いほど強調されている。

アーケイディアは当惑のポーズをつくってわずかな間(ま)をとってから、アームチェアをおり、窓の前におかれたソファに歩み寄った。その上に膝(ひざ)をつき、考えこみながら幻のような顔を見つめる。

男はすぐさま微笑を消した。指が白くなるほどしっかりと片手で窓敷居を握りしめ、もう一方の手ですばやく合図を送る。アーケイディアはおちついてそれに従い、スイッチを押した。窓の下部三分の一がするすると壁の収納庫におさまり、温かな春の空気が、温度調節された室内の空気にまじる。

アーケイディアは気分よく得々(とくとく)として言った。

「はいれないわよ。窓にはみんなスクリーンが張ってあって、家族しか通さないの。無理やりはいってきたら、家じゅうに警報が鳴り響くから」それから短い間をおいて、「窓の下の出っ張りにのってるのね、すっごく危なっかしそう。気をつけないと落っこちて、首の骨を折るわよ。大切な花もいっぱいつぶれちゃうな」

窓のむこうの男もまさに同じことを考えていたのだろう——たぶん、〝大切な〟という形容詞は、〝花〟とはべつのところにつけているのだろうけれども。

「だったら、スクリーンを切って、中にいれてくれないかな」

「無駄よ」とアーケイディア。「きっと家を間違えたんでしょ。あたし、夜のこんな時間に……知らない男の人を寝室にいれるような女じゃないんだから」

そう言いながら、官能的に目蓋を伏せた——似合っていないことはわかっているけれども、ともかくそれを真似てみせた。

見知らぬ若者の顔から、面白がっているような表情が一掃された。

「ここはダレル博士の家だろう?」彼はつぶやいた。

「なんであたしが答えなきゃならないのよ」

「やれやれ——それじゃ、さよならー」

「お兄さん、そこからとびおりたら、あたしが自分で警報を鳴らすわよ」

(この呼びかけは、粋で洗練された皮肉のつもりだった。アーケイディアの世馴れた目に、その侵入者は三十歳くらいに——少なくとも立派な大人に見えたのだ)

しばらくの間をおいて、彼はこわばった声をあげた。

「あのなあ、お嬢ちゃん。ここにいるな、だけど去るなって、いったいぼくにどうしてほしいんだ」

「そうね、はいってもいいんじゃないかな。ダレル博士はここに住んでるから。それじゃ、スクリーンを切るわね」

若い男は用心深い視線を投げ、手をさしいれ、それからぐいと身体をもちあげて窓を抜けてきた。怒ったように膝をはたき、赤くなった顔を彼女にむけた。

「ぼくが見つかったら、きみの評判や名誉にかかわるんじゃないの？　大丈夫？」

「かかわるのはあなたの評判や名誉のほうね。廊下に足音が聞こえたら、あたし、あなたが無理やり押し入ってきたって悲鳴をあげるから」

「なるほどねえ」彼は馬鹿丁寧にたずねた。「それでは、防犯スクリーンが切られていることは、どのように説明なさるおつもりなんでしょうか」

「ふふん、簡単よ。そんなもの、最初からないんだもん」

男は悔しそうに目を見ひらいた。

「はったりだったのか。お嬢ちゃん、きみはいったい何歳なんだ」

「ずいぶん失礼な質問ね。それにあたし、〝お嬢ちゃん〟なんて呼ばれるのに慣れてないの」

「だろうね。きみはきっと、変装したミュールのお祖母さんなんだ。きみがぼくを主役にしたリンチ・パーティの準備をはじめないうちに、失礼させてもらおうか」

「出てかないほうがいいと思うな――父が待ってるから」

男がまた用心深い表情を浮かべた。

「へえ。お父さんといっしょに誰かいる？」眉をあげて軽い口調でたずねる。

「いない」

「最近、誰かお父さんを訪問してきた？」

「物売りだけね——それと、あなた」

「最近、なんか変わったことはなかった？」

「あなたがきたことかな」

「ぼくのことはいいから。いや、そうじゃないな。お父さんがぼくを待ってるって、どうしてわかったの」

「あら、簡単よ。先週、父は通信カプセルを受けとったの。ほら、ほかの人があけようとしたら自動酸化して消滅する個人用のやつ。父はカプセルの殻を塵芥処理機に放りこんだ。そして昨日、ポリに——うちの家政婦さんよ——テルミヌス・シティのお姉さんちに遊びにいけるようにって一カ月のお休みをあげたの。今日の午後は、あいている部屋にベッドの用意をしてたわ。だから、誰かがくるのを待ってるんだろうな、そして、あたしは何も知らないことにしておかなきゃならないんだろうなって、わかったのよ。いつもなら、父はなんでも話してくれるんだけど」

「ほんとうに？　だけど、いちいち話す必要なんてないだろう。話を聞く前に、きみはなんだって気がついてしまうんだから」

「うん、まあ、たいていはそうかな」

彼女は笑った。気分はすっかりくつろいでいた。かなり年上ではあるけれども、この訪問者は茶色い巻き毛ととても青い目をもっている。そしてすばらしいハンサムだ。いつかもう少し大人になったときに、こんな人とまた会いたいなと思うくらいに。

「お父さんが待っているのがぼくだって、どうしてわかったんだい」

「ほかに誰がいるっていうのよ。父は誰かを待っている。それも、ものすごく秘密にして。わかるでしょ――そうしたらあなたが、窓から忍びこもうとうろうろしてるんだもの。ふつうに考えたら、ちゃんと正面玄関からはいってくるはずよ」そこで彼女はお気に入りの言葉を思いだし、いそいでそれを使った。「ほんと、男って馬鹿よね!」

「ちょっと自惚れすぎじゃないかな、お嬢ちゃん、いや、お嬢さん。きみが間違っているかもしれないぞ。もしぼくが、なんのことだかさっぱりわからないな、きみのお父さんが待っているのはぼくじゃない、ほかの誰かだよって言ったら、どうするんだい」

「それは大丈夫。あたし、あなたがブリーフケースを落とすのを見てから、はいってもいいって言ったんだもの」

「何を落としたって?」

「ブリーフケース。ちゃんと見てたんだから。うっかり落としたんじゃない。まず最初に、落としたらどうなるか下をのぞいてたもの。ちょうど生け垣の下に落ちて、外から見えなくなるってわかったのよね。だから落とした。そしてそのあとは、一度も下を見なかった。玄関じゃなくて窓のほうにきたってのは、どうしても不安だったから、中にはいる前にこの家のことを調べたかったのよね。それであたしともめちゃったあとは、自分よりもブリーフケースのほうが心配だった。つまり、なんだか知らないけれど鞄の中身のほうが、自分の安全よりも大事だってことよ。だけどいま、あなたはこの部屋にいて、ブリーフケースは外にあって、あたしたちはそのことを知ってる。あなたにはもうどうしようもないってことよね」

彼女はそこで言葉を切って、ずっと我慢していた息を吸った。男が辛辣な言葉を返した。

「ただし、ぼくがきみの首を絞めて失神させたうえで、鞄をもってここを出ていこうと考えなければ、だな」

「ただし、あたしはベッドの下に野球のバットを隠してて、いまここからだって二秒でとりだせるってことを考えなければね。それにあたし、女の子にしてはとっても強いのよ」

行き詰まりだ。その〝お兄さん〟は、ついに不自然なほど慇懃な声で言った。

「ここまでお近づきになれたのだから、自己紹介でもしようか。ぼくはペレアス・アンソール。で、お嬢さん、きみは？」

「あたしはアーケ——アーカディ・ダレルよ。よろしく」

「それじゃ、アーカディ、いい子だからお父さんを呼んできてくれないかな」

アーカディはつんとあごをあげた。

「あたしは小さな子供じゃありません。あなた、ほんとに失礼ね——とりわけ、人にお願いしようってときに」

ペレアス・アンソールはため息をついた。

「わかったよ。それじゃ、親切ですてきなお姐さん、まことに申し訳ありませんが、お父さんを呼んできていただけませんか」

「それもちょっとちがうんだけど。まあいいや、呼んであげる。でもあなたから目を離すわけじゃないわよ」

そして彼女はどんと床を踏み鳴らした。

あわてて廊下をやってくる足音が聞こえ、ばたんとドアがひらいた。

「アーケイディア――」はっと一瞬息を吐いてから、「失礼、どちらさまかな」

見るからに安堵をこめて、ペレアスがぱっと立ちあがった。

「トラン・ダレル博士ですね。ペレアス・アンソールです。連絡がいっているはずと思います。少なくとも、お嬢さんはそうおっしゃってました」

「娘がそう言っていたと？」

彼は眉をひそめて娘に視線を投げたが、彼女がぱっちりと目を見ひらき無邪気な表情をつくって応じたため、非難の視線はその壁を突き破ることができずに跳ね返された。

やがて、ダレル博士が言った。

「確かにお待ちしていた。下にきていただけるかな」

彼はそこで何かが動いていることに気づき、言葉をとめた。同時に、アーケイディアもまたそれに気がついた。あわてて音声入力プリンタに駆け寄ったが無駄だった。それは父のすぐ横にあったのだ。

「つけっぱなしにしていたようだね、アーケイディア」父が優しい声で言った。

「お父さま」彼女は絶体絶命に追いこまれて金切り声をあげた。「人の私信を読むなんて紳士にあるまじきことよ。とりわけ、それが会話を記録したものだなんて」

「ああ、だけどその〝会話〟は、見知らぬ男がおまえの寝室にはいりこんだときのものじゃないか！　アーケイディア、わたしは父親として、おまえを守らなくてはならないのだからね」

「やだ――そんなんじゃないったら」

ふいにペレアスが笑いだした。

「いえ、ほんとうにそんな感じだったんですよ、ダレル博士。お嬢さんはぼくにありとあらゆる非難を投げつけてきたんです。ぜひそれを読んでください。ぼくの身の潔白を証明するためだけにも」

「まあ――」アーケイディアは懸命に涙をこらえた。

お父さまもあたしを信用してないんだから。それに、あの忌ま忌ましい音声入力プリンタ――。この間抜けな馬鹿男が、失礼にもあたしの部屋の窓なんかにきていなければ。そしてあたしがプリンタのスイッチを切り忘れたりしなければ。さあ、いまから、若いレディがしてはならないことについて、優しいけれど長ったらしいお説教がはじまるんだ。若いレディがしてもいいことなんて、何ひとつないみたい。息が詰まって死ぬだけじゃないの。

「アーケイディア」父が優しく言いはじめた。「わたしが思うに、若いレディというものは

――」

　わかってる。わかってるったら。

「――自分より年上の男性に対して生意気にふるまうべきではないよ」

「そうね。だけどこの人はなんだってあたしの部屋をのぞいたりしてたのよ。若いレディにだってプライヴァシーの権利はあるでしょ――。それじゃ、あたし、このうんざりする作文をしあげなきゃならないから」

「彼がなんのために窓のそばにきたか、それはおまえには関係のないことだ。だが、彼を部屋にいれるべきではなかった。すぐにわたしを呼ぶべきだったのだよ――とりわけ、わたしが彼を待っていると知っていたのならね」

　彼女は頑(かたく)なに言い張った。

「お父さまは見なくてラッキーだったわよ。ほんと、馬鹿みたいだったんだから。玄関にまわらないで、窓から窓へうろついて。そのうちにきっと、秘密をぜんぶばらしちゃってたでしょうね」

「アーケイディア。自分の知らないことにあれこれと嘴(くちばし)をつっこむものではない」

「あたし、ちゃんと知ってる。第二ファウンデーションのことでしょ」

　沈黙が流れた。アーケイディアですら、すこしばかり胃のあたりがもやもやした。

　ダレル博士が静かにたずねた。

「どこでそれを聞いたのだ」

「どこで聞いたってんじゃないけど。そんなに秘密にしなきゃならないことなんて、ほかにないでしょ。心配しないで。誰にも話したりしないから」

「ミスタ・アンソール、まことに申し訳ない」ダレル博士が静かに謝罪した。

「いえ、気になさらないでください」アンソールの返事はすこしばかり鈍かった。「お嬢さんが闇の側に落ちたとしても、それは博士のせいではありません。でも、ごいっしょに行く前に、お嬢さんにおたずねしたいことがあるんですが、いいでしょうか。ミス・アーケイディア――」

「なあに？」

「ドアじゃなくて窓に行くのは、どうして馬鹿みたいなのかな」

「何かを隠そうとしてるって宣伝してるみたいなもんだからよ、ばっかみたい。もしあたしが秘密を抱えてたら、口にテープを張ったりしない。そんなことしたら、秘密をもってることがみんなにばれちゃうじゃない。いつもみたいにおしゃべりするの。ただ、そのことに触れないだけ。サルヴァー・ハーディンの警句、読んだことない？　あたしたちの最初の市長だった人」

「もちろん知っているよ」

「彼がよく言ってたの。みずからを恥じない嘘だけが成功するって。何事も真実である必要はない、だがすべて真実らしく聞こえなくてはならない、とも言ってるわ。窓からはいってきたとき、あなたの嘘はみずからを恥じてたし、ちっとも真実らしく聞こえなかったもの」

「それじゃ、きみだったらどうした？」

「あたしがお父さまと最高機密の用件で会いたいと思ったら、堂々と知り合いになって、どこからどう見ても疑問が生じないような状況で会うな。みんながあなたのことをすっかり知って、あなたとお父さまの関係をあたりまえと思うようになったら、いくらだって最高機密の相談ができるし、誰もそれについて問い質そうなんて考えないでしょ」

アンソールは奇妙な視線で彼女をながめ、それからダレル博士を見て、そして言った。

「行きましょう。庭にブリーフケースを落としたので、ひろってこなくてはなりません。ああ、待ってください！　もうひとつだけ。アーケイディア、きみ、ほんとうはベッドの下にバットを隠したりしていないんだろう、そうだよね？」

「あたりまえでしょ！」

「はは。まんまと騙(だま)されたよ」

ダレル博士がドアの前で足をとめた。

「アーケイディア、セルダン計画の作文を書きなおすときに、必要以上にお祖母(ばあ)さまのことを謎めかして書くんじゃないよ。そもそもまったく触れる必要もないことなんだからね」

父とペレアスは黙って階段をおりていった。それから、訪問者がこわばった声でたずねるのが聞こえた。

「失礼ですが、博士、お嬢さんはおいくつなんですか」

「一昨日(おととい)、十四になった」

「十四ですって？　それはそれは——。お嬢さんはこれまで、いつか結婚するつもりがあるとお話しになったことはありますか」

「いや、ないな。少なくともわたしには」

「そうですか。もしそんなことになったら、その男を撃ち殺してください。その、つまり、お嬢さんが結婚しようとしている相手をです」彼は真剣な顔で、年長の男の目をのぞきこんだ。「真面目な話です。人生において、二十歳になったお嬢さんと暮らす以上に恐ろしいことはないでしょう。失礼な物言いであることは重々承知していますが」

「いや、べつにかまわんよ。きみの言いたいことはわかっているつもりだ」


二階では、ふたりの微妙な分析の対象たる少女が、むっつりと不機嫌な顔で、のろのろと音声入力プリンタに話しかけていた。

「せるだんけいかくのみらい」

音声入力プリンタはそれを、果てしない冷静さをもって、優雅で複雑な文字に綴りなおした。

「セルダン計画の未来」

8　セルダン計画

数学　……n変数の計算法と、n次元幾何学の計算法を統合したものこそ、かつてセルダンが〝人類のささやかな代数学〟と呼んだものの基礎であり……

銀河百科事典(エンサイクロペディア・ギャラクティカ)

ある部屋を思い浮かべてほしい！

所在地はいまは問題にしない。その部屋は、他のいかなる場所よりも確かな第二ファウンデーションであるというだけでいい。

それは数世紀にわたって純粋科学の住処(すみか)となっていた部屋で——しかしながら、一千年にわたって科学と関連づけられ科学と同義と考えられるようになった機械の類(たぐい)は、一台もそなわっていない。その部屋で扱われる科学は、テクノロジーが登場する以前、人類が、いまでは忘れられたただひとつの惑星から宇宙にひろがっていく以前の、原始的先史時代の人間による思索方法と同じやり方で、数学的概念のみを扱う科学なのだ。

まず第一に、銀河系のいかなる物理力をあわせても打ち破ることのできない精神科学によって守られたその部屋には、〈主光体(しゅこうたい)〉がある。その中心に、完全な、セルダン計画が保管されている。

第二に、その部屋にはひとりの男が——第一発言者がいる。

彼は十二代目の〈プラン〉守護者であり、その称号は、第二ファウンデーションの指導者会議において最初に発言する者という以上の意味をもたない。

彼の前任者がミュールを打ち破った。あまりにも巨大であったその戦いの残骸は、いまも〈プラン〉の進路に散らばっている。二十五年にわたり、彼とその執行機関は、頑迷で愚かな人類の銀河系を、もとのコースにもどすべく奮闘してきた。それは恐ろしく困難な仕事だった。

第一発言者は顔をあげて、ひらきはじめたドアを見つめた。ひとりきりの静かな部屋で、遅々としながらも不可避的なクライマックスを迎えようとしている四分の一世紀にわたる自分たちの努力に思いをめぐらしているあいだも、熱心に仕事と取り組んでいるあいだも、彼の心はつねに、穏やかな期待をこめてその新人のことを考えている。若い学生。最終的に彼のあとを継ぐかもしれない者だ。

若者が入口に立ったままためらっていたので、第一発言者は歩み寄り、親しみをこめてその肩に手をかけ、室内に招き入れた。

学生が内気そうな微笑を浮かべる。第一発言者はそれに応えて告げた。

「まず、なぜここにきてもらったのかを説明しなくてはな」

ふたりはデスクをはさんでむかいあった。ふたりとも、第二ファウンデーションに属さない人間に認識できるような形では、言葉を発しない。

言葉とは本来、不完全ながら、人が心の中の思考や感情を伝えるために習得した方法である。任意の音やその音の組み合わせにより、さまざまな精神的ニュアンスを表示することで、人はコミュニケーション能力を発達させた。だがその方法は、不器用でぎこちなく、あまりにも不充分であったため、心の微妙な働きを間の抜けた音声信号に貶めてしまった。


はるかなる過去から現代まで――その結果をたどることはできる。そして、人類が経てきたありとあらゆる苦しみは、銀河系の歴史において、ハリ・セルダンまではひとりも、それ以後もごくわずかの者しか、真に理解しあうことができなかったという事実にいきつく。人はみな、破ることのできない壁の背後、息づまるような霧の中で、ただひとりで生きている。ときどき他者の住む洞窟の奥深くから、かすかな信号が伝わってきて――近づこうと手さぐりをはじめる。だが人は、たがいに相手を知ることができず、理解することができず、したがって信頼する勇気をもてないため、幼いときから究極の孤独という不安と恐怖を抱え――他者に追われる恐怖に怯えるか、他者から奪おうとする蛮行に走る。

足は、何万年ものあいだ、泥にとらわれてもがきつづけ、同じだけの期間、星々とまじわろうとする心を踏みつけてきた。

そして人は懸命に、本能的に、あたりまえの言語という牢獄の格子を避ける道をさがした。意味論、記号論理学、精神分析――これらはみな、言語を純化、もしくは迂回しようとする試みである。

心理歴史学は、発達した精神科学——というか、その数式化が最終的に成功した形態である。神経生理学と神経システムの電子化学は、そもそもの起源をたどれば核エネルギーにいきつくものであるが、その諸事実を理解するために必要な数学の発展にともなって、はじめて心理学の発達が可能になった。そして、心理学の知識が個人から集団へと一般化することにより、社会学もまた数学化されたのである。

さらに巨大な集団——惑星に居住する数十億、星域に居住する数兆、銀河系全体に居住する数千兆は、単なる人間ではなく、統計的処理に従う膨大(ぼうだい)な力である。そして、未来はハリ・セルダンにとって鮮明にして不可避なものとなり、〈プラン〉が設定された。

つまり、セルダン計画の発展を可能にした精神科学の基礎的発達により、第一発言者は、言葉を用いる必要なく、学生に話しかけているのだ。

刺激に対する反応は、どれほどかすかなものであろうと、心に生じたささやかな変化やゆらめきを完全に表出する。第一発言者は、学生の感情の動きを直接感じとることはできない。ミュールならできただろうが、それはミュールが、あたりまえの人間には、いや、第二ファウンデーション人にすら完全には理解できない能力をもったミュータントだったからだ。だが第一発言者は、厳しい訓練の末に、それらを推測できるようになった。

言語を基本とする社会において、第二ファウンデーション人のあいだでかわされるコミュニケーションを正確にあらわすことは本質的に不可能だが、ここでは今後、その問題は無視することにしよう。第一発言者はごくあたりまえな会話をしているように記述される。翻訳されたその内容は必ずしも完全に正確というわけではないが、少なくともこの状況においては最善のものと考えてほしい。

したがって、第一発言者はそのような微笑を浮かべてまさしくそんなふうに一本の指をもちあげたのではなく、実際に、「まず、なぜここにきてもらったのかを説明しなくてはな」と口に出して言ったことにしておこう。

第一発言者はさらにつづけた。

「きみは生まれてこのかた、精神科学を懸命に学び、よく習得してきた。きみは教師たちの与えるものをすべて吸収した。きみをはじめとする数人が、そろそろ発言者としての見習いをはじめる時期を迎えたようだ」

デスクのむこうから興奮が伝わってくる。

「いや、きみはこれを冷静に受けとめなくてはならない。きみはずっと、その資格を得たいと希望していた。それが得られないのではないかと心配していた。じつのところ、希望も心配も、ともに弱点だ。きみは資格が得られることを知っていたが、自信過剰で不適格と見なされることを案じ、その事実を認めることをためらった。くだらないね！　自分が賢いことに気づかない者こそ、救いようのない愚か者だ。ひとつには、自分が資格を得られると知っているからこそ、きみはそれを手に入れることができるのだよ」

デスクのむこうで緊張がほぐれる。

「それでよい。リラックスしてガードをおろした。より集中力が高まり、理解力もあがった。いいかね。真に効率的に働くためには、心を強固な抑制の壁の下にとどめおく必要はない。思考探索を受ければ、抑制の壁は裸の精神と同じく、すべての情報を漏らしてしまう。それよりも、心の純粋性、確かな自己認識、何ひとつ隠すことのない無の境地を発達させるべく努めなさい。わたしはきみに対して精神をひらいている。双方向で開放しようではないか。

　発言者になるのは容易ではない。そもそも心理歴史学者になることからして困難だ。そして、最良の心理歴史学者であっても、必ずしも発言者になれる資格を有しているわけではない。ちがいをはっきりさせておこう。発言者はセルダン計画の複雑な数学を理解していなくてはならないが、それだけでは足りない。〈プラン〉とその目的に共感を抱かなくてはならない。〈プラン〉を愛さなくてはならない。〈プラン〉がその者にとっての生命と呼吸にならなくてはならない。さらには、〈プラン〉を生きた友として扱わなくてはならないのだ」

　そこで、第一発言者はデスクの中央におかれた黒く輝く立方体の上にそっと手をかざした。なんの特徴もない立方体だ。

「これが何かわかるかね」

「いいえ、わかりません」

「〈主光体〉のことは聞いたことがあるだろう」

「これが?」――驚愕。

「いかにも高貴そうな、畏怖を与えるようなものを期待していたのかな。それも当然かもしれない。これは帝国の時代、セルダンの時代の人々によってつくられたものだからね。四百年にわたって修理も調整の必要もなく、われわれの要求に完璧に応えてくれている。じつに幸運なことだ。第二ファウンデーションには技術的にこれを扱う資格をもった人間はいないのだからね」穏やかな微笑を浮かべ、「第一ファウンデーションの人間なら同じものがつくれるかもしれないが、もちろん彼らは、このようなものが存在することすらけっして知ることはない」

デスクの脇にあるレヴァを押しさげると、室内が暗くなった。だがそれは一瞬のことで、部屋の壁が二面、ゆっくりと輝きはじめた。はじめはなんの変哲もない真珠（しんじゅ）の白、それからあちこちがかすかな影を帯び、やがて、黒い端正な文字で書かれた方程式が浮かびあがった。暗い森を流れる小川のように、ところどころに細い線が見える。

「さあ、壁の前にきなさい。影が映るのではないかと心配する必要はない。あたりまえの方法で〈主光体〉から光が出ているわけではない。正直な話、どのような仕組みでこのような効果が得られるのか、わたしにはまったく理解できないのだがね。とにかく影は映らない。それだけは確かだよ」

ふたりはならんで光の中に立った。壁はどちらも、幅三十フィート、高さ十フィート。小さな文字が壁全体をびっしりと埋めつくしている。

「これも〈プラン〉の全容ではない」第一発言者は言った。「すべてをこの二面に表示しようとしたら、方程式の文字が顕微鏡（けんびきょう）を使わなくては読めないほど小さくなってしまうからね。

だがその必要はない。きみはいま、現在までの〈プラン〉の主要部分を見ている。これについては学んでいるね」

「はい、学習しました」

「わかる部分はあるかな」

ゆったりとした沈黙。学生が指をあげた。どの式を示したのかはっきりわからないほどの、すばやく自然な動作だったが、彼が頭に思い浮かべた一連の方程式が壁をすべり、目の前までおりてきた。

第一発言者は穏やかな笑い声をあげた。

「〈主光体〉がきみの精神に同調したのがわかっただろう。この小さな機械には、さらに驚かされることになるよ。さて、選びだした方程式について、何を言おうと思っていたのかな」

「これは」学生はためらった。「これはリゲルの積分で、惑星上、もしくは星域内にふたつの主要な経済階級と、不安定な感情パターンが存在することを示すバイアスの惑星分布を使っています」

「そして、それは何を意味しているのかな」

「緊張の限界を示していて、ここに」——指さすと、ふたたび方程式が移動した——「収束級数があります」

「よろしい」と第一発言者。「それで、きみはこれらすべてをどう考えるかな。完成された芸術作品だとは思わないか」

だ。

「ほんとうに！」

「駄目だ！　そうではない」鋭い声で、「これは意識的に忘れなくてはならない最初のレッスンだ。セルダン計画は完全でもないし正確でもない。そのときどきになし得る最善の対応というにすぎない。十世代以上ものあいだ、多くの人々がこれらの方程式を熱心に研究し、最後の小数位まで分解し、また組み立てなおしてきた。いや、それだけではない。彼らは四百年近くの時が過ぎ去るのを見守りながら、予言や方程式を現実とつきあわせ、そして学んだ。

先人たちはセルダンが知っていた以上のことを学んだ。では、数世紀にわたって蓄積されたその知識を使ってセルダンの仕事を再現すれば、われわれはさらによい仕事ができるはずだ。そこまでは完全に理解したかな」

学生は少しばかり衝撃を受けたようだ。

「発言者の地位につく前に」第一発言者はつづけた。「きみは〈プラン〉に対して独自の貢献をしなくてはならない。加筆修正といっても〈プラン〉の冒瀆（ぼうとく）にはならない。赤いしるしが見えるだろう。あれらはすべて、セルダン以後に、われわれの仲間が果たしてきた貢献だ。

ああ……その……」視線をあげ、「あれだ！」

壁全体が渦を巻いてのしかかってくるかのようだ。

「これがわたしの貢献だよ」

細い赤線が二本の分岐矢印を囲んでいる。それぞれの道筋にそって六平方フィートの推論が展開され、そのあいだに赤字で書かれた一連の方程式がはさまれている。

「たいしたものには見えないだろうがね」第一発言者は言った。「〈プラン〉の中でも、いままでに経過した時間と同じくらいの時がすぎないと到達できない時点のことだよ。それは合併の時期で、いずれ第二帝国になるはずの国は、敵対する何人かの人間に掌握されている。彼らの戦いが互角で決着がつかなければ、その国は引き裂かれるし、あまりにも戦力の差がありすぎると、こんどは硬直化してしまう。ここではその両方の可能性が検討され、どちらの状態をも避ける方法が提示されている。

　だが、それもすべて可能性の問題にすぎず、またべつのコースも存在する。もっとも確率としてはきわめて低いがね——正確には十二・六四パーセントだ。それでも、過去にはさらに確率の低い予測が実現したこともあるのだし、〈プラン〉自体、まだ四十パーセントしか経過していない。第三の可能性としてあげられるのは、闘争関係にあるふたり、もしくはそれ以上の者たちが歩み寄るケースだ。その場合、まずは国全体が無意味な凍結状態に陥る。そして最終的には内戦が勃発し、歩み寄りがなかった場合よりも深刻な打撃を受けることになる。幸運なことに、それもまた回避することができるがね。これがわたしの貢献だ」

「お話の途中ですが、おたずねしてもよろしいでしょうか。〈プラン〉の変更はどのようにおこなわれるのですか」

「〈主光体〉の働きによってだよ。きみ自身やってみればわかる。きみが提出する数式は、五つの異なる委員会で厳密なチェックを受ける。そしてきみは、容赦のない集中攻撃に対して答弁しなくてはならない。二年後、きみの新しい数学的展開はふたたび審査を受ける。完全と思えた研究の誤りが、数カ月、数年という提示期間ののちに明らかになることも一度ならずあったからね。研究者本人が欠陥を発見したこともある。

二年後、最初のものと同じくらい厳密な審査を受けて通過すれば——以前以上の詳細や補助的な証拠が提示されていればさらに望ましいが——その貢献は〈プラン〉に追加される。わたしにとっては、キャリアにおける最高の瞬間だったよ。きみにとってもそうなるだろう。

以後は、〈主光体〉がきみの精神にあわせて調整されるから、訂正や追加はすべて、精神的同調によっておこなわれる。その訂正や追加がきみのものだと示す痕跡はいっさい残らない。〈プラン〉の歴史上、個人がピックアップされることは一度としてなかった。これはわれわれ全員がつくりあげたものなのだ。わかるね」

「わかります」

「よろしい」

第一発言者が〈主光体〉に一歩近づくと、上端のいつもの室内照明だけを残して壁の光が消え、空白になった。

「デスクの前にもどりなさい。話をしよう。ただの心理歴史学者ならば、生物統計学と神経化学電子数学を心得ていれば充分だ。それ以外のことを何も知らず、統計技師にしかなれない者もいる。だが発言者は、数学を使わず〈プラン〉について語れなくてはならない。〈プラン〉そのものでなくとも、少なくともその哲学と目的についてはね。

まずはじめに、〈プラン〉の目的とは何か。きみ自身の言葉で語ってみたまえ――表現の善し悪しにこだわる必要はない。洗練されているかどうか、言葉づかいが丁寧かどうかなどで評価がくだされることはけっしてない」

学生にとっては、それなりに長く発言する機会を、はじめて与えられたことになる。彼は期待される論述をはじめる前にためらい、控えめに口をひらいた。

「わたしはこれまでの学習の結果、〈プラン〉の目的は、かつて存在したいかなるものともまったく異なる方向性を基礎とする文明を設立することだと信じます。心理歴史学の発見によれば、その方向性は自然発生的にはけっして――」

「待ちなさい！」第一発言者がきっぱりとさえぎった。「〝けっして〟などという言葉を使ってはならない。それでは事実を適当にごまかすことになる。現実問題として、心理歴史学は可能性を提示しているにすぎないのだからね。ある特定の出来事が起こる可能性は無限小かもしれないが、それは常にゼロよりも大きい」

「はい。では訂正します。その望ましい方向性は、自然発生する有意確率が非常に低いことが知られています」

「そのほうがいい。その方向性とはどういうものかな」

「精神科学を基礎とする文明を目指すことです。既知の人類史において、進歩はおもに物質的テクノロジーの分野でなされてきました。すなわち、人間の周囲に存在する無生物を扱う能力としてです。自己と社会のコントロールは、偶然にまかせるか、もしくはインスピレーションや感情を基礎とする直感的倫理的システムといった、曖昧な形で模索されるばかりでした。その結果、五十五パーセント以上の安定性をもった文明はかつて存在したことがありません。そしてその程度の安定性ですら、人類はすさまじい悲惨をともなわずには得ることができなかったのです」

「いまわたしたちが話題としている方向性は、なぜ自然発生じないのかな」

「それは、人類の大部分は精神的に、自然科学の進歩を受け入れるようにできているからです。そして全員が、不完全なものとはいえ目に見える恩恵を享受しています。しかしながら、精神科学とより大きな関わりをもつことで人類を導く能力をそなえた者が、ごくわずかながら存在しています。そこから得られる恩恵は、自然科学による恩恵よりも長くつづきますが、ささいで目立たないものとなります。さらには、こうした神科学に基づく方向性は、精神的最高優越者――実質的に人類の高度な亜種といえるでしょう――による仁徳ある独裁につながるために嫌悪され、その力を用いて他の人類を獣の地位に貶めないかぎり、安定を保つことはできません。ですが、そのような発展はわたしたちの目的に反するものであり、ぜひとも避けなくてはなりません」

「では、どうすれば解決できるかな」

「解決策はセルダン計画です。この計画は、開始から一千年後――いまから数えれば六百年後に設立される第二銀河帝国が、精神科学によるリーダーシップを進んで受容するような条件を整え、維持しています。その同じ期間、第二ファウンデーションもまたそれなりの発展を遂げ、リーダーシップをとるべき心理学者の一団を生みだすことになります。もしくは、わたしはときどき考えるのですが、第一ファウンデーションが統一された政治組織という物理的枠組みをつくりあげ、第二ファウンデーションがすでにできあがったその支配階級に精神的枠組みを提供することになるのではないでしょうか」

「ふむ。まあいいだろう。では、セルダンが設定した時期に誕生すれば、どのような第二帝国でも、彼の〈プラン〉を実現させたことになるだろうか。どう思うね」

「いえ、そうは思いません。〈プラン〉の開始以後、九百年から千七百年のあいだに形成され得る第二帝国は何種類か想定できますが、真の第二帝国と呼べるものはひとつだけです」

「では、こうしたすべての状況を考慮したうえで、第二ファウンデーションの存在を――とりわけ、第一ファウンデーションに対して、秘密にしておかなくてはならないのはなぜかな」

学生はその問いに隠された意味をさがしたが、結局見つけることはできず、困惑しながら答えた。

「その理由は、〈プラン〉全体の詳細を一般の人々から隠しておかなくてはならないのと同じです。心理歴史学の法則は本質的に統計学的なものですから、個々人の行動が無作為でなければ実効性を失います。かなりの大きさのグループが〈プラン〉の鍵となる詳細を知った場合、彼らの行動はその知識に左右され、心理歴史学の原理たる意味において無作為ではなくなります。言い換えるならば、彼らの行動を完全に予測することは不可能になるのです。すみません、発言者、わたしの答えではいろいろと不足があるようです」

「わかっているならよろしい。きみの答えは非常に不完全だ。隠さねばならないのは、〈プラン〉だけではなく、第二ファウンデーションそのものだ。第二帝国はまだ形成されていない。現在の社会はなおも、心理学者による支配を嫌悪し、そのようなものが発達することを恐れ、戦おうとする。わかるね」

「はい、わかります。ですが、そこに重点がおかれたことは――」

「軽く見てはいけない。これは一度として――教室ではとりあげられたことのない問題だ。きみは自分自身で答えを見つけなくてはならない。いまから近い将来にわたって、これをはじめさまざまな問題が、きみの見習い期間中にとりあげられることになる。一週間後にまた会おう。そのときに、いまから提示する問題についてきみの意見を聞かせてほしい。完全で厳密な数学的処理はいらない。それは専門家でも一年かかる作業だ。きみが一週間でできるものではない。それでも、ある程度の方向性を示してほしい――

これは、いまから半世紀ほど前に出現した〈プラン〉の分岐点だ。必要な詳細はすべてふくまれている。確率が一パーセント以下であるにもかかわらず、仮定した現実が計画されたすべての予測から逸脱(いつだつ)しているのがわかるだろう。その逸脱がどれだけつづけば修正不可能となるか算出したまえ。また、修正されなかった場合にどのような結果が生じるか、修正するためにはどのような方法が必要かも考えたまえ」

学生はヴューアを手あたりしだいに操作して、内蔵小型スクリーンにあらわれる表示にじっと目を凝(こ)らした。

「なぜこの問題をとりあげたのですか。これには何か、純粋に学問的なものだけではない、重要な意味がありますか」

「よく気がついた。思っていたとおり、きみはじつに頭が切れる。この問題は仮定ではない。半世紀近く前、ミュールが銀河史にとつぜん割りこんできて、十年のあいだ、宇宙における唯一にして最大の事実として君臨した。まったくの予測外、計算外の出来事だった。彼は〈プラン〉に深刻なゆがみをもたらした。だがそれは致命的なものではなかった。

致命的な結果がもたらされる前に彼を阻止するため、わたしたちは表立った積極的な行動をとらざるを得なかった。わたしたちは存在をあらわした。計り知れないほどまずいことではあったが、われわれの力の一端を示してしまった。さらには、第一ファウンデーションはわれわれのことを知り、いまではその知識に基づいて行動している。提示された問題について述べたまえ。ここだ。そしてここだ。

もちろん、このことは誰にも話してはならないよ」

学生は愕然として沈黙し、それからゆっくりと事態を理解した。

「では、セルダン計画は失敗したのですか！」

「まだ失敗してはいない。失敗したかもしれない、失敗していたかもしれないというだけの話だ。成功の確率はいまもなお、最新評価において、二十一・四パーセントある」

前人未踏の３年連続ヒューゴー賞受賞三部作

N・K・ジェミシン／小野田和子 訳

第五の季節

【創元SF文庫】ISBN 978-4-488-78401-0
定価1,650円

数百年ごとに天変地異が勃発し、文明が繰り返し滅ぼされてきた世界。いま、新たな破滅が到来し……まったく新しい破滅ＳＦ。

三部作 第２弾 オベリスクの門
【創元SF文庫】
ISBN 978-4-488-78402-7
定価1,540円

三部作 第３弾 輝石の空
【創元SF文庫】
ISBN 978-4-488-78403-4
定価1,650円

ヒューゴー賞４冠＆日本翻訳大賞受賞の大人気シリーズ

マーサ・ウェルズ／中原尚哉 訳

マーダーボット・ダイアリー 上下

【創元SF文庫】ISBN 上978-4-488-78001-2/下78002-9
定価 上1,100円 下1,144円

ドラマ大好き、人間は苦手な暴走人型警備ユニット“弊機”の活躍。

シリーズ 第２弾 ネットワーク・エフェクト
【創元SF文庫】
ISBN 978-4-488-78003-6
定価1,430円

シリーズ 第３弾 逃亡テレメトリー
【創元SF文庫】
ISBN 978-4-488-78004-3
定価968円

〈創元SF60周年記念〉

シリーズ4作品を新版で連続刊行

星を継ぐもの［新版］

《第12回星雲賞海外長編部門受賞作》

ジェイムズ・P・ホーガン
池 央耿 訳
【創元SF文庫】
ISBN 978-4-488-66331-5 定価880円

月面で発見された真紅の宇宙服をまとった死体。だがそれは5万年以上前のものだった！　ハードSFの巨匠が放つ不朽の名作が、新版で登場。

新版で連続刊行！

8月刊行 第2部 **ガニメデの優しい巨人**
9月刊行 第3部 **巨人たちの星**
10月刊行 第4部 **内なる宇宙** 上下

シリーズ第5部『ミネルヴァへの航海（仮題）』今冬刊行！

《星を継ぐもの》シリーズ新版化記念！　加藤直之イラストの図書カードをプレゼント。詳しくは本シリーズオビをご覧ください。

東京創元社 〒162-0814 東京都新宿区新小川町1-5
http://www.tsogen.co.jp/ TEL03-3268-8231 FAX03-3268-8230

9　陰謀を企む者たち

ダレル博士とペレアス・アンソールは、夜は友人たちと交際し、昼はのんびりと心地よく、日々を過ごしていった。どれもごくふつうの訪問に見えていたはずだ。ダレル博士は若者を、宇宙を越えてやってきた従弟だと紹介した。そのありきたりな言葉に、人々の関心は薄れた。

しかしながら、ダレル博士は、世間話のあいまにある名前があがると、さりげない配慮がなされるのだった。ダレル博士は、「いや」と言うこともあり、「そうだ」と答えることもあった。そしてまた、「従弟を紹介するよ」と、一般通信でさりげない招待が送られるのだ。

アーケイディアもそれなりに準備を進めていた。とはいえそれは、率直とはほど遠いやり方だった。

たとえば、彼女は学校でオリンサス・ダムをたらしこんで手製の動力内蔵集音器をせしめたのだが、そのときの手管ときたら、将来彼女とつきあおうとする男はみな、とんでもない目にあうだろうことを保証するものだった。簡単にいえば、彼女はオリンサスが標榜している趣味――彼は自宅に作業場をもっている――に関心を示し、それからその関心をオリンサスの丸っこい顔にむけてみせただけなのだ。不幸な若者は気がつくと、（1）ハイパーウェイヴ・モーターの原理について得々と長広舌をふるい、（2）熱意のこもった大きな目にじっと見つめられて目眩を起こしそうになり、(3)待ちわびていた彼女の手に、おのが最高傑作たる前述の集音器を押しこんでいたのである。

アーケイディアはその後、集音器目当てに近づいたのだという疑いをぬぐい去るのに必要な期間だけ彼と交際し、少しずつ距離をおいていった。オリンサスはそれから何カ月ものあいだ、その短い思い出を心の触手で何度もくり返し味わっていたが、それ以上つけ加えるものがないため、ついには諦め、忘れ去ることにした。

七日めの夜、ダレル家の居間に五人の男が集まった。食べ物はあるが、煙草は吸わない。そして二階のアーケイディアのデスクには、器用なオリンサスがつくりあげた、何とも形容しがたい機械がのっていた。

さて、五人の男を紹介しよう。まずはもちろん、ダレル博士——灰色の髪に、一分の隙もない身形で、四十二歳という年齢よりは老けて見える。ペレアス・アンソール——真剣で鋭い目をもちながら、どこか自信なげな若者だ。そして初登場の三人はといえば、まずはくちびるの厚い大男、ジョウル・ターバー。彼はヴィジ放送でキャスターをしている。皺くちゃで、痩せた身体にぶかぶかの服を着ている大学の物理学名誉教授、エルヴェット・セミック博士。そして、ひょろ長くて恐ろしくおちつきのない図書館司書、ホマー・マンだ。

ダレル博士が事務的な口調で淡々と語った。

「諸君、今日は、単なる社交ではなく、いくぶん重要な用件でお集まりいただいた。諸君もすでにお気づきのことと思うが、各人の経歴を考え、熟慮のうえで選び抜いたメンバーだ。この集まりが危険をともなうものであることも察しておられるだろう。それを軽視するつもりはない。だが言ってみれば、われわれは全員、すでに有罪を宣告された人間なのだ。

諸君のうちの誰ひとりとして、内々に招待された者はいない。ここにくるにあたって、人目につかないようにと警告された者もいない。窓にはのぞき見をふせぐ処置をしていないし、部屋にはいかなるスクリーンも張っていない。敵の注意を惹けばわれわれは破滅する。そして、いかにも秘密めかした仰々しい行動こそ、もっとも敵の注意を集める間違った方法なのだ」

(アーケイディアは小さな箱の上にかがみこみ、いくぶん甲高く聞こえる父の声に耳を傾けながら、〝ふうん〟と心の中でつぶやいた)

「理解いただけただろうか」

エルヴェット・セミックが、ひと言しゃべるごとに下唇をひねって歯をむきだしにしながら発言した。

「さっさとはじめてくれんか。で、この若者はなんだね」

ダレル博士が答えた。

「彼はペレアス・アンソール。昨年亡くなった同僚、クライゼの教え子だ。クライゼは亡くなる前に下位レベル五までのアンソールの脳波パターンを送ってきた。照合の結果、そのパターンは、いま諸君の前にいる人物のものと完全に一致した。いま現在、たとえ心理学者であろうと、そのレベルの脳波パターンを複製することはできない。もちろん諸君もそのことはご存じだろう。ご存じないとしても、わたしの言葉を信じてほしい」

ターバーがくちびるをすぼめた。

「そろそろはじめようじゃないか。いまの言葉はそのまま信じるよ。なんといってもあんたは、クライゼ博士が亡くなったいま、銀河系最高の電子神経学者なんだからな。少なくとも、おれはヴィジ放送であんたのことをそう紹介しているし、自分でもそう信じている。それで、アンソール、きみは何歳なんだね」

「二十九です、ミスタ・ターバー」

「ふむ。それで、きみもひとかどの電子神経学者なのかな」

「その分野を研究しているただの学生です。でも一生懸命勉強していますし、クライゼ先生の薫陶(くんとう)を受けることもできました」

マンが割ってはいった。彼は緊張すると言葉にわずかな吃音(きつおん)がまじる。

「よ……よければ、は……はじめてくれませんか。み……みなさん、お……おしゃべりがすぎます」

ダレル博士はマンにむかって片眉をあげた。

「あなたの言うとおりだな、ホマー。ではあとをひきついでくれ、ペレアス」

「少々お待ちください」ペレアス・アンソールがゆっくりと言った。「はじめる前に――ミスタ・マンのご意見はもっともですが――まずは脳波のデータを見せていただかなくては」

ダレルが顔をしかめた。

「何を言っているのだ、アンソール。脳波データとはどれのことだ」

「みなさん全員のパターンです。ダレル博士はぼくのデータをもっています。ですからぼくは、博士と、ほかのみなさんのデータをいただかなくてはなりません。そして自分でチェックをおこないます」

「この若者としては、われわれを信用するいわれがないってことか」とターバー。「うん、彼にはその権利がある」

「ありがとうございます」アンソールが言った。「ではダレル博士、研究室に案内していただけせんか。作業にかかります。勝手ながら今朝、機械を確認させてもらいました」


電子脳波グラフという技術は、古くからあるとも新しい技術であるともいえる。人類の知識はその大部分の起源が忘れ去られてしまっているが、生物の神経細胞が微細な電流を発しているという知識もまた、そこにふくまれる。そういう意味では古いといえるだろう。人類史のもっとも初期の、さらにその先っぽにまでいたるような知識だ。

そうでありながら、これは新しい学問でもある。微細電流が存在するという事実は、銀河帝国において、鮮明ではあるが風変わりで無意味な知識として、何万年ものあいだ顧(かえり)みられることがなかった。睡眠と覚醒(かくせい)、冷静と興奮、健康と疾病(しっぺい)など、電流パターンを分類しようと試みた者もあった。だが、もっとも適用範囲のひろい分類条件においても大量の例外が発生し、その試みは無効に終わった。

また、よく知られた血液型のように脳波を型によってグループわけし、外的環境がすべてを決定するわけではないことを証明しようとした者もあった。人類は亜種にわけられると主張する民族主義者たちだ。そうした思想は、銀河帝国というすべてを抱合する圧倒的な存在の前に、それ以上展開することができなかった。銀河帝国は、いまや豪華絢爛な帰らぬ過去の記憶となった中央世界トランターから外縁星域に孤立した小惑星まで、二千万の星系、すべての人類を網羅した、ただひとつの政治単位なのである。

くり返すが、第一銀河帝国のように自然科学と無機テクノロジーに依存した社会では、精神についての研究を排斥しようとする、曖昧だが強力な社会的圧力が働く。精神科学は直接的な有用性が少ないため尊重されず、利益をあげられないため資金繰りも困難になる。

第一帝国の崩壊以後、組織化されていた科学は分裂してどんどん退化し――核エネルギーという基礎的な科学すらも通りすぎて、石炭と石油の化学エネルギーにもどってしまった。ただひとつの例外は、もちろん第一ファウンデーションである。かの世界では、新しい活力を得てさらに大きく成長した科学の火花が維持され、燃え盛っていた。とはいえ、ここでもやはり支配的立場にあるのは自然科学であり、脳という分野は、外科手術をべつとして無視されていた。

ハリ・セルダンは、のちに真実として受け入れられるようになったことを、はじめて提唱した人物である。

「神経微細電流はみずからの内に」と、かつて彼は語った。「あらゆる種類の衝動と反応、意識と無意識の火花を包含(ほうがん)している。グラフ用紙の上でふるえるように上下運動をくり返す脳波は、数十億という細胞が発する組みあわされた思考パルスを映しだしている。理論的には、脳波を分析すれば、被験者の思考や感情がすべて完全に明らかにならなくてはならない。先天的・後天的を問わず肉体的欠点による差異だけではなく、感情の推移、教育や経験の進展、さらには被験者の人生哲学の変化などといった微妙なものによって生じる差異までもが、検出されるはずである」

だがそのセルダンすらも、推論以上に研究を推(お)し進めることはなかった。

そしてこの五十年にわたって、第一ファウンデーションの人々は、信じられないほど巨大で複雑な新しい知識の倉庫をかきまわしている。そのアプローチは当然、新しい技術によっておこなわれる。たとえば、新しく開発された方法を使って電極を頭蓋骨縫合線(ほうごう)にあてれば、頭蓋骨に穴をあける必要なく灰色の脳細胞に直接接触することができる。また、脳波データを総合的に、もしくは六つの独立変数からなるべつべつの関数として、自動的に記録する機械もある。

何より重要なのは、おそらく、脳波学と脳波学者にむけられる敬意が高まりつつあることだ。最高の脳波学者であったクライゼは、科学者たちの会議において物理学者と同等の地位を得ていた。ダレル博士はいまでこそ研究に従事してはいないものの、脳波分析におけるその輝かしい業績は、過ぎ去りし時代におけるもっとも偉大なヒロイン、ベイタ・ダレルの息子であるという事実と同じくらい、世に知れわたっている。

そしていま、ダレル博士はほとんど圧力が感じられない羽根のように軽い電極を頭につけ、研究室の椅子に腰かけている。かたわらでは、真空ケースの中で針が小さくふるえている。彼は記録装置に背をむけている。被験者当人が記録過程を見てしまうと、描かれる曲線を無意識のうちにコントロールしようとし、結果にゆがみが生じるのは周知の事実だ。だが彼は、中央のダイヤルが、ほとんど変化なく強烈なリズムを刻むシグマ曲線を描いていることを知っている。彼のように訓練された強靭(きょうじん)な精神を扱った場合に、当然予測される結果だ。小脳波を担当する補助ダイヤルが、それを強化し純化する。前頭葉からの波は不連続に近い鋭いジャンプを描き、表層下の領域からは周波数帯域の狭い弱い震動が得られているはずだ。

博士は、画家が自分の目の色を完全に心得ているように、自分の脳波パターンを熟知していた。

ダレルがリクライニング・チェアから立ちあがったときにも、ペレアス・アンソールは何も言わなかった。若者は六枚の記録用紙を抜き取り、すばやく目を通した。無に等しいような小さなものであれ、何を見つければよいか、すべてを正確に心得ているのだ。

「では、よろしければセミック博士」

老齢のため黄色みを帯びたセミックの顔には、深刻な表情が浮かんでいた。電子脳波学は彼が老齢に達してから発達した学問であるため、ほとんど何も知らないのだ。成り上がり学問と軽んじてもいた。自分が年老いていることはわかっている。きっと脳波パターンにもそれがあらわれるだろう。顔の皺も、歩くときに前かがみになる姿勢も、手のふるえも、年寄りのものだ。だがそれらは肉体の状態を示しているにすぎない。脳波はきっと、彼の心もまた年老いていることを告げるだろう。人が守る最後の砦たる精神に対する、なんとも厄介な許容しがたい侵害だ。

電極がつけられた。最初から最後まで、もちろん痛みがともなうことはない。感覚の閾値のはるか下で、かすかなうずきが感じられたように思えただけだった。

つぎはターバーの番だ。彼は十五分の処置のあいだ、なんの感情もあらわさず、静かにすわっていた。最後のマンは、電極が触れた瞬間にぴくりと身体を引き攣らせ、目玉を裏返して後頭部の穴から背後をのぞこうとするかのように、処置のあいだじゅう目をぐりぐりと動かしていた。

「さて、それでは――」すべてが終わり、ダレル博士が言った。

「さて、それでは」アンソールが申し訳なさそうな声をあげた。「お宅には、もうひとりいらっしゃいますよね」

「娘のことか」ダレルは眉をひそめた。

「ええ。今夜、お嬢さんも在宅してくださるよう、お願いしておいたはずです」

「電子脳波分析をするのか。いったいぜんたい、なんのためだね」

「それをすまさなければ、ぼくはさきに進めません」

ダレルは肩をすくめ、階段をあがっていった。アーケイディアはそのあいだに集音器を片づけ、何食わぬ顔で父を迎えた。そして、素直に父について階下におりた。彼女にとって、電極をつけるのははじめての経験だった。赤ん坊のときに、身分証明と登録のために基本的精神パターンをとったことはあるけれども、そんなのは数のうちにはいらない。

「見てもいい？」処置が終わると、彼女は手をのばしてたずねた。

「見てもおまえには理解できないよ、アーケイディア。もうおやすみの時間だろう」とダレル博士。

「そうね、お父さま」彼女はおとなしく答えた。「それじゃ、みなさま、おやすみなさい」

そして階段を駆けあがり、着替えもそこそこベッドにとびこんだ。オリンサスの集音器を枕にもたせかけ、フィルムブックの登場人物になった気分で〝スパイ活動〟に胸を躍らせながら、その一瞬一瞬を楽しんだ。

最初に聞こえたのはアンソールの声だった。

「みなさん、分析はすべて問題ありませんでした。お子さんのものもです」

お子さんとは何よ、彼女はむっとして、暗闇の中でアンソールにむかって毛を逆立てた。


アンソールはブリーフケースをひらいて、何十枚もの脳波記録をとりだした。すべてコピーだ。ブリーフケースにとりつけた鍵は、ありきたりなものではない。彼以外の者があけようとすると、中にあるものは即座に音もなく酸化され、判読不明の灰となってしまう。いずれにしても、ブリーフケースからとりだされた書類は、半時間後に同じ運命をたどる。

その短い猶予(ゆうよ)期間のうちにと、アンソールは早口でまくしたてた。

「これは、アナクレオンの下級官吏(かんり)数人分の記録データです。これはロクリス大学の心理学者。これはシウェナの実業家。あとはごらんのとおりです」

一同は用紙のそばに集まった。ダレル以外の者にとって、それは紙に刻まれたぎざぎざの線にすぎない。だがダレルには百万の言葉で話しかけてくる。

アンソールが軽く指さした。

「ダレル博士、前頭葉(ぜんとうよう)第二タウ波の平坦な部分に注目してください。これはここにあるすべての記録に共通しています。博士、ぼくの分析尺(じゃく)を使って、いまの主張を確認してくださいませんか」

分析尺とは、あの幼稚園児の玩具(おもちゃ)のような対数計算尺の、遠い親戚のようなものだ——摩(ま)天楼(てんろう)と掘(ほ)っ建(た)て小屋が親戚であるならばだが。ダレルは熟練の手つきでそれを使い、結果を図に描きだした。アンソールが言ったとおり、大きな振幅が予測される前頭葉領域に、単調な平坦部分がある。

「ダレル博士、これをどう解釈しますか」アンソールがたずねた。

「急な話でなんとも言えないが。なぜこんなことがあり得るのだろう。記憶喪失の場合、抑圧はされるが、このようにきれいに消去されることはない。徹底的な脳外科手術でもしたのか」

「ええ、何かが消去されていますよね」アンソールがもどかしそうにさけんだ。「そうなんです！　でも肉体的にではありません。ミュールもこれと同じことができました。ミュールは、特定の感情や精神的姿勢を生じる脳の活動を完全に抑えこむことができたんです。そのあとには、こんな平坦な曲線が残るだけでした。ミュールでなければ――」

「第二ファウンデーションか。そういうことなんだな」ターバーが問い返し、ゆっくりと微笑を浮かべた。

形ばかりの問いに、答える必要はなかった。

「ミスタ・アンソール、どうして疑問を抱いたんですか」マンがたずねた。

「ぼくではなくて、クライゼ博士なんです。博士は惑星警察に負けないくらい多くの脳波パターンを集めていました。ただし、その対象はまったく異なっていて、知識人、政府要人、財界人のデータが中心でした。第二ファウンデーションが銀河系の歴史コース――つまりは、ぼくたちの歴史コースを誘導しようとするなら、ひそかに、可能なかぎり目立たない方法を使うでしょう。もちろん、人の精神を通してそれをおこなうわけですが、その場合、文化界、実業界、政界において、影響力の大きい人物を選ぶんじゃないですか。だから博士はそうした人々に関心をもったんです」

「なるほど」マンが異議を唱えた。「ですが、確かな証拠はあるんですか。これらの人々は――つまり、平坦なパターンをもった人々は、どのような行動をするんですか。まったくあたりまえの現象だということはあり得ませんんか」

そして、どことなく子供っぽい表情でほかの者たちを見つめたが、絶望を浮かべたその青い目に励ましの言葉を返してくれる者はいなかった。

「あとはダレル博士におまかせします」アンソールが言った。「一般的な研究で、もしくは過去の文献に報告された症例で、このような現象を何度目にしたことがあるか、博士にたずねてください。それから、クライゼ博士が研究した範囲内では、ほぼ千件に一件の割合でこれが見つかるという確率について、たずねてください」

「疑問の余地はないようだ」ダレルが考えこみながら言った。「これらのパターンは人為的な操作によるものだ。精神が干渉を受けている。ある意味では、わたしも疑って――」

「知っています、ダレル博士」アンソールが言った。「博士が以前、クライゼ博士と共同研究をしていたことも知っています。ぼくは、博士がなぜそれをやめてしまったかを知りたいんです」

彼の言葉に実質的な悪意はこもっていなかった。警戒心があるだけだった。それでも、そのあとには長い沈黙がつづいた。ダレルはひとりずつ客に視線をむけ、それから淡々と語った。

「クライゼの戦いには意味がなかったからだ。彼が相手とする敵はあまりにも強大すぎた。彼は発見の一歩手前まできていた。彼がそれを発見するだろうことを、わたしたちは――クライゼとわたしは――知っていた。つまり、わたしたちはおのれの主人として自立した存在ではないということをだ。わたしは知りたくなかった！　わたしには自負心があった。われわれのファウンデーションこそが人類という集団の指導者であり、われわれの祖先は意味もなく戦って死んだのではないと信じたかった。確証されないかぎり顔をそむけているのがいちばん簡単だと思ったのだ。地位も惜しくはなかった。母の一族には永久に政府から年金がおりるし、いたって単純なわたしの暮らしくらいなんとでもなる。退屈をまぎらすだけなら自宅の研究室で充分だ。そのうちに人生も終わる——。そうしているうちに、クライゼが死んだ——」

セミックが歯をむきだしてたずねた。

「そのクライゼという男だがね。わたしは知らんのだ。どうして死んだんだね」

「ただ死んだんです」アンソールが割ってはいった。「博士はいずれそうなるだろうと考えていました。亡くなる半年前、ぼくに言ったんです。自分は近づきすぎてしまったと——」

「われわれも……ち、近づきすぎているんじゃありませんか」マンが喉仏をふるわせながら、からからに乾いた口で言った。

「そうです」アンソールは淡々と答えた。「どっちにしても、もうすでに近づいてしまっているんですよ——ぼくたち全員がね。だからこそ、このメンバーが選ばれたんです。ぼくはクライゼ博士の教え子です。ダレル博士はクライゼ博士の同僚でした。ジョウル・ターバー氏は、第二ファウンデーションが救い手であることを盲信する風潮を公然と非難して、政府によって放逐されました。言っておきますが、それを主導した有力な資本家の脳波は、クライゼ博士が〝被干渉平坦部〟と呼んだパターンを示しています。ホマー・マン氏は現在最高のミューリアナ――ミュールに関する資料を示す言葉をあえて使います――収集家で、第二ファウンデーションの性質と機能についての論文を、何本も発表しています。セミック博士は脳波分析の数学に他の追随を許さない貢献をしています。もっとも博士は、ご自身の数学がこのような形で利用できるとは気づいておられなかったようですが」

セミックは大きく目を見ひらき、息を切らして小さく笑った。

「ああ、そうだ。わたしは核内震動の分析をしていたのだ――いわゆるn体問題だな。脳波学は門外漢だよ」

「これでぼくたちの立ち位置がはっきりしました。政府はもちろん、この問題についてはまったくの無力です。市長にせよ行政機関の誰かにせよ、問題の深刻さに気づいているかどうかすら、ぼくにはわかりません。ですが、ぼくたち五人は失うものは何もなく、その反面、多くを得ることができるんです。知識が増えるにつれて、安全につながる道がひろがっていくんです。そしておわかりでしょうが、これはまだはじまりにすぎません」

「第二ファウンデーションの浸透はどこまでひろがっているんだい」ターバーがたずねた。

「わかりません。単純にわかっていることがひとつだけあります。彼らの浸透が見られるのは、すべて周辺部だということです。首都惑星はまだ無事なのかもしれませんが、それも確かではありません。そうでなければ、ぼくだってみなさんの脳波を調べたりしませんよ。ダレル博士、ぼくは特にあなたをあやしいと思っていました。クライゼ博士との研究を放棄したのですから。クライゼ博士はけっしてあなたを許そうとしませんでした。ぼくはあなたが第二ファウンデーションにとりこまれたのだと考えていたのですが、クライゼ博士はいつも、あなたは単に臆病だっただけだと主張していました。すみません、ダレル博士。ぼくの立場をはっきりさせるには、こうした説明が必要なので。でもぼく個人としては、これであなたの態度が理解できたと思います。ただの臆病ならたいした問題じゃありません」

ダレルは息を吸いこんでから答えた。

「わたしは逃げたのだ！　好きに呼んでくれてかまわない。クライゼとの友人関係を断ち切るつもりはなかった。だが彼は一度も、手紙も連絡もよこさなかった。最後の最後にきみの脳波データを送ってきたのだが、それは彼が死ぬ一週間前だった――」

「ほんとうに申し訳ないんですが」マンが口をはさんだ。なぜかとつぜん、このひと言だけは吃音が消えていた。「あ……あなた方は、いったい何をしてるんですか。ただ集まって、ぐ……ぐたぐたしゃべってばかりいるなら、くだらない陰謀団にすぎないじゃありませんか。ど……どっちにしても、何ができるのか、わたしにはわかりませんが。じつに、こ……子供じみています。の……脳波とかなんとか、すべてがです。ひとつでも何かするつもりがあるんですか」

ペレアス・アンソールの目が輝いた。

「ありますとも。ぼくたちには第二ファウンデーションの情報がもっと必要です。まずは何よりもそれです。ミュールは治世の最初の五年をその情報集めに費やし、そして失敗しました――もしくは、ぼくたちはみな、そう信じるように誘導されています。だけどミュールはその後、探索をやめました。なぜでしょう。失敗したから？　もしかしたら、成功したからではないでしょうか」

「や……やっぱりしゃべってばかりいるんですね」マンが苦々しく言った。「そ……そんなこと、わかるはずないじゃありませんか」

「とにかく聞いてください。ミュールはカルガンに都をおいていました。カルガンはミュール以前、ファウンデーションの交易圏にふくまれていなかったし、いまもそうです。カルガンはいま現在――明日までにまた宮廷革命が起こらないかぎり――ステッティンという男が支配しています。ステッティンは第一市民を名のり、ミュールの後継者を自任しています。あの世界に伝統というものがあるとしたら、それはミュールの超人性と偉大さに基づいたもので――迷信的な強さをもっているのでしょう。その結果、ミュールの以前の宮殿は、神殿として維持されています。承認を得なければはいることもできず、中のものにはけっして手を触れてはならないんです」

「なるほど、それで？」

「つまり、それはなぜなのでしょう。このような時代、何事も理由なしに起こることはありません。ミュールの宮殿を神聖化したのが単なる迷信ではなかったとしたらどうでしょう。第二ファウンデーションが仕組んだことだとしたら。要するに、五年にわたるミュールの探索の結果がそこにあるのだとしたら――」

「そんな、ば……馬鹿げたことが」

「なぜですか」アンソールはたずねた。「全歴史を通じて、第二ファウンデーションはその存在を隠し、銀河系への干渉も最小限にとどめてきた。われわれだったら、宮殿を破壊するとか、少なくとも資料をよそに移すほうが理に適っていると考えます。ですが、この心理学の巨匠たちの心理を考えてみてください。彼らはセルダンであり、ミュールです。精神を通じて間接的に働きかけるのです。一定の精神状態をつくりだすことで目的を遂げられるときに、何かを破壊したり移動させたりすることはけっしてない。ちがいますか」

誰もすぐには答えなかった。アンソールはつづけた。

「そして、ぼくたちが必要とする資料を手に入れることのできる人物、それは、ミスタ・マン、あなたなんです」

「わ、わたしが?」それは驚愕の悲鳴だった。マンはせわしなく、ひとりひとりの顔に視線を移していった。「わ……わたしにはそんなことはできませんよ。だいたい、行動が苦手なんです。テレヴューのヒーローでもない。わたしは司書です。そうした関係のお手伝いができるなら、第二ファウンデーションを敵にまわしたってかまいません。だけど、そんな、げ……現実離れしたもののために、宇宙にのりだしていくのはごめんです」

「いいですか、よく聞いてください」アンソールは辛抱強くつづけた。「ダレル博士もまた同じ意見で、あなたこそ適任だと言っています。ごく自然にやってのけるには、その選択しかないんですよ。あなたは司書だとおっしゃる。すばらしい! 関心をもっているおもなテーマはなんでしょう。ミューリアナだ! あなたは銀河系一すばらしいミュールの関連資料をコレクションしている。もっと多くの資料を集めたいと思っても不思議はない。ほかの誰より自然なことです。あなたなら、カルガン宮殿にはいりたいと希望しても、隠れた目的があると疑われることはありません。却下されることはあるでしょうが、疑惑をもたれることはない。さらには、あなたはひとり乗りのクルーザーをもっていて、年次休暇のたびによその惑星を訪問していることでも知られています。カルガンにも行ったことがありますよね。いつもどおりの行動をとるだけでいいんです。わかりますか」

「だけど、とても言えませんよ。『だ……第一市民閣下、お……お願いですから、あなたの惑星でもっとも神聖な聖域にはいらせてもらえないでしょうか』なんて」

「どうしてですか」

「銀河系にかけて、断られるに決まっているじゃないですか!」

「いいでしょう。断られたら、そのときはもどってくるだけです。またべつの方法を考えましょう」

マンは不満そうにあたりを見まわしたが無駄だった。まんまと言いくるめられて、忌むべき状況に追いこまれてしまったようだ。彼を救いだそうと手をさしのべてくれる者はいなかった。

最終的に、ダレル博士の邸(やしき)ではふたつの決定がなされた。ひとつはマンが不承不承ながら受け入れたもので、夏期休暇がはじまりしだい宇宙にむけて出発するということ。

もうひとつは、この集会とは関わりがないはずの非公式メンバーによるもので、その彼女が、集音器のスイッチを切って遅ればせながら眠りにつこうというときになされた、完全に独断的な決定だった。だがこの第二の決定は、いまのところわれわれには関係がない。

10　危機接近

第二ファウンデーションでは一週間がすぎ、ふたたび第一発言者が学生にむかって微笑をむけている。

「興味深い結果をもってきたようだね。でなければきみも、そんなに腹を立ててはいないだろう」

学生は計算を書きつらねた紙束に片手をのせて言った。

「この問題はほんとうに事実に基づいたものなのですか」

「前提は事実だよ。何ひとつ手を加えていない」

「ならば結果を受け入れなくてはなりませんね。気は進みませんが」

「当然だ。だがきみはそれをどうしたいのだ。そうだね、なぜそんなに困惑しているのか、話してみなさい。いやいや、数式は脇において。それはあとで分析にかける。いまは話しなさい。きみがどれだけ理解しているか、判断できるようにね」

「はい、それでは――。第一ファウンデーションの基礎心理全体に、総合的な変化が生じていることが、きわめて明らかになりました。セルダン計画の存在は知っていてもその詳細がわかっていないとき、彼らは自信と不安のあいだを揺れ動いていました。自分たちの成功と勝利は信じているものの、いつどのようにそれがもたらされるか、わからなかったからです。ですから、彼らはつねに緊張にさらされ、神経を張りつめていました。これはセルダンが望んだことでもありました。言い換えるならば、第一ファウンデーションはそれによって最大限の力を発揮することが期待できたのです」

「いささか曖昧な比喩だな」と第一発言者。「だがきみが言わんとすることはわかる」

「ですが、いま彼らは第二ファウンデーションの存在を、大昔にセルダンが発した不明確な言葉というだけではなく、かなりの詳細にいたるまで知ってしまいました。第二ファウンデーションが〈プラン〉の守護者として機能していることにも薄々勘づいています。彼らが足を踏みはずさないよう、その一歩一歩を監視する機関が存在することに気づいています。だから彼らは、みずから目的をもって歩むことをやめ、輿で運ばれるほうを選びました。これもまた比喩になりますが」

「かまわないよ、つづけたまえ」

「そうした努力の放棄、無気力の増大、惰弱や頽廃への退行、快楽主義的文化への衰退は、〈プラン〉の失敗を意味します。彼らはみずからの力で走らなくてはならないのです」

「それで終わりかな」

「いいえ、まだあります。大多数の反応はいま述べたとおりです。ですが、非常に高い確率で、少数の者たちがべつの反応を示す可能性があります。われわれの保護や支配を受けていることを知れば、ごく少数ではありますが、安心感ではなく敵意を抱く者たちがいるでしょう。これはコリロフの定理から導きだされます――」

「ふむ、そうだな。わたしもその定理は知っている」

「すみません、発言者。ですが、数学抜きで語るのは困難なんです。いずれにしてもその結果、ファウンデーションは努力を惜しむようになるばかりでなく、その一部はわたしたちに、それも能動的に、敵対するでしょう」

「こんどこそ、それで終わりかな」

「確率はいくぶん低いものですが、もうひとつの要因があります――」

「よろしい。それについて語りなさい」

「第一ファウンデーションのエネルギーが帝国にのみむけられていたあいだ、唯一の敵が巨大で時代後れな過去の遺物であったあいだ、彼らの関心は明らかに自然科学にのみむけられていました。ですが、わたしたちが新たに彼らの環境において大きな位置を占めるようになると、当然ながら彼らの姿勢にも変化が生じます。彼らは心理学者になろうとするでしょう――」

「その変化は」第一発言者は淡々と告げた。「すでに起こっているよ」

学生はくちびるを噛みしめた。くちびるが青白い一本の線となる。

「では何もかも終わりです。それは基本的に〈プラン〉と相容れないものです。発言者、もしわたしが——外で暮らしていたら、こうしたことを知ったでしょうか」

第一発言者は真剣に答えた。

「きみは屈辱をおぼえているね。これだけのことをこんなにも理解していると思っていたのに、とつぜん、あまりにも多くの明らかな事実を知らずにいたことに気づいたから。自分は銀河系における有力者のひとりだと思っていたのに、とつぜん、すぐそこに破滅が待ち構えていることを知ったから。これまで暮らしてきた象牙の塔や、隔離された環境や、教育の基礎とされる理論に、腹を立てているのだろう。

わたしも以前、同じように感じたよ。それが当然なのだ。だが、教育期間中は外界と直接の接触をもってはならない。与えられる知識のすべてが純化され、精神が注意深く研ぎ澄まされていく、この場所にとどまることが必要なのだ。もっとはやくに〈プラン〉の一部が——失敗しているというこの事実を告げ、いまのようなショックを与えずにすますこともできた。では、だがそうしたら、きみはことの重要性を、いまほど正確には理解できなかっただろう。では、きみはこの問題について、ひとつの解決策も思いつくことはできなかったのだね」

学生は絶望をこめてうなずいた。

「ひとつもです!」

「いいだろう、さして驚くことでもない。いいかね、よく聞きなさい。ひとつの進路がある。わたしたちは十年以上にわたり、その進路にそって行動している。それはあたりまえの進路ではなく、わたしたちはおのが意志に反して、その進路をとらざるを得ない立場にある。その進路における成功の確率は低く、危険の可能性は高い――。ほかに選択肢がないため、やむなく個人の反応を扱うこともある。心理統計学は本質的に、惑星人口以下の人数に適用しても無意味になることは、きみも知っているだろう」

「それで、うまくいっているのですか」学生はあえぐようにたずねた。

「それはまだわからない。これまでのところ事態は安定している――。だが、〈プラン〉史上はじめて、個人の予期せぬ行動が〈プラン〉を壊滅させる可能性が出てきたのだよ。わたしたちは最小限の外界人に介入して、必要な精神状態をつくりだしてきた。わたしたちにはエージェントがいる。だが彼らもあらかじめ定められた道にそって進むだけで、その場で思いついた行動をとることは許されない。それはわかっているね。最悪の場合についても話しておこう。もしわたしたちがここで、この世界で発見されれば、破滅するのは〈プラン〉だけではない。わたしたち自身、わたしたちの肉体そのものも滅びることになる。わたしたちの解決策があまりよいものでないことが、これできみにもわかるだろう」

「ですが、いまお聞きしたわずかばかりのことでは、とても解決策とはいえないのではないかと。むしろ、破れかぶれの推測のように思えるのですが」

「いや、まあ、知的推測ということにしておこう」

「その危機はいつなのですか。わたしたちが成功したか失敗したか、いつになったらわかるのでしょう」

「そう、一年以内であることは確かだね」

学生はそれを聞いて考え、やがてうなずいた。そして発言者と握手をかわした。

「お教えくださってありがとうございました」

そして背をむけて去った。

第一発言者は透明になった窓から無言で外をながめた。巨大な建物群のむこうで、無数の星が静まり返っている。

一年なんてあっという間だ。それが終わったとき、自分たちのうちの誰が、セルダンの遺産のどれだけが、生き残っているだろうか。

11　密航者

夏がはじまったというにはまだ一カ月ばかりはやい季節だ。だがホマー・マンにとって夏のはじまりは、会計年度の最終会計報告を書きあげ、政府が派遣した代替(だいたい)司書が細々(こまごま)とした仕事までしっかり把握したのを見届け——昨年の代替職員はまるきり無能だった——それから小型クルーザー、ユニマラ号——二十年前の穏やかで謎めいたエピソードから名づけたものだ——を冬のあいだにはびこる蜘蛛(くも)の巣からひっぱりだし終えたことを意味する。

彼はむっつりと不機嫌なままテルミヌスを出発した。宙港での見送りはひとりもいなかった。見送りなど、これまでだっていたことがないのだから、それもとうぜんだ。今回の旅をこれまでの旅と何ひとつ変わることなくおこなっていかなくてはならないことは、よくよく承知している。それでも、なんともいえない怒りがふつふつとこみあげる。このホマー・マンが首をかけてとてつもなく大胆不敵な冒険にのりだそうとしているのに。なのに、ただひとりで放りだされるなんて。

少なくとも彼はそう考えていた。

そして、それは間違いだった。というわけで、ユニマラ号と、郊外にあるダレル博士の邸にとって、その翌日は混乱の一日となったのである。

混乱はまず、家政婦のポリを通してダレル博士の邸を見舞った。かなり前に一カ月の休暇を終えてもどっていた彼女が、わめきながらおおあわてで階段を駆けおりてきたのだ。

そして、博士にむかって懸命に言葉をつむごうとしたが、結局は一通の手紙と四角い物体を突きつけただけに終わった。

博士は不本意そうにそれを受けとってたずねた。

「いったいどうしたのだ、ポリ」

「行っておしまいになったんです」

「行ってしまったって、誰が」

「アーケイディアお嬢さまです」

「行ってしまったとは、どういうことだ。どこへ行ったのだ。いったいなんの話をしているんだね」

彼女は足を踏み鳴らした。

「わたしが知るわけございませんでしょう。行っておしまいになったんです。お嬢さまといっしょに、スーツケースと、お召し物が何枚かなくなっていて、そしてその手紙があったんでございますよ。ぼんやり突っ立っていないで、お読みになったらいかがですか。ほんとうにもう、殿方ときたら！」

ダレル博士は肩をすくめて封筒をあけた。その手紙は短く、角張った〝アーカディ〟という署名以外は、音声入力プリンタの優雅な流れるような書体で記されていた。

お父さま

直接お別れを言うのがつらいので、かわりにこの手紙を書いています。小さな子供のように泣いてしまったら、きっとお父さまはわたしのことを恥ずかしい娘だとお思いになるでしょうから。ホマー叔父さまと最高にすてきな夏休みを送れるのは嬉しいけれど、お父さまがいないと思うととってもさびしいわ。身体には気をつけるし、あまり遅くならないで帰ります。留守のあいだ、わたしのかわりにあるものを残していくわね。受けとってください。

お父さまの愛する娘　アーカディ

博士は何度も目を通し、そのたびごとにどんどん青ざめていった。そしてこわばった声でたずねた。

「ポリ、おまえもこれを読んだのか」

ポリはすぐさま自己弁護にはいった。

「お咎めを受けるいわれはございませんからね。封筒の表には〝ポリ〟と書いてあったんです。中に旦那さまあてのお手紙がはいっているなんて、わかりませんでした。わたしは詮索屋じゃありませんし、もう長年にわたって——」

ダレルはなだめるように片手をあげた。

「わかったよ、ポリ。それは問題じゃない。わたしはただ、おまえがちゃんと理解しているかどうか知りたかっただけだ」

博士はすばやく思考をめぐらした。ポリにこのことを忘れろと言っても無駄だ。敵のことを思えば、〝忘れる〟という言葉に意味はない。そんなことをしても逆効果で、事態がいっそう深刻になるだけだ。そこで彼は言った。

「あの子はなんとも風変わりだからね。とてもロマンティックじゃないか。この夏、宇宙旅行をさせてやると決まってからずっと、手がつけられないほど興奮していたよ」

「わたしはまったく初耳でございますよ。どうしてその旅行のことを話してくださらなかったんですか」

「おまえが留守のあいだに決まったのだ、忘れていたんだよ。たいしたことではない」

千々（ちぢ）に乱れていたポリの感情は、いまや一点に集中して圧倒的な憤怒（ふんぬ）になった。

「たいしたことではないですって？　かわいそうに、お嬢さまはスーツケースひとつだけで、まともな数のお召し物もたず、しかもおひとりで出かけられたんですよ。いつお帰りになるんですか」

「心配しなくても大丈夫だ、ポリ。服なら船にいっぱいある。すべて用意してあるんだ。ミスタ・アンソールに、話があると言ってきてくれないか。ああ、その前に――アーケイディアが残していったというのは、これだな」

　彼は手の中でそれを幾度かころがした。

　ポリがぐいと頭をもたげた。

「存じません。その上にお手紙がのっておりました。わたしに言えるのはそれだけでございます。わたしに話すのを忘れていただなんて。もし奥さまが生きていらしたら――」

　ダレルは手をふって彼女をさがらせた。

「ミスタ・アンソールを呼んできてくれ」

　この件についてのアンソールの意見は、アーケイディアの父とは根本的に異なっていた。彼はこぶしを打ちつけながら言葉を発し、髪をかきむしり、それからいかにも苦々（にがにが）しい表情を浮かべたのだ。

「広大なる宇宙にかけて、いったい何をぐずぐずしているんですか。何を待ってるんですか。

いますぐヴューアで宙港を呼びだして、ユニマラ号と連絡をとってください」

「おちつきたまえ、ペレアス。あれはわたしの娘だ」

「ですが、銀河系は博士のものではありませんからね」

「まあ、待ちたまえ、ペレアス。あの子はじつに頭がいい。そして、今回のことも慎重に考え抜いている。ことがはじまったばかりのいまのうちに、あの子の思考をたどろうではないか。これが何か、わかるかい」

「いえ。それが何かなんて、この事態とどう関係があるんですか」

「これは集音器だよ」

「それが?」

「手製だな。それでもちゃんと動いている。テストしてみたのだ。わからないか。あの子はわたしにこれをわたすことで、自分があの政策協議に加わっていたことを知らせているのだよ。あの子は、ホマー・マンがどこに、なんの目的でむかっているか、ちゃんと知っている。そのうえで、ついていけば面白いと考えたのだ」

「広大なる宇宙にかけて」若者がうめいた。「第二ファウンデーションに犠牲者をもうひとり提供するようなもんです」

「十四歳の子供だ、第二ファウンデーションだって頭から危険だとは考えないだろう。わたしたちが、あの子に注意をむけさせるようなことをしなければね。たとえば、あの子をおろすため宇宙に出た船を呼びもどすような真似だ。わたしたちが誰を相手にしているか、忘れたのか。わたしたちはぎりぎりのところで、かろうじて発見されずにいる。発見されたら、もう望みはないのだぞ」

「ですが、頭のいかれた子供にすべてをゆだねるわけにはいきません」

「あれの頭はいかれていないし、ほかに選択肢はない。あの子としてはべつに、手紙を残していく必要などなかった。だが、警察に駆けこんで捜索願を出したりするな、今回のことはみんな、マンが旧友の娘に短い休暇を味わわせてやろうと申し出てくれたことにすればいい、そう言っているのだ。いいじゃないか。マンとは二十年来の友人だ。あの子のことだって、トランターから連れもどった三歳のときから知っている。ごくごく自然なことだし、じつのところ、疑惑を招きにくくなるという効果も期待できる。スパイはふつう、十四歳の姪を連れ歩いたりはしないからね」

「そうですね。だけど、お嬢さんを発見したミスタ・マンはどうするでしょうね」

ダレル博士は一度だけ眉を吊りあげて答えた。

「わからないね——だがあの子のことだ、うまくやってのけるだろう」

それでもなぜか、夜になると家の中がひどくさびしく感じられた。ダレル博士は改めて、頭のいかれた娘の小さな生命が危険にさらされているあいだは、銀河系の運命などほんとうにどうでもいいことなのだと知った。


登場人物の数こそそれより少ないものの、ユニマラ号における騒動はさらに強烈だった。

貨物室の中で、アーケイディアはまず経験によって助けられ、つづいて未経験のことに困惑した。

最初の加速は冷静に迎え、ハイパースペースを抜ける最初のジャンプにともなう、身体が裏返しになるような微妙な吐き気も平然とやりすごすことができた。どちらも以前の宇宙旅行で経験していたため、心の準備ができていたのだ。彼女はまた、貨物室が船内の換気システムに組みこまれていること、ウォールライトをつければ明るくできることも知っていた。照明をつけるなんて、ぜんぜんロマンティックじゃない。却下。だから彼女は陰謀者らしく、闇の中で息をひそめ、ホマー・マンをとりまくさまざまな音に耳を傾けた。

それは、ただひとりの人間がたてる、なんとも区別しようのない音だった。靴が床にすれる音、布地が金属にこすれる音、クッションのよい椅子が体重を受けて漏らすため息、操縦装置のかちりという鋭い音、光電管に手のひらをのせたときのやわらかな音。

しかしながらついに、未経験の事態がアーケイディアを襲った。フィルムブックやヴィデオでは、密航者は無限の能力をもって身を隠していられるみたいなのに。もちろん、うっかり手をぶつけた何かが音をたてて床に落ちるとか、くしゃみをしてしまう危険はある――ヴィデオではたいていいつもくしゃみをする。そんなことは承知している。みんなわかっている。だから気をつけた。空腹と渇きが問題になることだって知っているから、それにそなえて食料庫から缶詰を失敬してきた。それでも、映画ではけっして語られないことがある。そしてアーケイディアは衝撃とともに、どんなにがんばっても、限られた時間だけしか貨物室に隠れていられないことに気づいたのだった。

ユニマラ号のようなひとり乗り行楽用クルーザーの居住区画は、基本的にひと部屋しかないから、マンがよそで何かをしているあいだにこっそり抜けだすという危険を冒すこともできない。

彼女はただひたすら、寝息が聞こえてくるのを待った。マンがいびきをかくかどうか、わかってさえいたら。少なくとも、寝台の位置は知っている。そう、いま聞こえてきたあれは、寝返りをうつ音だ。それから大きく息をつく音、そしてあくび。身体の位置を変えたり脚を動かしたりするたびに、寝台がやわらかくきしむけれども、しだいに静寂が増していく。彼女は待った。

指で押すと、貨物室のドアは簡単にひらいた。首をのばして――

それまで聞こえていた音が、ぴたりとやんだ。

アーケイディアは全身をこわばらせた。静かに！　まだ音をたてちゃいけない！

頭を動かさずに目だけをドアのむこうにつきだそうとした。できない。どうしても頭がついていってしまう。

ホマー・マンはもちろんまだ起きていた――寝台で、非拡散型ベッドライトのやわらかな光に包まれて、本を読んでいた。その彼が、いま大きく目を見ひらいて闇を見つめながら、静かに枕の下に片手をすべりこませようとしている。

アーケイディアはすばやく頭をひっこめた。それから照明が消えて真っ暗になり、マンが、ふるえながらも鋭い声をあげた。

「こっちはブラスターをもっている。銀河系にかけて、撃つぞ――」

アーケイディアは哀れっぽい声で訴えた。

「あたしよ。撃たないで」

冒険ロマンスなんて、ほんとにもろい花だ。臆病な男が手にしたブラスター一挺ですべてがだいなしになってしまうんだから。

照明が船内全体にもどり、マンが寝台の上で身体を起こした。薄い胸に生えた白くなりかけた胸毛と、一日分のまばらな顎髭のせいか、ほんとうにがっかりするくらいみすぼらしく見える。

アーケイディアは、皺にならないメタレーネ製ジャケットをひっぱりながら、足を踏みだした。

マンは驚きのあまり寝台からとびおりようとしたが、はたと気づいてシーツを肩までひっぱりあげ、かすれた声をあげた。

「なに……なに……なんなんだよ――」

彼は完全に途方に暮れていた。

アーケイディアはおずおずと言った。

「ちょっと待っててくれる？　あたし、お手洗いに行きたいの！」

船内構造はわかっていたので、すばやくその場を離れた。少しずつ豪胆さをとりもどしながらもどってくると、彼女の前にホマー・マンが立ちはだかった。色褪(あ)せたバスローブを羽織(お)り、その内側にまばゆいばかりの怒りを燃やしていた。

「宇宙のブラックホールにかけて、い……いったいこの船で何をしているんだ。ど……どうやってもぐりこんだんだ。わ……わたしがどうすると思っているんだ。いったいここで何が起こっているんだ」

ほうっていたら、質問は永久につづいたかもしれない。アーケイディアは甘い声でそれをさえぎった。

「あたし、ホマー叔父さまといっしょに行きたいなと思っただけなの」

「なんだって？　わたしはどこにも行ったりしないぞ」

「あら、叔父さまは第二ファウンデーションの情報をさがしてカルガンに行くんでしょ」

マンはそこで乱暴なわめき声をあげ、すっかり錯乱してしまった。アーケイディアは一瞬、マンがヒステリーの発作を起こすか、壁に頭をうちつけるのではないかと恐怖にかられた。彼はまだブラスターをもっているのだ。それを見つめていると、胃の腑(ふ)がぎゅっと凍りつく。

「ねえ、気をつけて――おちついてよ――」やっとのことでそれだけを口にした。

マンは懸命の努力で正常に近い状態をとりもどし、はずみで暴発して船殻(せんかく)に穴をあけてしまうのではないかと心配になるほどの勢いで、ブラスターを寝台に放りだした。

「どうやってもぐりこんだんだ」ゆっくりとたずねた。言葉がふるえないよう、ひと言ひと言をごく慎重に噛みしめているみたいな話し方だ。

「簡単よ。スーツケースをもって格納庫にはいって、『ミスタ・マンの荷物よ！』って言っただけ。係の人は顔もあげないで、親指をふって通してくれた」

「わかっているだろう、きみを帰さなきゃならない」

そう考えたとたんに、ホマーの中に狂おしいまでの喜びがわきおこった。宇宙にかけて、これは自分のミスではないのだから。

「駄目よ」アーケイディアは冷静に言い返した。「そんなことしたら注意を惹くでしょ」

「なんだって？」

「わかってるでしょ。カルガンに行ってミュールの記録を調べる許可を申請するのは、叔父さまだからこそ自然に見えるのよね。あくまで自然に見えなきゃならないんだから、注意を惹くようなことをしちゃ駄目よ。密航者の女の子を連れて引き返したりしたら、テレニュースにとりあげられるかもしれないじゃないの」

「いったい、ど……どこから、カルガンに行くなんて思いついたんだ。そんな……ああ……馬鹿げた――」

こんなにしどろもどろでは、アーケイディアほど事情に通じていない相手だって納得させられるわけがない。

「聞いてたのよ」どうしても抑えきれず、いくぶん得意気に言った。「集音器を使って。あたし、ぜんぶ知ってるから――だから叔父さまは、あたしを連れてくしかないのよ」

「お父さんはどうなんだ」彼はいそいで切り札を使った。「お父さんにしてみたら、きみは誘拐されて……殺されるようなものじゃないか」

「手紙をおいてきたの」彼女が切った札はそれ以上に強かった。「お父さまはきっと、騒ぎ立てたりしちゃまずいって判断する。いまに宇宙通信が届くと思うな」

マンにはまるで魔法としか思えなかった。彼女が話し終えた二秒後に、受信シグナルがけたたましく鳴り響いたのだ。

「お父さまよ」

まさしくそのとおりだった。

メッセージは短く、アーケイディアに宛てたものだった。

〝すてきなプレゼントをありがとう。きっとフルに活用したんだろうね。楽しんでおいで〟

「ほら、あたしが言ったとおりだったでしょ」

ホマーはしだいに彼女に慣れていき、やがて、彼女がきてくれてよかったと思うようになった。そして最後には、彼女がいなければどうなっていただろうと考えるようにすらなった。彼女はおしゃべりだった！　いつも浮かれていた！　なんといっても、彼女は何ひとつ不安に思っていないのだ。第二ファウンデーションが敵であることを知っているのに、だからといって心を悩ませることもない。彼がカルガンで敵意をもつ役人と交渉しなくてはならないことがわかっているのに、それが待ちきれないようですらある。

たぶん、十四歳とはそういうものなのだろう。

　何はともあれ、一週間の旅は、自己内省ではなく会話のあふれるものとなった。もちろん、役に立つような会話ではない。そのほとんどが、カルガンの元首をどう扱えばいいかという、少女のアイデアで埋まっていたからだ。面白い、だがくだらない会話だった。それでも少女はそれを、熟考に熟考を重ねたうえで発言していた。

　気がつくとホマーは、彼女の話を聞きながら微笑を浮かべるようになっていた。大宇宙についてこんなにゆがみまくった見解を抱くとは、この子はどんなすばらしい歴史小説を読んできたのだろう。

　最終ジャンプの前夜だった。銀河系外縁部のほとんど光るもののない虚空に、カルガンが明るく輝いている。船の望遠鏡で見てかろうじて円形であることがわかる程度の、きらめく点にすぎない。

　アーケイディアは足を組んで上等の椅子に腰かけていた。ホマーの着替えであるズボンとさほど大きくもないシャツを身につけている。女の子らしい衣装は、着陸後にそなえて洗濯し、アイロンをかけてあるのだ。

「あたし、歴史小説を書くつもりなの」

　彼女はこの旅をおおいに楽しんでいた。ホマー叔父さまは少しもいやがらずに話を聞いてくれる。自分の話を真剣に受けとめてくれるほんとうのインテリが相手だと、会話はなんて楽しくなるんだろう。

「ファウンデーション史に出てくる偉人について、いやってほどたくさん本を読んだわ。セルダンとか、ハーディンとか、マロウとか、デヴァーズとか、みんなみんなよ。ミュールについて叔父さまが書いた本もほとんど読んでる。ファウンデーションが負けるところは面白くないけど。叔父さまだって歴史を読むときには、悲劇的なつまらない部分はとばしたいと思うでしょ」

「ああ、そうだね」マンは真面目に同意した。「だけど、それは公平な歴史ではないだろう、アーカディ。すべてをちゃんと書き記さないかぎり、学問的な敬意ははらってもらえないよ」

「ふふんだ。学問的な敬意なんて知るもんですか」ホマー叔父さまはほんとにすてき。この何日か、ちゃんとあたしのことを〝アーカディ〟と呼んでくれる。「あたしは面白い小説を書きたいの。いっぱい売れて、有名になるの。売れて有名にならないなら、小説なんか書く意味ないでしょ。お爺ちゃんの大学教授なんかに知られたってつまんない。みんなに読んでもらわなきゃ」

そう考えるだけで嬉しくなったのだろう、両眼の色が濃さを増す。彼女はもぞもぞと、居心地がよくなるよう姿勢を変えた。

「ほんと、お父さまが許してくださったら、あたしはすぐにもトランターに行きたいの。そして、第一帝国の資料を集めるの。あたしはトランターで生まれたのよ、知ってた?」

マンは知っていたが、ほどよい驚きをこめて、「へえ、そうなんだ」と言った。輝くような笑みとも照れ笑いともつかない笑顔が返った。

「うふふん。あたしのお祖母さまは……知ってるでしょ、ベイタ・ダレルのことよ、聞いたことあるでしょ……その昔、お祖父さまといっしょにトランターにいたの。全銀河が征服されそうになったとき、あそこでミュールを阻止したのよ。お父さまとお母さまも、結婚してしばらくのあいだ、トランターにいたの。だからあたしはあそこで生まれたのよ。お母さまが亡くなるまで、あそこで暮らしてたわ。小さかったからほとんど何もおぼえてないけど。ホマー叔父さまはトランターに行ったこと、ある？」

「いや、あるとは言えないな」

マンは冷たい隔壁に背中を預け、ぼんやりと彼女の話を聞いていた。カルガンがすぐそこにせまっている。また、どっと不安押し寄せてきた。

「最高にロマンティックな世界だと思わない？　お父さまが言ってたの、スタンネル五世の時代には、いまの惑星十個分より大勢の人があそこに住んでたんだって。とっても大きな金属の塊みたいな世界で、それ自体がひとつの大きな都市で、そして全銀河系の都だったんだって。お父さまが撮影した映像も見せてもらったけど。それがいまじゃみんな廃墟なんだから。それでもすてき。あたし、どうしてももう一度あそこに行きたいな。ねえ……ホマー叔父さま！」

「なに？」

「カルガンのお仕事が片づいたら、トランターに行かない？」

彼の顔に怯えの色がもどった。

「なんだって? 何を言いだすんだ。これは仕事だ、遊びじゃないんだぞ。忘れないでくれ」

「これだってお仕事よ」彼女はわめいた。「トランターには信じられないほどたくさん情報があるかもしれないでしょ。そうは思わない?」

「思わないね」彼はいそいで立ちあがった。「さあ、コンピュータから離れておくれ。最後のジャンプにとりかかる。それがすんだら、きみは少し休みなさい」

いずれにせよ、着陸にもよいことがひとつはある。金属の床にコートを敷いて眠るのには、もううんざりしていたのだ。

計算は難しくなかった。『宇宙航路ハンドブック』には、ファウンデーション＝カルガン航路がじつに明確に記載されているのだ。ハイパースペースを瞬時に通り抜けるさいの、あの一瞬のゆがみが感じられ、最後の一光年が過ぎ去った。

いまや、カルガンの恒星が唯一の太陽として輝いている――大きくてまぶしい黄白色(おうはくしょく)の星だ。だが、光のあたる側の舷窓(げんそう)は自動的に閉じてしまうため、見ることはできない。

あとひとつ眠れば、カルガンにつく。

12 元首

銀河系すべての惑星の中で、カルガンは間違いなく、もっともユニークな歴史を誇っている。たとえば、テルミヌスの歴史は、ほとんど中断されることのない発展である。かつて銀河系の都であったトランターの歴史は、ほとんど中断されることのない衰退だ。だがカルガンは――

カルガンがはじめて銀河系における快楽世界として名を馳せたのは、ハリ・セルダン誕生より二百年も昔のことだった。つまり、惑星全土で娯楽をひとつの産業として――しかも、莫大な利益をあげることのできる産業として、提供したのである。

そしてそれは安定した産業だった。銀河系でもっとも安定した産業ともいえる。ひとつの文明としての銀河系が少しずつ滅んでいったときも、カルガンには羽根の重さほどの災厄もふりかからなかった。近隣星域で社会や経済がどれほど変化しようとも、そこにはつねにエリートと呼ばれる人たちがいる。そしてエリートは、エリートであることの大いなる報酬として、必ず余暇をもとうとする。

というわけで、カルガンは継続的に、さらには首尾よく、香水をつけた頽廃的な帝国宮廷の伊達男たちには輝くばかりに肉感的な貴婦人を、血でもって獲得した世界を鉄によって支配する荒っぽく騒々しい軍人独裁者には奔放で好色な娼婦を、ファウンデーションのでっぷり太った贅沢な商人には破廉恥で官能的な情婦を、提供してきたのである。

金をもっているかぎり、誰であろうといかなる区別もなかった。すべての者にサーヴィスを提供して誰ひとり拒絶しないがゆえに、けっして需要が失せることのない商品を提供しているがゆえに、どの惑星の政治にも干渉せず、誰の正当性にも味方しない賢明さをもつがゆえに、他の惑星すべてが衰退しているときもカルガンは繁栄し、他の惑星すべてが痩せ衰えたときもカルガンは肥え太っていた。

それもミュールがあらわれるまでのことだった。娯楽に無関心な、いや、征服以外のすべてに無関心な征服者の前に、カルガンもまた衰退していった。ミュールにとっては、すべての惑星が、カルガンでさえも、同じだったのだ。

というわけで、カルガンは十年のあいだ、銀河系の都——銀河帝国そのものが終焉を迎えて以後最大の帝国の女王という、奇妙な役割を務めることになった。

そして、ミュールの死とともに、彼の台頭と同じくらい急激な衰退がやってきた。ファウンデーションはミュールの帝国から離脱し、それとともに、もしくはそれ以後に、ミュールの領土であった大半の世界もそれにならった。あれから五十年、あの短い支配期間については、阿片のもたらす夢のように、ぼんやりとした曖昧な記憶が残るばかりだ。カルガンはついに以前の姿をとりもどすことがなかった。以前のような、何ものにもとらわれない快楽の世界にもどることはできなかった。権力という魔が、その握力をゆるめようとしなかったからだ。カルガンは以後、ファウンデーションが〈カルガン元首〉と呼ぶ者たちによって代々支配されている。だが彼ら自身はミュールの唯一の称号を真似て第一市民を名のり、自分たちもまた征服者であるという物語を維持しつづけている。

現在のカルガン元首がその地位についたのは、五カ月前のことだ。彼はそもそもカルガン宙軍司令官だったのだが、前元首が嘆かわしいほど警戒を怠っていたおかげで、この地位を手に入れることができた。だがカルガンには、その正当性をいつまでも、もしくは執拗に、問題にするような愚か者はひとりもいなかった。起こったことは、素直に受け入れるのが何よりではないか。

こうした適者生存の論理は、流血と悪を誘発すると同時に、人の能力をひきだすことにもなる。ステッティン卿はなかなかに有能で、かつ扱いにくい人物だった。

前元首と変わらず現元首にも二心なく仕え、長生きすればつぎの元首にも誠実に仕えるだろう重臣、第一大臣にとっても扱いにくい人物であることは変わらない。

ステッティンの友人以上、妻未満であるレディ・カリアにとっても同様だった。

その夜、ステッティン卿の私邸にその三人が集まっていた。第一市民はお気に入りのまばゆい提督軍服に巨体を包み、詰め物のないプラスティックの椅子に腰をおろし、椅子の素材ほどにも身をこわばらせて渋面をつくっている。第一大臣レヴ・メイルスは、ぼんやりと無関心な顔で彼とむかいあっている。その神経質そうな長い指は、長い鉤鼻から痩せてくぼんだ頬を通って白のまじった髭がのびるあごの先端近くまで曲線を描いている深い皺を、ぼんやりとリズミカルに撫でている。レディ・カリアは分厚い毛皮を敷いたフォーマイトのカウチに優雅に身を沈め、ふっくらとしたくちびるを不機嫌そうにふるわせているものの、気に留めてもらえずにいた。

「閣下」メイルスが、第一市民とのみ名のる元首に対する唯一の敬称で呼びかけた。「閣下におかれましては、歴史の連続性に対するある種の見解が欠けておいでです。閣下は、すさまじい革命をいくつも乗り越えてこられたご自身の人生から、文明の進路も同様に、とつぜんの変化に従うものだとお考えになっておられます。ですがそれは間違っております」

「ミュールはやってのけたではないか」

「ですが、誰がミュールの先例にならえるでしょう。彼は人間以上の存在でした。そしてその彼にしても、完全な成功をおさめることはできなかったのです」

「ねえ、プーチー」

レディ・カリアがとつぜん鼻声で呼びかけたが、第一市民の乱暴なしぐさで身をすくませた。ステッティン卿が刺々(とげとげ)しい声で言った。

「黙っていろ、カリア。メイルス、もうこれ以上じっとしているのはうんざりだ。先の元首は生涯をかけて、わが国の宙軍を、銀河系にふたつとないみごとに調律された楽器のごとく磨きあげた。そしてその堂々たる艦隊を一度も使わないまま死んだ。わたしもそれにならわねばならんのか。宙軍提督たるこのわたしが。

あの艦隊はいつまで錆(さ)びつかずにいられるのだ。いま現在は国庫の負担になっているばかりで、何ひとつもたらすことがない。将校たちは領土を、兵たちは戦利品を切望している。カルガン全土が帝国と栄光の復活を願っている。わかるか」

「口ではなんとでも言えましょう」とメイルス。「ですが閣下のおっしゃりたいことはわかります。領土、戦利品、栄光――どれも手に入れられればありがたくはありますが、それを獲得するには、しばしば危険で、つねにありがたくない戦闘を経なくてはなりません。はじめのうちは意気盛んでも、いずれその興奮は冷めます。そして全歴史を通じて、ファウンデーションへの攻撃が賢明な行動であったことは一度としてないのです。ミュールですら、そのような愚行に走らなければ――」

レディ・カリアの青い虚ろな目に涙があふれた。このごろプーチーはほとんど彼女を見てくれない。いまだって、今夜は彼女とすごそうと約束してくれていたのに、この白髪の痩せた恐ろしい男――いつも彼女を無視し、けっして彼女に目をむけようとしない男が、無理やりおしかけてきた。そしてプーチーはそれを許したのだ。抗議なんてできるわけがない。こみあげてくる嗚咽を外にもらすことすら恐ろしい。

ステッティンはいま、彼女の嫌いな、いらだった刺々しい声で話している。

「おまえは遠い過去に縛られた奴隷だな。ファウンデーションは確かに領土も人口も増大しているが、団結は弱く、一撃でばらばらになる。近頃は惰性で結びついているにすぎない。わたしにはその惰性を打ち砕くだけの力がある。おまえはファウンデーションただ一国のみが核エネルギーを保有していた古い時代の幻影にとらわれている。確かにファウンデーションは滅びゆく帝国の最後の一撃をかわした。だがそれ以後は、乱世の混乱の中で、無能な総帥どもに対峙してきただけだ。ファウンデーションが擁する核エネルギー艦隊に対して、老朽船や過去の遺物で迎え撃つことしかできないような輩だ。

だがな、メイルス、ミュールはそれを変えたのだ。ミュールはファウンデーションが秘匿していた知識を銀河系の半分にまでひろめ、科学の独占は永久に不可能となった。われわれはやつらと互角に戦うことができる」

「では、第二ファウンデーションはどうなのですか」メイルスが冷静にたずねた。

「第二ファウンデーションだと？」ステッティンもまた冷静に問い返した。「おまえはやつらの目的を知っているのか。やつらはミュールを阻止するのに十年かかった。実際にやつらがとめたのだとしたらだがな。それには疑問をさしはさむ者もいる。ファウンデーションの心理学者と社会学者の多くが、セルダン計画はミュールの治世以後、完全に崩壊したと考えていることを知らんのか。ほんとうに〈プラン〉が消滅したのだとしたら、わたしなり、つぎのやつなりが、その空白を埋めてもいいではないか」

「わたしたちはそのことについて、賭けに出ても大丈夫だと保証できるだけの情報を得てはおりません」

「われわれの情報はそうかもしれん。だが、ファウンデーションからの客人がいるではないか。知っているか。ホマー・マン――わたしの知るかぎり、ミュールについて何本も論文を書いている男だ。その彼が論文で、セルダン計画はもはや存在しないと、まったく同じことを主張しているのだぞ」

第一大臣はうなずいた。

「ホマー・マンのことは――少なくとも彼の書いたもののことは、聞いたことがあります。それで、何をしにこの惑星にきたのでしょう」

「ミュール宮殿にはいる許可を求めている」

「まことですか。お断りになったほうがよろしいでしょう。あの宮殿にまつわる迷信は、この惑星を支える基盤でもあります。それを乱すのは賢明ではありません」

「考えておこう――ではまたあとでな」

メイルスは一礼して退出した。

レディ・カリアは涙ぐんで訴えた。

「プーチー、あたくしのこと、怒ってらっしゃる?」

ステッティンは乱暴に彼女をふり返った。

「他人のいる場所では絶対にそのくだらん名前で呼ぶなと言ったはずだぞ」

「昔はお喜びになっていたのに」

「昔の話だ。二度とあんな真似をするな」

そして険悪な目で彼女をにらんだ。不思議だ、なぜ自分はこの女を我慢しているのだろう。おとなしくて頭が空っぽな女。触れれば心地よく、素直な愛情を捧げてくれて、苛酷な生活の中では癒しとなる。だが、その愛情ももうたくさんだ。この女は結婚を、〝第一市民妃〟となることを夢見ている。

馬鹿馬鹿しい!

ただの提督だったころなら、なんの問題もなかった。だが彼はいま第一市民であり、未来の征服者なのだ。こんな女では駄目だ。彼には未来の領土を統合できる後継者が必要だ。ミユールはついに後継者をもつことがなかった。ミュールの帝国が、人間ではない彼の数奇な人生の終わりとともに終焉を迎えたのは、そのためだ。彼、ステッティンには、ともに王朝を打ち立てられるような、ファウンデーションの歴史ある名家出身の女が必要だ。

いらだちながら、自分はなぜカリアをお払い箱にしないのだろうと考えた。追いだしたってなんの問題もない。少しばかり泣き言を漏らすだろうが――。彼はその考えをはらいのけた。この女にもそれなりによいところはある。ときどきだけれども。

カリアは元気をとりもどした。鬱陶しい白髪頭がいなくなったおかげで、花崗岩のようだったプーチーの顔がやわらかくなってきた。彼女は流れるように優雅な一動作で立ちあがり、彼にしなだれかかった。

「あたくしを叱ったりなさらないわよね?」

「ああ」彼は上の空で彼女の肩を撫でた。「さあ、少しのあいだ、おとなしくすわっていなさい。考えごとがあるんだ」

「ファウンデーションからきた人のこと?」

「そうだ」

「プーチー?」ためらいがちな声。

「なんだ」

「ねえ、プーチー、その人は小さな女の子を連れてきてるっておっしゃったわよね。おぼえてる? その子に会ってみたいわ。あたくし、けっして――」

「何を考えているんだ。ガキを連れてくるよう頼めというのか。わたしの謁見室は小学校か。戯言（たわごと）はもうたくさんだ、カリア」

「その子の面倒はあたくしが見るから。ねえ、プーチー。あなたにはなんの面倒もおかけしないから。めったに子供に会う機会なんてないんですもの。あたくしがどんなに子供が好きか、あなただってご存じでしょ」

　ステッティンは彼女に冷笑をむけた。彼女はけっしてこの手の話を諦めない。〝あたくしがどんなに子供が好きか〟――つまりは、〝あなたの子供がほしいの〟〝あなたの正当な嫡（ちゃく）出子（しゅつし）が〟――つまりは、〝結婚してちょうだい〟だ。彼は笑った。

「子供といっても、十四か十五の大きな娘だ。背の高さだって、おまえと変わらんだろう」

　カリアはいかにもがっかりしたような顔を見せた。

「かまわないわ。ファウンデーションの話を聞かせてもらえるもの。あたくし、あそこに行ってみたいとずっと思っているの。あたくしの祖父はファウンデーション人だったのよ。いつか連れていってくださるわよね、プーチー」

　ステッティンは微笑した。そう、連れていってやろう。征服者となって。そう考えたことで気分がよくなり、自然とやさしい言葉が出てきた。

「わかった、わかった。その子供に会って、好きなだけファウンデーションの話をするがいい。だがわたしのそばではないぞ、いいな」

「絶対にお邪魔はしません。あたくしの部屋に連れていくわ」

彼女はふたたび幸せに包まれた。近頃ではめったに頼みなど聞いてもらえないのだ。彼の首に腕を巻きつけた。かすかなためらいののちに、彼が緊張をゆるめるのがわかった。大きな頭がそっと彼女の肩にのった。

13 寵姫（ちょうき）

アーケイディアは勝利感にあふれていた。ペレアス・アンソールがあの馬鹿面（づら）を彼女の部屋の窓に押しあてたあのときから、人生はほんとうに、すっかり変わってしまった——それもすべて、彼女がなすべきことをする勇気とヴィジョンをもっていたからだ。

そしていま彼女はカルガンにいる。偉大なるセントラル・シアター——銀河系最大の劇場だ——を訪れ、はるか彼方（かなた）のファウンデーションにまで名声をとどろかせているスター歌手たちを、この目でじかに見てきたところだ。宇宙でもっとも華（はな）やかなファッションの中心地フラワー・パスで、思う存分ショッピングもした。ホマー叔父さまはファッションに関してはまるっきり無知だから、好きなものを選ぶことができた。ぴったりフィットして曲線を描く、きらきら光るロングドレスを選んでも、店員はまったく文句をつけなかった。このドレスを着るととっても背が高く見えるのだ。ファウンデーション通貨はものすごく使い出がある。ホマー叔父さまは十クレジット紙幣を一枚くれたのだけれど、それをカルガン通貨カルガニードに両替すると、ものすごく分厚い札束になった。

髪形も変えた。うしろをハーフショートにして、両サイドにつやつやのカールをたらしたのだ。おまけにトリートメントをしたから、髪全体がいままで以上にみごとな金色になり、まさしく輝いている。

そのうえにこれだ。何よりもすてき。それは確かにステッティン卿の宮殿は、劇場みたいに大きくも豪華でもないし、ミュールの旧宮殿みたいに神秘的でも歴史をとどめてもいない――とはいっても、ミュールの宮殿は、惑星横断飛行のさいに、わびしげにそびえる何本かの塔をちらりと見かけただけだ。だけど考えてもみてよ。ほんものの元首なんだから。彼女は光栄のあまり、われを忘れそうになっていた。

しかもそれだけじゃない。彼女はいま、元首の〈愛人〉とむかいあっているのだ。アーケイディアは心の中で、その単語に括弧をつけた。そうした女が歴史の中でどんな役割を果たしてきたか、どれほどの魅力と力にあふれていたかは知っている。じつのところ、彼女自身も、絶大な力をもった輝かしい〝愛人〟というものになってみたいと考えたことがある。ただ、なぜかそのころファウンデーションでは〝愛人〟は流行っていなかったし、たとえ流行っていたとしても、きっとお父さまが許してくれなかっただろう。

もちろん、レディ・カリアは、アーケイディアが考えていた愛人のイメージとかけ離れている。たとえば、どちらかといえば太めだし、邪悪そうでも危険そうでもない。どことなく印象が薄く、おまけに近眼だ。声だってハスキーじゃなくて甲高いし――

「お茶をもっといかが」

「ありがとうございます、いただきます。閣下夫人」——それとも、殿下と呼んだほうがいいかな。

アーケイディアは丁寧に、だがいかにも目利きのような声でつづけた。

「レディがつけていらっしゃる真珠はとてもお綺麗ですね」（うん、〝レディ〟がいちばん無難そうだ）

「あら、そう？」カリアはなんとなく喜んでいるようだ。そして首飾りをはずし、乳白色にきらめくそれを左右にふった。「これが気に入ったの？　だったらさしあげるわ」

「あの、ええと——本気ですか——」

気がつくと手の中に真珠がある。残念に思いながら押し返した。

「父に叱られます」

「お父さまは真珠がお嫌いなの？　ほんとうにいい真珠なのよ」

「そうしたものをちょうだいしては、ということです。父はいつも、よそさまから高価なものをいただいてはいけないと言っているので」

「そうなの？　だけど……これはあたくしがプー……第一市民からいただいたものよ。それもいけないことだったのかしら」

「あたし、そんなつもりじゃ——」アーケイディアは赤くなった。

しかしすでにその話題に飽きていたのだろう、カリアはそのまま真珠を床に落とした。

「ファウンデーションの話をしてくれるのでしょう？　さあ、聞かせてちょうだい」

アーケイディアはふいに途方に暮れた。泣きたくなるほど退屈な世界について、何を話せというのだろう。彼女にとってファウンデーションは、郊外の町であり、心地よい家だ。いやいや受けなくてはならない教育や、永遠につづくつまらない穏やかな生活でもある。そこで曖昧に答えた。

「たぶん、フィルムブックでごらんになるのとたいして変わらないと思います」

「あら、あなたはフィルムブックを見るの？　あたくし、見ようとするとすごく頭が痛くなるのよ。でも、あなたたちの貿易商――たくましくて獰猛(どうもう)な男たちのヴィデオ・ストーリーは、いつだって大好きよ。わくわくするわ。あなたのお友達のミスタ・マンも貿易商なのかしら。あまり獰猛には見えないのだけれど。貿易商はみんな、髭を生やしていて、どすの効(き)いた大声で話して、女を乱暴に扱うのよね――そうなんでしょ？」

アーケイディアは曖昧な笑みを浮かべた。

「そういうのは歴史のほんの一部です。ファウンデーションがまだ若かったころ、貿易商は辺境を切りひらいて銀河系に文明をもたらすパイオニアでした。そういうことはみんな、学校で習いました。だけどもう時代は変わりました。ファウンデーションにはもう個人としての貿易商はいません。会社とか、そういうものばっかりです」

「まあ、ほんとうなの？　残念だこと。でもそれなら、ミスタ・マンは何をしていらっしゃるの？　つまり、貿易商でないのなら、ということだけれど」

「ホマー叔父さまは図書館の司書です」

カリアはくちびるに手をあててくすくす笑った。

「フィルムブックのお世話係なの？　まあ、なんてこと。大の男がなんてくだらない仕事をしているのかしら」

「叔父さまはとっても優秀な司書なんです。ファウンデーションではとても尊敬される職業です」

アーケイディアは小さな玉虫色のティーカップを、ミルク色の金属テーブルにこつんともどした。

「まあ、ごめんなさい、失礼をするつもりではなかったのよ。ええ、あなたの叔父さまはとっても知的で秀でた方なのでしょうね。目をみればわかるわ。ほんとうに……ほんとうに知的な目をしてらしたわ。それに、ミュールの宮殿を見たいだなんて、とっても勇敢な方なのでしょうね」

「勇敢？」

アーケイディアの内側でぴくりと動くものがあった。待っていたのはこれだ。策をめぐらして！　うまく立ちまわらなきゃ！　アーケイディアはまるで関心がないような顔で、ぼんやりと親指のさきを見つめながらたずねた。

「ミュールの宮殿を見たがるのが、どうして勇敢なんですか」

「あなた、知らなかったの？」レディ・カリアは目を丸くして声を落とした。「呪いがかかっているのよ。ミュールが死ぬときに、銀河帝国が再興するまで、けっして誰もはいってはならないと命じたのですって。カルガンの人はみんな、敷地にだってはいろうとしないわ」

アーケイディアはその情報を心にとどめた。

「だけど、それ、迷信でしょう――？」

「そんなこと、言わないでちょうだい」カリアが悲しげに言った。「プーチーもいつも言っているのよ。そんなものは迷信だ、だけど民を支配するためには迷信なんかじゃないことにしておいたほうがいいんだって。でもあたくしは気がついているのよ。あの人、自分ではけっしてあそこに行かないの。プーチーの前に第一市民だったサロスもそうだったわ」そこでふいに思いついたのだろう、カリアはふたたび好奇心をあらわした。「でも、ミスタ・マンはどうして宮殿を見たがっているの？」

いまだ。慎重な計画を実行に移せ。アーケイディアはこれまでに読んだ本から、支配者の愛人は玉座の陰にひそむ真の権力者であり、まさしく影響力の源泉であることを知っている。だから、もしホマー叔父さまがステッティン卿相手にしくじったら――しくじるに決まってるんだから――彼女がレディ・カリアでそれを挽回しなくてはならない。確かにレディ・カリアはよくわからない。ちっとも頭が切れそうには見えないし。うん、でも、いつだって歴史が証明しているんだから――

「確かに理由はあるんですけど――秘密にしてくださいますか」

「誓うわ」カリアはそう言って、やわらかく白い豊かな胸の上で十字を切った。

アーケイディアは心の中で思考を追いかけながら、一行ずつ言葉にしていった。

「レディもご存じだと思いますけれど、ホマー叔父さまは、ミュールに関するものすごい大家なんです。何冊も何冊も本を書いてます。その叔父さまは、ミュールがファウンデーションを征服して以後、銀河系の歴史は変わってしまったと考えているんです」

「まあ」

「叔父さまの考えでは、セルダン計画は――」

カリアが手を打ち鳴らした。

「セルダン計画なら知っているわ。貿易商の出てくるヴィデオはどれもこれも、みんなセルダン計画のことばかりなんですもの。ファウンデーションはいつでも必ず勝つように計画されている、そういうのでしょう? 何か科学が関係あるみたいだけれど、あたくしにはなんのことだかさっぱり。説明を聞く段になると、どうしてもいらいらしてしまうの。でも、つづけてちょうだい。あなたが説明してくれるならきっと大丈夫だわ。あなたのお話は、どれもとってもわかりやすいもの」

そこでアーケイディアはつづけた。

「それじゃ、レディもご存じですよね。ファウンデーションがミュールに負けたとき、セルダン計画は働きませんでした。そのあともずっとそうです。それじゃ、誰が第二帝国をつくるんでしょう」

「第二帝国?」

「はい。いつかつくられるはずなんです。でもどうやって？　そこが問題なんです。それに、第二ファウンデーションのこともあります」

「第二ファウンデーションですって？」

「はい。セルダンのあとを継いで、歴史を進めていく人たちです。ミュールをとめたのは、ミュールではまだ時期がはやすぎたからです。でもいま、第二ファウンデーションはカルガンを支持しようとしているのかもしれません」

「どうして？」

「いまのカルガンが、新しい帝国の核となるための最大の可能性を秘めているからです」

レディ・カリアはぼんやりとながらも理解したようだった。

「つまり、プーチーが新しい帝国をつくるって言っているの？」

「断言はできません。でもホマー叔父さまはそう考えています。それを確かめるために、ミュールの記録を調べなくてはならないんです」

「なんだか難しいお話ねえ」レディ・カリアが疑わしそうに言った。

できるかぎりのことはやった。だけど、いまはもうお手上げだ。

ステッティン卿はいささか荒れていた。ファウンデーションからきた腑抜けとの会談はなんの役にも立たなかった。それどころか、怒りすらわいてきた。二十七の世界の絶対的支配者が、銀河系最大を誇る宙軍の指揮官が、宇宙一偉大なる野望を抱いた男が――古本屋ごといとくだらない議論をさせられるとは。

なんたることだ！　カルガンの習慣を破れというのか。もう一冊の本を書くためミュールの宮殿を荒そうというあの阿呆に、許可を与えろというのか。科学のためだと！　神聖なる知識だと！　大銀河系にかけて！　そんな決まり文句を真面目くさってわたしに投げつけてくるとは。おまけに――わずかに筋肉がうずいた――呪いの問題がある。もちろん、わたし自身は信じてなどいないとも。知的な人間なら信じたりしない。それでも、それを否定するには、あの阿呆の言葉よりもましな理由が必要だ。

「なんの用だ」

怒鳴りつけると、入口に立つレディ・カリアが目に見えて縮みあがった。

「お忙しいの？」

「ああ、忙しい」

「でも、どなたもいらっしゃらないじゃないの、プーチー。ほんの少し、お話しするのも駄目かしら」

「銀河にかけて、なんの用だ。さっさと話せ」

彼女はつかえつかえ説明した。

「あの子が、叔父さんとミュールの宮殿にはいりたいって言っていたの。あたくしたちもいっしょに行くのはどうかしら。中はきっとすばらしいでしょうね」

「あの小娘が言っただと？　ああ、だがあの娘もわたしたちも、宮殿にははいらない。さあ、余計な口出しは終わりだ。もういい加減にしてくれ」

「でも、プーチー、なぜなの？　なぜ行かせてあげないの？　あなたは帝国をつくる人だって、あの子は言っていたのに！」

「小娘が何を言おうとどうでもよい——ん？　なんだと？」

彼はずかずかとカリアに歩み寄り、上腕をきつくつかんだ。やわらかな肉に指が深くくいこむ。

「小娘が、おまえに、何を言っただと？」

「痛いわ。そんな怖い顔をされたら、みんな忘れてしまうわ」

彼は手を離した。カリアはしばらくその場に立ったまま、ぼんやりと赤くなった腕をこすっていたが、やがて半泣きの声で告げた。

「内緒にすると、あの子に約束したのよ」

「ほう、それは困ったことだ。さあ、さっさと話せ！」

「あの子が言っていたの。セルダン計画は変わってしまったけれど、どこかにもうひとつファウンデーションがあって、そこではあなたに帝国をつくらせようと計画しているんですって。それだけよ。それから、ミスタ・マンはとっても偉い学者で、ミュールの宮殿に行けば、いま話したことの証拠が見つかるだろうって。あの子が言ったのはこれでぜんぶよ。ねえ、怒ってらっしゃる？」

ステッティンは答えず、あわただしく部屋を出ていった。その後ろ姿を、穏やかな哀しみをたたえたカリアの目が見送っていた。一時間とたたないうちに、第一市民の公式印章を押した二通の命令が発せられた。一通の指示により、五百の戦列艦が、公式には〝模擬戦〟と称されるもののため、宇宙に送りだされた。そしてもう一通は、ひとりの男を混乱に陥れたのだった。

ホマー・マンは出立の用意を中断した。問題の命令書が届いたのだ。それはもちろん、ミュール宮殿への正式な入場許可だった。彼は幾度も読み返したが、その顔に浮かぶ表情は、喜びとはほど遠いものだった。

だがアーケイディアはおおいに気をよくしていた。何が起こったのか、知っていたからだ。少なくとも、彼女自身は知っているつもりだった。

14　不安

ポリは朝食をならべながら、片目で、テーブルの上で今日の記録を静かに吐きだしているニュース・レコーダーをながめた。こうやって左右の目をべつべつに使えば、効率よく仕事をこなすことができるのだ。朝食といっても、料理はすべて調理ユニット兼用の使い捨て無菌容器にパックされているから、メニューを選び、それをテーブルにのせ、食後の片づけをするだけでいい。

彼女はニュースを見て舌打ちし、昔を思いだして静かに嘆いた。

「ほんとうに、人間ときたらなんて邪悪なんでしょうねえ」

ダレルはぼんやり〝ああ〟と答えただけだった。

彼女の声が甲高い耳障りなものになった。世の中の邪悪を嘆くときは、いつもそうなってしまう。

「ほんとうに、あの恐ろしいカルガーン人ときたら」――彼女は二番めの〝あ〟の音を長くのばして発音する――「どうしてこんなことをするんでしょうねえ。世界に平和をみたいなことを言いながら、結局はいつだって、トラブル、トラブル、トラブルじゃありませんか。

この見出しをごらんなさいまし。『ファウンデーション領事館前で暴動』ですって。できるなら、お説教してやりたいものですね。人間の厄介なところです。すぐに忘れてしまうんです。ほんとうに、おぼえていられないんですよ、旦那さま――みんな、記憶力ってものをもちあわせていないんです。ミュールが死んだあとの、最後の戦争を見ればわかります――もちろんあのころ、わたしは小さな子供でしたけれど――あのときの騒ぎと大変さときたら。わたしの叔父も殺されたんですよ。まだ二十代で、二年前に結婚したとこで、女の子が生まれたばかりだったってのに。叔父のことはよくおぼえていますよ――金髪で、あごにくぼみがあって。どこかに立体写真があったんですけれどねえ――

いまじゃ、あのとき赤ん坊だった従妹の、その息子が、宙軍にはいってるんですからねえ。もし何か起こったら――

わたしたちは爆撃パトロールをしていたし、年寄り連中は成層圏の守りについていたんですよ――もしカルガーン人どもがはるばるやってきたら、その人たちがどんな活躍を見せてくれたか、よおくわかってますよ。母はいつもわたしたち子供に、食料の配給や、物価や、税金とかの話をしてましたね。惑星全体が、もうやりくりできなくなってたんですよ――分別ってものがあったら、あんなことはもう二度とごめんだ、関わりたくもないって思うじゃありませんか。だけどね、ああいうことをしているのは一般の人々じゃないんです。カルガーン人だって、船であちこちうろついて殺されるよりは、家族といっしょに家にいたいに決まってるじゃありませんか。問題はあの恐ろしい男、ステッティンなんですよ。なんであんな男が生きていられるんでしょうね。あいつはあの老人を殺したんですよ――なんて名前でしたっけ――そうそう、サロスでしたっけね。そしていまじゃ、全宇宙の大将になりたくてうずうずしてるんです。

なぜわたしたちに戦いをしかけたがっているかは存じませんけれどね。もちろんむこうが負けるに決まってます――いつだってそうなんですから。もしかしたら、そういうこともみんな〈プラン〉にはいっているのかもしれませんね。だけど、こんなにたくさんの戦いやら殺しあいやらをしなきゃならないなんて、〈プラン〉そのものが邪悪なんじゃないかと思うことがありますよ。もちろん、ハリ・セルダンに文句をいうつもりなんてありませんよ。あの人はわたしなんかより、ずっとよくいろんなことを心得てたでしょうからね。セルダンに疑問を抱くなんて、きっとわたしが馬鹿なんでしょう。ついでにいえば、もうひとつのファウンデーションとやらにも同じくらい責任がありますよ。その人たちだったら、いまカルガンをとめることだって、何もかもをちゃんと納めることだってできるでしょうに。まあ最後にはきっとそうしてくれるんでしょうけれど、何も被害が出ないうちにやってほしいもんですよね」

ダレル博士が顔をあげた。

「何か言ったかい、ポリ」

ポリは大きく目を見ひらき、それから怒りをこめて細くした。

「なんにも言っておりませんよ、旦那さま。なんにもね。言うことなんてひとつもありゃしませんよ。この家じゃ、ひと言でも口をきいたら息が詰まっちまうんですからね。あっちへこっちへと宇宙をとびまわっちゃいますけれど、ひと言でも話そうとしたら――」

そして彼女はぷりぷりしたまま部屋を出ていった。

ダレルは、彼女のおしゃべり同様、彼女が出ていったことにも関心をはらわなかった。

カルガンか！　馬鹿馬鹿しい！　あんなものはただの物質的な敵にすぎない！　しかも、一度として勝利したことのない連中だ！

それでも彼は、馬鹿げているとはいえ現在の危機から気持ちを切り離すことができなかった。七日前、市長から調査開発庁長官への就任要請があったのだ。今日、返事をする約束だ。そう——

ぎこちなく身じろぎした。なぜわたしなのだろう！　だが断るわけにはいかない。奇妙に思われる。奇妙に思われるのはまずい。はっきりいって、カルガンのことなど気にとめていなかったのだ。彼にとって、敵はひとつしかない。いつだって、ただひとつだ。

妻が生きていたころ、彼は嬉々として働き、仕事から逃げたり隠れたりすることはなかった。過去の遺物に囲まれた、あのトランターでの長く静かな日々！　すべてを忘れることのできる、滅びた世界の静寂！

だが妻は死んだ。すべてをあわせて五年にも満たない歳月だった。以後彼は、正体のわからない恐ろしい敵と戦うためにのみ、生きてきた。彼の運命を支配することで人としての尊厳を奪った敵。人生を、定められた幕切れとの惨めな戦いにおとしめた敵。全宇宙を、憎悪にあふれ生命をかけたチェスゲームに変えてしまった敵。

代償、もしくは昇華と呼んでもいい。彼自身そう呼んでいる——だがその戦いは、彼の人生に意味をもたらしてくれた。

まずサンタンニ大学に行って、クライゼ博士の研究に参加した。それなりに有益な五年だった。

だがクライゼは、単なるデータ収集家にすぎなかった。実際の研究では成功をおさめていない。それをはっきり悟ったとき、クライゼのもとを去ろうと決断した。

クライゼは秘密裡に研究をしているつもりだったのかもしれない。だが彼にも、助手や共同研究者は必要だった。探査するための被験者もいる。そして、勤務大学も支援してくれている。それらすべてが弱点となった。

クライゼはそうしたことが理解できなかった。そして彼、ダレルにも、説明することはできなかった。ふたりは仲違いをしたまま別れた。それはかまわない。そうするしかなかった。ダレルは敗北して去らなくてはならなかった——誰かが監視しているかもしれなかったから。クライゼはグラフで研究したが、ダレルは数学的概念を用いて頭の奥で作業をおこなった。クライゼは大勢の仲間とともに研究したが、ダレルは誰とも組まなかった。クライゼは大学で。ダレルは静かな郊外の邸で。

そして、ダレルはあと一歩のところまできている。

大脳に関するかぎり、第二ファウンデーション人は人類ではない。もっとも優秀な生理学者でも、もっとも鋭い神経化学者でも、何ひとつ探知できないだろう——だが相違はあるはずだ。そしてその相違は、脳に関するものなのだから、探知できるとしたら、脳においてでしかない。

人の感情を探知・支配できる能力をもったミュールのような人間がいるという仮定に基づいて——先天的であれ後天的であれ、第二ファウンデーション人たちは間違いなくミュールと同じ能力をもっている——必要な電子回路を考え、そこから、相違が明確にあらわれるはずの脳波の決定的な詳細をつきとめなくてはならない。

クライゼはいま、若く熱心な教え子アンソールの姿を借りてよみがえってきた。

くだらん！　馬鹿げている！　アンソールがもちこんできた、干渉を受けた人間のグラフや図表など。そんなものの探知方法なら、ダレルは数年前に考えだしていた。だが、それがなんの役に立つというのか。必要なのは、道具ではなく武器だ。それでも彼はアンソールと組むことを受け入れた。そのほうが目立たなかったからだ。

そしてダレルは調査開発庁長官の任につく。そのほうが目立たないから！　そう、彼は陰謀の中で陰謀を企(たくら)んでいくのだ。

一瞬、アーケイディアのことを思って心が痛んだが、その思いをふりはらった。彼のことなど放っておいてくれたら、けっしてこんなことにならなかったのに。放っておいてくれたら、誰の身も危険にさらさずにすんだのに。放っておいてくれたら――

怒りがこみあげてきた。死んだクライゼに、生きているアンソールに、善意で行動するありとあらゆる愚か者に対して――

まあいい。あの子なら、自分の身くらいちゃんと守れる。子供ではあるが、じつにしっかりしているのだから。

あの子なら、自分の身くらいちゃんと守れるさ！

彼は心の中でそっとささやいた――

ほんとうにそうだろうか。

ダレル博士が悲しげにあの子は大丈夫だと自分に言い聞かせていたそのころ、アーケイディア本人は、銀河系第一市民行政府の質素で寒々しい控室に腰かけていた。もう半時間もそこにすわったまま、ゆっくりと四方の壁をながめている。ホマー・マンとこの部屋にはいったとき、入口にはふたりの武装兵が立っていた。この前きたとき、そんな兵士はいなかったのに。

いま彼女はひとりきりで、この部屋の調度品そのものにもよそよそしさを感じている。この前きたときは、そんなことはなかったのに。

どうしてなんだろう。

いま、ホマー叔父さまはステッティン卿といっしょにいる。それがいけないのかな。そう考えると猛烈に腹が立ってきた。フィルムブックやヴィデオでは、こんな状況に陥った主人公は、ちゃんと結末を予想して、そのときのための準備をする。なのに彼女は——ただここにすわっているだけだ。どんなこと、だって起こり得るのに。どんなこと、だって！　なのに彼女は、ただここにすわっているだけなのだ。

まあいい。ふり返ってみよう。ふり返って考えてみよう。何か思いつくかもしれない。

この二週間、ホマー叔父さまはミュールの宮殿で暮らしているような状態だった。一度だけ、ステッティンの許可をとって、彼女も連れていってもらった。ひろく、巨大で、薄暗い建物だった。鳴り響く記憶を抱いて眠りについたまま、生命ある手に触れられるのを避けて、足音が聞こえると虚ろな轟音や騒々しい雑音を返してくる。あんな場所、大嫌いだ。

首都にある、大きくてにぎやかなハイウェイのほうがずっといい。あんな宮殿、基本的にはファウンデーションより貧しいくせに、多くの富を使って見栄ばかり張っている世界の、劇場やショーみたいなものだ。

　夜になるとホマー叔父さまがもどってくる。いつだって畏怖にうたれて――

「わたしにとっては夢の世界だよ」と彼はささやく。「あの宮殿を、石のひとつひとつまで、アルミニウム・スポンジの一枚一枚まで分解できたら。テルミヌスに持ち帰ることができたら――。どんなすばらしい博物館になるだろう」

　最初のうちはいやがっていたくせに、そんなことは忘れてしまったみたいだ。いまでは熱意に燃えている。アーケイディアはひとつの確かなしるしから、それを知ることができた。このあいだから吃音が出ないのだ。

　一度、彼が言った。

「プリッチャー将軍の抜粋記録があった――」

「その人なら知ってる。ファウンデーションを裏切った人よね。第二ファウンデーションを求めて、虱つぶしに宇宙をさがしまわったんでしょ」

「正確には裏切ったわけじゃないよ、アーカディ。ミュールが転向させたんだ」

「だって、同じことでしょ」

「とんでもない。きみのいう虱つぶしの探索は、はっきりいって達成の見込みのない任務だったんだよ。五百年前にふたつのファウンデーションを設立したセルダン会議の議事録原本には、第二ファウンデーションについてひと言しか書かれていない。〝星界の果て、銀河系の向こう端〟だ。ミュールとプリッチャーは、それだけを手がかりに進まなくてはならなかった。たとえ見つかったとしても、それがほんとうに第二ファウンデーションだと判断する基準すらもってはいなかった。正気の沙汰ではない！

彼らの手もとには」――彼の言葉はほとんど独り言のようだったが、アーケイディアは熱心に耳を傾けた――「一千もの世界の記録があった。だが調べなくてはならない世界は百万に近かっただろう。いまのわたしたちだって、それよりましというわけでは――」

アーケイディアは不安にかられ、鋭い息の音をたてて警告した。

ホマーは凍りついたように動きをとめ、それからゆっくり緊張を解いてつぶやいた。

「そうだな、口にしないほうがいい」

そしていま、ホマー叔父さまはステッティン卿のところにいて、アーケイディアはひとり締めだされている。なんの理由ないまま、心臓から血が絞りだされるような気分を味わっている。こんなに恐ろしいことはない。そう、なんの理由もないように思われる、そのことが。

そのドアの反対側では、ホマーもまたゼラチンの海の中でもがいていた。吃音が出ないよう必死で努力しているため、ふた言以上を明確につづけて話すことができない。

正装をまとったステッティン卿は、身長六フィート六インチ、あごが大きく、舌鋒が鋭い。ひと言ひと言にあわせて拍子をとるように、固く握りしめたこぶしを傲然とふりまわしている。

「二週間たったというのに、わたしに話すべきことは何ひとつないのか。最悪の話でもよいぞ。わたしの宙軍艦隊はずたずたにされてしまうのか。わたしは第一ファウンデーションの連中はもちろん、第二ファウンデーションの幽霊とも戦わなくてはならないのか」

「く……くり返しますが、わたしは、よ……予言者ではありません。わ……わたしは、ほんとうに途方に暮れているのです」

「それとも、帰国して仲間に警告したいのか。そんな子供騙しの芝居は深宇宙に投げ捨ててしまえ。真実を語れ。さもなければ、内臓の半分をえぐりだしても聞きだしてみせるぞ」

「わたしは、し……真実しか話していません。わ……忘れないでいただきたいのですが、わ……わたしはファウンデーション市民です。わたしに何かあれば、か……必ずや、閣下が予想する以上の報復があるでしょう」

カルガン元首はけたたましい笑い声をあげた。

「なんという子供騙しだ。そんな脅しでひるむのは愚か者だけだぞ。よいか、ミスタ・マン、わたしはこれまで辛抱してきた。あなたがくだらん戯言を延々しゃべるのを、二十分も聞いてやった。幾晩も眠らずに考えたことなのだろうさ。だがそんな努力も無駄だったな。あなただとて、単にミュールの死体の灰を掻きまわし、見つけた燃え滓で温まるためにここまでやってきたわけではあるまい。あなたには、みずから口にしている以上の目的がある。そうだろう」

その瞬間、ホマー・マンは、両眼に燃える恐怖の色を消すことはおろか、呼吸することすらできなくなった。ステッティン卿はそれを見てとり、ファウンデーション人の肩をぽんぽんとたたいた。その衝撃で、彼と彼のすわっている椅子がぐらついた。

「いいだろう。では率直に話そうではないか。あなたはセルダン計画を研究している。その計画がもはや機能していないことを知っている。そして、このわたしが必ずや勝者となることを知っているのだ。わたしと、わたしの後継者たちが、な。第二帝国が設立される、問題となるのはその事実だ。誰がそれを設立するかは問題ではない。歴史は誰かを贔屓(ひいき)したりしない、そうだろう。真実を語るのは恐ろしいか。だがこれでわかっただろう、わたしはあなたの使命を知っているのだ」

マンはもぞもぞと答えた。

「わ……わたしに、ど……どうしろとおっしゃるのですか」

「ここにとどまってくれ。自信過剰に陥って〈プラン〉をだいなしにしたくはない。あなたはわたしよりも、そうしたことをよく理解している。わたしが見逃す小さな疵(きず)にも気づくだろう。最終的にはあなたにも得になる話だ。働きに見合うだけの充分な分け前をやる。そもそもファウンデーションのために何ができる。避けがたい敗北への流れを変えるのか。戦いを長引かせるのか。それとも、ただ国のために死にたいという愛国心か」

「わ……わたしは――」彼は口ごもり、そのまま黙りこんだ。ひと言も発することができなくなってしまった。

「ここにとどまりたまえ」カルガン元首は自信たっぷりに断言した。「ほかに選択肢はない。いや、待てよ」——と、ほとんど忘れていたことを思いだしたように——「あなたの姪はベイタ・ダレルの一族だという情報が届いているのだが」

ホマーは驚きのあまり、「はい、そうです」と答えていた。その瞬間、厳然たる事実以外の何かをでっちあげることなどできそうになかった。

「ファウンデーションでは名家なのだな」

ホマーはうなずいた。

「誰であれ、あの一族に害をなすなど、考えられません」

「害をなすだと！　馬鹿を言うな。わたしが考えているのはまったく逆のことだ。あの娘は何歳だ」

「十四です」

「そうか！　第二ファウンデーションもハリ・セルダンその人も、時の流れを——少女が女になることをとめられはせんだろう」

彼はそこでくるりとむきを変え、カーテンでおおわれた入口にずかずかと歩み寄り、乱暴に開け放った。そして怒鳴った。

「こんなところにその図体(ずうたい)をのさばらして何をしている！」

レディ・カリアがまばたきをして、小声で答えた。

「どなたかとごいっしょだなんて、知らなかったものだから」

「ああ、面会中だ。その話はあとでしてやる。いまはここを去れ。とっととな」

　小走りの足音が廊下を遠ざかっていった。

　もどってきたステッティンが言った。

「あの女は幕間(まくあい)につまんだ残り滓(かす)だ。長すぎた幕間だが、まもなくそれも終わる。そうか、十四か」

　元首を見つめるホマーの目に、新たな恐怖がひらめいた！


　アーケイディアはぎょっとしてとびあがった。ドアが音もなくひらき、視野の隅で何かがひらひらと動いたのだ。懸命に招くその指に、しばらくのあいだ反応することができなかった。それから、ふるえる白い指にこめられた警戒心に応(こた)え、爪先立ちで部屋を横切っていった。

　ふたりの足音が、張りつめたささやき声のように廊下に響く。痛いほどしっかりとアーケイディアの手を握っているのは、もちろんレディ・カリアだ。なぜか、彼女についていくことにためらいはなかった。少なくともレディ・カリアなら怖くない。

　だけど、なぜなんだろう。

　ここは婦人用私室。部屋じゅうがピンクのふわふわと綿菓子(わた)でできているみたいだ。レディ・カリアが扉を背にして立っている。

「いまのは、あたくしたち専用の……つまり、あの人があたくしの部屋にくるための、そういう通路なのよ。あの人って、わかるわよね」

カリアが親指で元首のオフィスを示した。だがその顔には、その男のことを考えただけで恐怖のあまり魂が粉々に壊れて死にそうだといわんばかりの表情が浮かんでいる。

「運がよかった……ほんとに運がよかったのよ——」瞳孔が大きくひらいて、青い虹彩がほとんど見えなくなっている。

「あの、いったいどういうことなんだか——」アーケイディアはおずおずと口をひらいた。

カリアが必死の形相で動きはじめた。

「いいえ、時間がないのよ。服を脱いでちょうだい。はやく、お願いよ。かわりの服をいくらでもあげるから。そうしたら、誰もあなただと気がつかないわ」

そしてクロゼットにはいり、不要ながらくたを床の上に無造作に積みあげながら、若い娘むきの、男を誘っているようには見えない衣類を懸命にさがした。

「ああ、これがいいわ。これなら大丈夫。お金はある？　さあ、これをあげるわ——それから、これも」と、イヤリングと指輪をはずして、「おうちに帰りなさい。あなたのファウンデーションにもどるのよ」

「だけど——ホマー……叔父さまは」

よい匂いのする贅沢なスパンメタルを頭からかぶせられてしまった。アーケイディアはその襞の中で窒息しそうになりながら、虚しく抗議した。

「叔父さまは残ります。プーチーが絶対に手放さないわ。でもあなたは、ここにいてはいけないのよ。ああ、わかってちょうだい」

「いいえ」アーケイディアは頑固に言い張った。「あたしにはわかりません」

レディ・カリアはきつく両手を握りしめた。

「あなたはあなたの国にもどって、戦争が起こることを警告しなくてはならないのよ。わからない？」あまりの恐怖が奇妙な働きをもたらしたのか、言葉と思考が彼女らしからぬ明晰さを帯びている。「さあ、いらっしゃい！」

またべつの通路から外へ！　すれちがう職員たちは、ひきとめる理由もなく、そのままふたりを見送った。カルガン元首以外の誰に、レディ・カリアをとめられるだろう。そんなことをしようなものなら、罰せられるに決まっているではないか。扉を抜けるたびに、衛兵は踵（かかと）を鳴らして捧げ銃（つつ）の姿勢をとった。

アーケイディアは息をつくこともできなかった。これだけの移動に何年もかかったような気がするけれど――最初に白い指に招かれたときから外ゲートに立つまでの時間は、わずか二十五分にすぎなかった。人も騒音も雑踏（ざっとう）も、はるかに遠い。

アーケイディアはふいに、恐ろしいほどの心残りをおぼえてふり返った。

「あたし……あたし……なんでこんなことをしてくださったのかわからないけれど、ありがとうございます、レディ――。だけど、ホマー叔父さまはどうなるんでしょう」

「わからないわ」レディ・カリアが悲しげな声で答える。「行けるわよね？　まっすぐ宙港にむかうのよ。待っては駄目。あの人、いまこの瞬間も、あなたをさがしているかもしれないのだから」

それでもまだアーケイディアは迷っていた。ホマー叔父さまを残していくの？　それに、解放されて外の空気を吸うと、いまさらのように疑惑がこみあげてくる。

「元首があたしをさがしていたら、何がまずいんですか」

レディ・カリアは下唇を噛んでつぶやいた。

「あなたのような若いお嬢さんには言えないわ。ふさわしい話ではないもの。それは、あなたもそのうち大人になるだろうけれど、あたくしは……あたくしは、プーチーに会ったとき、十六だったのよ。だから、あなたにそばにいてほしくないの」

彼女の目には、みずからを恥じながらも敵意に近いものが浮かんでいる。

その意味を悟って、アーケイディアは凍りついた。ささやくように言った。

「もし元首にばれたら、レディはどうなるんですか」

「わからないわ」

カリアはささやき返し、頭を抱えるように、カルガン元首邸にもどるひろいアプローチを小走りに去っていった。

永遠とも思えるその一瞬、アーケイディアはなおも動かずにいた。レディ・カリアが走り去る最後の瞬間、あるものを見てしまったのだ。混乱し恐怖にふるえる彼女の目が、ほんの一瞬、冷やかな喜びにきらりと光ったのである。

途方もなく巨大な、非人間的な喜び。

ほんの一瞬のひらめきから読みとるには、重大すぎることかもしれない。だがアーケイディアは自分の目を信じた。

彼女はいま、走っている——必死で走って——あいている公衆ボックスを懸命にさがす。そこでボタンを押しさえすれば、タクシーを呼べる。

彼女はいま、ステッティン卿から逃げているのではない。卿から、もしくは卿が放つ猟犬のような追手（おって）から逃げているのでも、巨大なひとつの事象となって彼女の影に猟犬をけしかける、卿が支配する二十七の世界から逃げているのでもない。

彼女はいま、脱出を手伝ってくれた女から逃げていた。たったひとりの、か弱げな女。金と宝石をくれた女。生命をかけて彼女を助けてくれた女。そう、いまやアーケイディアもはっきりと理解した——自分はいま、第二ファウンデーションに属している女から、逃げているのだ。

エアタクシーが到着し、小さな音をたてて架台に停止した。乱された空気が顔にあたり、カリアがくれたやわらかな毛皮のフードに包まれた髪を乱す。

「お嬢さん、どちらまで？」

アーケイディアは子供っぽくならないよう、懸命に声を低くした。

「この町に宙港はいくつあるの？」

「ふたつです。どっちに行きましょうか」

「どっちが近いの？」

「カルガン・セントラル宙港ですね」運転手がじっと見つめている。

「ではもうひとつのほうにお願い。お金ならあるわ」

そして、二十カルガニード紙幣をとりだした。彼女にとってはどうということのない金額だが、運転手は嬉しそうににやりと笑った。

「了解です、お嬢さん。スカイライン・タクシーは、どこでもご希望の場所にお連れしますよ」

アーケイディアはわずかに黴臭いクッションにもたれて頬を冷やした。町の明かりがゆっくりと下方を流れていく。

どうしたらいいんだろう。ほんとうに、どうしたらいいんだろう、どうしたらいいんだろう。

彼女はその瞬間、自分が父から遠く離れて怯えているばかりの、愚かな、ほんとうに愚かな小さな子供にすぎないことに気づいたのだった。目に涙がふくれあがり、咽喉の奥深くに声にならない嗚咽がつまって痛みをもたらす。

ステッティン卿につかまる心配はしていない。それはレディ・カリアがちゃんとやってくれるだろう。レディ・カリア！　年増で、太っていて、頭が悪くて――それでもどうやってか、きっちりと元首を掌握している。そう、これでわかった。何もかもがはっきりとわかった。

とっても抜け目なくやってのけたと思っていた、カリアとのあのお茶会。お利口な小さなアーケイディア！　息が詰まり、自分自身への憎悪が芽生える。あのお茶会がすでに策略だったのだ。ステッティン卿がホマー叔父さまに宮殿調査の許可を出したのだって、まんまと操られてのこと。あの女が、馬鹿みたいなカリアが、そうしたいと望んだから。そして、お利口な小さなアーケイディアは、あの女の手にのって、絶対安全な口実を提供してしまった。騙された者たちの心になんの疑いも起こさず、カリア自身の関わりを最小限にするような口実を。

それじゃ、なぜあたしは解放されたのだろう。ホマー叔父さまは囚われたままなのに――

そう――

そう、ファウンデーションにもどって囮の役を果たすため――ほかの人たちみんなを……あの連中の手中に導く、囮となるため。

だったら、ファウンデーションにもどるわけにはいかない。

「つきましたよ、お嬢さん」

エアタクシーが停まった。おかしいな！　まったく気がつきもしなかったなんて。

自分はいま、なんという夢の世界にいるのだろう。

「ありがとう」

彼女はメーターも見ずに紙幣を運転手に押しつけ、よろよろと車をおりて、スポンジのように感じられる舗道を走っていった。

明かり。のんびりとした人々。輝く巨大な掲示板では、離着陸するすべての宇宙船を追ってつぎつぎと数字が表示されていく。

どこに行こう。どこでもかまわない。だけど、何があってもファウンデーションにだけはもどってはならない！　それ以外の場所なら、どこだっていい。

ああ、あの最後の一瞬——子供相手の芝居にうんざりして、カリアが思わず面白がっている素顔をあらわしてしまったあの瞬間を、セルダンに感謝しよう。

そのときアーケイディアに何かが起こった。この逃走劇がはじまって以来、彼女の脳の基部でうごめいていた何か。その何かが、彼女の中の十四歳を永久に抹殺(まっさつ)した。

そして彼女は、どうあっても逃げなくてはならないことを知った。

何よりもそれが重要だ。ファウンデーションの陰謀者が全員つきとめられようと。お父さまがつかまろうと。警告を出しに帰国することはできない。帰国してはならない。テルミヌスの惑星全土とひきかえにしようと——ほんのわずかでも——この生命を危険にさらすわけにはいかない。彼女は銀河系でもっとも重要な人間なのだ。

チケット販売機の前に立ってどこに行こうかと迷いながらも、彼女はそのことを自覚していた。

あの連中自身をのぞいて、全銀河系の中で第二ファウンデーションの所在地を知っているのは、彼女だけ、彼女ただひとりだけなのだから。

15　グリッドを抜けて

トランター　……空白期間の中頃までに、トランターはすっかりその存在感を失っていた。巨大な廃墟の真ん中に、農民たちがささやかな生活共同体を築き……

銀河百科事典（エンサイクロペディア・ギャラクティカ）

過去においても現在においても、人口稠密惑星の首都郊外にある宙港ほど、活気あふれる場所は存在しない。船架（せんか）には壮麗なる巨大宇宙船が休んでいる。適切な時間を選べば、休息を求めて巨体が降下してくる印象的な光景が見られる。それ以上に心躍るのは、鋼鉄のしゃぼん玉がすばらしい速度で上昇していくさまだろうか。どの過程においても、ほとんど音はしない。無音で一瞬のうちに凝縮する核粒子を推進力としているため――

用地についていえば、宙港の九十五パーセントが、前述したように郊外に位置している。宇宙船と、宇宙船のために働く人々、そして、その両者のために働く計算機のために、何平方マイルもの土地が使われている。

宙港から銀河系の星々に旅立とうとする大勢の人々のために割り当てられたスペースは、その地所のわずか五パーセントにすぎない。その無名の群衆の中で、網（あみ）の目のように複雑な宇宙航路を成立させているテクノロジーについて、足をとめて考える者はほとんどいない。もしかすると、遠くからはとても小さく見える降下してくる点が、じつは数千トンもある鋼鉄の塊なのだと考えて、うずくような不安をおぼえる者もいるかもしれない。ひとつ目巨人のような円筒が誘導ビームからはずれて、予定された着陸地点から半マイルも離れた場所に墜落し――巨大な待合室のグラサイト天井を突き破り――千人の死者の名残として、稀薄な有機蒸気と燐酸塩(りんさんえん)の粉だけが残されることだってあるかもしれないではないか。

しかしながら、安全装置が働いているから、そんなことはけっして起こらない。そうした可能性を考えてしまうのは、重症のノイローゼ患者くらいのものだろう。

では、ふつうの人々は何を考えているのだろう。もちろん彼らはただの群衆ではない。それぞれ自分の目的をもった群衆だ。その目的が宙港の上空に漂い、大気を濃密にする。行列をつくる。親が子供を駆り立てる。荷物が正確にまとめられる――すべての者がどこかへ行こうとしている。

この恐ろしいほど目的意識にあふれた群衆の中で、ただひとり、行くべき場所がわからずにいる者の、完全な孤独を考えてみよう。どこへ行けばいいかわからないのに、ほかの誰よりも切実に、どこかに行かなくてはならない必要性だけを痛感している。どこか。どこでもいい！　ほんとうにどこでもいいんだけれど！

テレパシーとか、精神で精神に触れるなんらかの不完全な方法とか、そうしたものがなくとも、そのようすに、漠然とした雰囲気の中に、まさしく絶望と呼ぶに充分なひずみが感じられるだろう。

充分な？　いや、あふれるほどの。ずぶ濡れになるほどの。溺れるほどの。

アーケイディア・ダレルは、借り物の服を着て、借り物と思える人生における借り物の状況の中で、借り物の惑星に立って、ただひたすら、子宮のように安心できる場所を求めていた。だが彼女自身は、自分がそれを求めていることに気づいていなかった。彼女が気づいているのは、ひらかれた世界が、その開放性そのものゆえに、恐ろしく危険であることだけだった。どこか閉ざされた場所に行きたい――どこか遠くの――踏査されたことのない、どこか宇宙の片隅に――誰ひとり見ようとすらしない場所に。

いまここに彼女はいる。歳は十四あまりだが、疲労困憊の度合いは八十歳あまり、怯え具合は五歳足らずだ。

すれちがっていく何百もの他人――ほんとうに身体が触れていく人々のうちの誰が、第二ファウンデーション人なんだろう。この中の誰が、彼女の抱える重大な情報――彼女ひとりだけがもっている情報のために、すぐにも彼女を殺そうとしているのだろう。なんといっても彼女は、第二ファウンデーションの所在地を知っているのだから。

とつぜん雷鳴のような声が降りかかった。喉もとの悲鳴が凍りつき、音にならないまま痛みをもたらす。

「おい、あんた」その声がいらだたしげに言った。「チケット買うのかい、それともそこに突っ立ってるだけなのかい」

アーケイディアはそのときになってはじめて、自分がチケット販売機の前に立っていることに気がついた。高額紙幣を挿入口にいれると、それがとりこまれる。目的地のボタンを押せば、けっしてミスを冒さない電子計算機が算出した正確な額の釣り銭とともに、チケットが出てくる。ごくあたりまえの操作であり、この機械の前に五分も立っていることなど、ふつうはあり得ない。

挿入口に二百クレジットをいれ、そこでとつぜん、〝トランター〟と書かれたボタンが目にはいった。トランター。死せる帝国の、死せる都。彼女が生まれた惑星。夢うつつのままそれを押した。何も起こらない。赤い文字が点滅しているだけ。一七二・一八――一七二・一八――一七二・一八――

金額不足だ。二百クレジット紙幣をもう一枚。とびだしてきたチケットを引き抜くと、釣り銭が出てきた。

アーケイディアはそれをつかんで走りだした。背後の男が自分の番だとぐいぐいせまってきたが、身をひねって抜けだし、そのままふり返らなかった。

それでも、逃げる場所なんかどこにもない。まわりはすべて敵だ。

はっきり認識できないまま、空中に表示される巨大な光り輝く文字を見つめた。ステファニ、アナクレオン、フェルムス――。ひときわ大きく目立つテルミヌスの文字も見える。あそこに帰りたい。だけど帰るわけにはいかない――

わずかな金額で〝お知らせマシン〟を借りることもできる。希望する目的地をセットしてハンドバッグにいれておけば、離陸の十五分前に持ち主だけに聞こえる音声で知らせてくれる。でもそんな機械は、それなりに安全な立場にあり、足をとめて考えることのできる人たちのものだ。

アーケイディアはそれから、一度にふたつの方向を見ようとして、やわらかな腹に頭からつっこんでしまった。驚いたように息をのむ音、そしてうめき声が聞こえる。そして手がおりてきて彼女の腕をつかんだ。アーケイディアは懸命に身をよじったが、息が切れて、咽喉の奥で猫のような声が漏れただけだった。

ぶつかった相手は、しっかりと彼女をつかんだまま、ただ待っている。ゆっくりと男の姿が視野にはいってきた。アーケイディアは改めて男に目をむけた。いくぶん太っていて、いくぶん背が低い。いかにも農夫らしい丸い赤ら顔。豊かな白い髪をオールバックにしているのがぜんぜん似合っていない。

「どうしたね」男がようやく好奇心をひらめかせながら気さくな口調でたずねた。「何か怖いことでもあったのかい」

「ごめんなさい」アーケイディアは混乱したままつぶやいた。「だけどあたし、行かなきゃ。ごめんなさい」

だが男は完全にそれを無視して言った。

「気をつけな、嬢ちゃん。チケットを落としちまうよ」

そして力の抜けた彼女の白い指からチケットをとりあげ、いかにも満足そうにそれをながめた。

「思ったとおりだよ」それから雄牛のような大声で、「おーい、母ちゃん」

一瞬後、女がそばにきていた。男よりもいくらか背が低く、いくらか丸く、いくらか顔が赤い。はみだした白髪の巻き毛に指をからませて、とんでもなく流行遅れの帽子の下に押しこもうとしている。女がたしなめるように言った。

「父ちゃんたら、こんな人混みの中でそんな大声を出すもんじゃありませんよ。頭がおかしいんじゃないかって、みんな見てますよ。ここは農場じゃないんだからね」

そして、ぼんやりしているアーケイディアに陽気な笑顔をむけて、つけ加えた。

「熊みたいに乱暴な人なもんでね」それから鋭い声で、「手を離しなさいよ、父ちゃん。何をしてるんですね」

だが父ちゃんはアーケイディアのチケットをふってみせただけだった。

「ごらん。この嬢ちゃんはトランターに行くんだよ」

母ちゃんの顔がぱっと輝いた。

「おや、お嬢ちゃんはトランターからきたの？　父ちゃんたら、手を離しなって言ってるでしょうに」

そして、いかにも詰めこみすぎのスーツケースを横向きにおろして、優しいけれども逆らいがたい力をこめて、無理やりアーケイディアをその上にすわらせた。

「おすわり。そしてその小さなあんよを休ませておあげ。あと一時間は出発する船もないし、ベンチは寝ているごろつきどもでいっぱいだからね。お嬢ちゃん、トランターからきたの?」

アーケイディアは深く息を吸って降参した。そしてかすれた声で答えた。

「トランターで生まれたの」

母ちゃんは大喜びで手を打ち鳴らした。

「わたしたちは一カ月ここにいたけど、トランターの人には一度も会えなかったのよ。これは嬉しいね」漠然と周囲を見まわし、「で、親御(おやご)さんは――」

「親はいっしょじゃないです」アーケイディアは慎重に答えた。

「ひとりっきりなの? お嬢ちゃんみたいな子供が?」母ちゃんはすぐさま怒りと同情をほとばしらせた。「ぜんたい、どうしてそんなことになったの」

父ちゃんが母ちゃんの袖(そで)をひっぱった。

「ちょっとちょっと、母ちゃん。どうも変なんだよ。この嬢ちゃんは何かに怯えてるみたいでさ」明らかに小声で話そうとしているが、その声はアーケイディアにまではっきりと届いた。「走ってたんだよ――おれは見てたんだからね――前も見ずにさ。だから、おれがよけきる前にぶつかっちまってね。つまりさ、この子は何かトラブルに巻きこまれてるんだよ」

「だったら、口をつぐんでなさいな。父ちゃんになら誰だってぶつかっちまうよ」

それから母ちゃんは、アーケイディアとならんでスーツケースに腰をおろし――加わった体重のせいで苦しげなきしみがあがった――ふるえる肩に腕をまわした。

「誰かから逃げてたの? 怖がらなくていいから、話してごらん。助けてあげるから」

アーケイディアは母ちゃんの優しい灰色の目を見つめた。くちびるがふるえる。脳の一部が告げている。この人たちはトランターからきたんだ。この人たちといっしょに行けば、つぎにどうすればいいか、つぎにどこへ行けばいいか決めるまで、トランターにいさせてくれるかもしれない。そしてまたべつの一部が、さらに大きな声でとりとめもなくわめいている。あたしはお母さまをおぼえていない。宇宙と戦うのはもううんざりだ。強く優しい腕に抱かれて、小さなボールのように丸まってしまいたい。お母さまが生きていたら、きっと……きっと――

その日はじめて、彼女は泣いた。小さな赤ん坊のように泣いた。それが嬉しかった。母ちゃんの流行遅れのドレスにしがみつき、その端をぐしゃぐしゃに濡らした。そのあいだじゅう、やわらかな腕が彼女をしっかりと抱きしめ、優しい手が巻き毛を撫でてくれた。

父ちゃんはなす術もなく立ったままふたりを見つめ、まごまごとハンカチをさがしていた。ようやく見つけだしたハンカチは、すぐさま彼の手からひったくられた。母ちゃんが、黙っていろと父ちゃんをにらみつける。怒濤のような人波が、まったく無関心にかたわらを流れすぎていく。どこであろうと烏合の衆とはそういうものだ。いま世界にはこの三人しかいない。

ようやく涙がとまった。アーケイディアは弱々しい笑みを浮かべながら、貸してもらったハンカチで赤くなった目をぬぐい、つぶやいた。

「ごめんなさい、あたし――」

「いいのよ、何も言わなくていいの」母ちゃんの口調はいかにもかまびすしい。「ただすわって、しばらく休んでなさいな。息を整えて。それから何があったか話してくれたらいいの。わたしたちがちゃんとやってあげますよ。何もかもうまくいきますよ」

アーケイディアはわずかに残るありったけの知恵をかき集めた。このふたりに、ほんとうのことを話すわけにはいかない。ほんとうのことなんか、誰にも話してはならない。だけど、あまりにも疲れているから、うまい嘘を考えることもできそうにない。

「もう大丈夫です」ささやくように言った。

「よかった」と母ちゃん。「それじゃ、どうしてトラブルに巻きこまれたのか、話してちょうだい。あんたは何も悪いことなんかしてないのよね。もちろん、あんたが何をしてたって、わたしたちは助けてあげる。だからほんとのことを話してね」

「トランターの友のためならなんだって、だろ」父ちゃんが陽気に言った。

「父ちゃんは黙ってなさい」というのが、まったく悪気のない返答だった。

アーケイディアはハンドバッグをさぐった。レディ・カリアの私室で大急ぎで着替えさせられたけれども、少なくともこれだけは手放していない。さがしていたものが見つかり、それを母ちゃんにわたした。

「あたしの身分証です」おずおずと言った。

到着当日にファウンデーション大使によって発行され、しかるべきカルガン役人によって副署された、ぴかぴかの合成羊皮紙の冊子だ。大きくて、華々しく、印象的だ。母ちゃんはそれを見て、お手上げといった顔で父ちゃんにわたした。父ちゃんはくちびるをすぼめ、感嘆したように熱心に読みふけった。

「それじゃ、嬢ちゃんはファウンデーションからきたんだね」

「そうよ。だけど生まれたのはトランターなの。そこに書いてあるでしょ――」

「うん、ああ。なんの問題もないように見えるがな。嬢ちゃんはアーケイディアというんだね。とてもいいトランターの名前だ。だけど、叔父さんというのはどこにいるんだね。ホマー・マンという叔父さんといっしょにきたと書いてあるが」

「逮捕されたの」アーケイディアはうなだれた。

「逮捕された!」――ふたりが同時に声をあげた。

「いったいどうして?」と母ちゃんがたずねた。「何かしたの?」

アーケイディアは首をふった。

「わからないの。あたしたち、ふつうに滞在してただけなのに。ホマー叔父さまがステッティン卿とお仕事の話があって――」身ぶるいの演技をする必要などなかった。身体が自然にふるえてきた。

父ちゃんは感銘を受けたようだった。

「ステッティン卿とかい。ふむ。嬢ちゃんの叔父さんは偉い人なんだな」

「どうしてそうなったのかよくわからないんだけれど。ステッティン卿はあたしに、お邸に残れって――」

レディ・カリアの最後の言葉を思いだす。あれはカリアが自分自身のために演出したものだった。でもカリアはこうしたことのベテランだ。そんな彼女の話なら、もう一度利用したってうまくいくだろう。

アーケイディアは言葉をとめた。母ちゃんが興味を惹かれたようにたずねた。

「なぜあんたをなの?」

「わかりません。ステッティン卿は……あたしとふたりだけで食事をしようって。だけどあたし、いやだって言ったの。ホマー叔父さまといっしょでなきゃいやだって。ステッティン卿はなんだかいやらしい目であたしを見てるし、ずっとあたしの肩に手をかけてるし」

父ちゃんの口がわずかにひらいた。だが母ちゃんはふいに真っ赤になって怒りだした。

「アーケイディア、あんた、歳はいくつなの」

「十四歳と半分」

母ちゃんが鋭い音をたてて息を吸った。

「そんなろくでなしを生かしておくなんて。街角の犬だってもっとましですよ。あんた、そいつから逃げてきたのね、そうなんでしょ」

アーケイディアはうなずいた。

「父ちゃん、インフォメーションに行って、トランター行きの船がいつ乗船開始になるか、正確な時間を調べてきてくださいな。大急ぎで!」

だが父ちゃんは一歩進んだところで足をとめた。金属質の大声が頭上から降ってきたのだ。五千対の目が驚いたように上にむけられた。

「お客さまに申しあげます」鋭く力強い声だ。「当宙港は現在、危険な逃亡者捜索のため、包囲されております。すべての出入りは禁止されます。しかしながら、捜索は大急ぎでおこなわれ、なおかつその間、船は発着いたしませんので、お客さまが船に乗り損ねることはありません。くり返します。お客さまが船に乗り損ねることはありません。グリッドがおります。グリッドがあがるまで、どなたもそれぞれの区画から外に出ないでください。もし出ようとすれば、神経鞭を使うことになります」

その声が宙港待合室の巨大ドームを支配している一分か一分足らずのあいだ、アーケイディアは、たとえ銀河系内のありとあらゆる邪悪がまとまって飛んできたとしても、動くことができなかっただろう。

あれは間違いなく彼女のことだ。改めて考えてみるまでもない。だけど、なぜ――

カリアが逃がしてくれた。そしてカリアは第二ファウンデーションの人間だ。なのに、なぜいま捜索がおこなわれるのだろう。カリアが失敗した？　カリアが失敗するなんて、あり得るだろうか。それとも、これも計画の一端なんだろうか。複雑すぎて彼女には理解できないけれども。

その一瞬、アーケイディアは目眩に襲われながら、とびあがってさけびだしたい思いにかられた。あたしはここよ。つかまえなさい。そして……そして――

だが母ちゃんの手が彼女の手首をつかんだ。

「おいで！　はやく！　捜索がはじまる前にトイレに行くのよ」

アーケイディアはわけがわからないまま、母ちゃんについていった。放送の最後の言葉がとどろく中、ふたりは、数人ずつ固まって凍りついている群衆のあいだを縫(ぬ)っていった。

グリッドがおりてきた。父ちゃんは口をあけて、じっとそれを見つめた。話に聞いたことはあるし、それについて書かれたものを読んだこともある。だが実際に体験するのはこれがはじめてだった。それが空中できらめいている。網目(あみめ)状に組みあわされた細い放射線ビームが、無害な光のネットワークとなって、宙を明るく輝かせている。

捕獲されたという恐ろしい心理効果を与えるべく、グリッドはいつも頭上からゆっくりおりてくるのだ。

腰のあたりまでおりてきた。十フィート四方のきらめくラインに囲まれた格好だ。父ちゃんが立つ百平方フィートには彼ひとりしかいないが、隣接するスクエアはどれも混みあっている。ひとりきりなのは目立つけれども、人混みにまぎれるためには輝くラインを横切らなくてはならない。警報が作動して、神経鞭をくらうことになる。

父ちゃんは待った。

異様に静まり返って待機する群衆の頭ごしに、遠くの動きが見わけられる。ずらりとならんだ警官が、光で区切られたスクエアからスクエアへと移動して捜索をおこなっている。

かなりの時間がたったころ、ひとりの制服警官が父ちゃんのスクエアにはいってきて、慎重にその座標を手帳に書きこんだ。

「身分証を!」

父ちゃんは身分証をわたした。警官はいかにも手慣れた動きでぱらぱらとそれをめくった。

「名前はプリーム・パルヴァー。トランター在住。カルガンに一カ月滞在。トランターに帰国する。イエスかノーかで答えろ」

「イエス、イエスです」

「カルガンでの用件は」

「わたしは農業協同組合の交易代表をしております。カルガン農務省との交渉のためにまいりました」

「ふむ。妻を同伴している? どこだね。身分証には妻とあるが」

「その、妻はあそこで——」彼は指さした。

「ハント」

警官が大声で呼ぶと、制服警官がもうひとりやってきた。最初の警官が淡々と告げた。

「女がひとり、便所だ。銀河にかけて、女子便所は大混雑なんじゃないか。名前をひかえておけ」

そして身分証に記された名前を示した。

「ほかに同伴者は」

「姪がいっしょです」

「身分証には載っていないぞ」

「別々にきましたので」

「その姪はどこにいる。ああ、言わんでいい、わかった。ハント、姪の名前も記載しておけ。姪の名前は？　アーケイディア・パルヴァーか、書いておけ。パルヴァー、ここを動かんように。われわれは女ふたりを確認してからつぎに移る」

永遠かと思われる時間を待たなくてはならなかった。長い時間の末に、母ちゃんがもどってきた。アーケイディアの手をしっかりつかみ、背後にふたりの警官を従えている。

父ちゃんのスクエアにもどると、ひとりの警官が言った。

「このやかましいばあさんが、あんたの妻だな」

「そうです」なだめるような口調になった。

「第一市民の警察にそのような口をきくと問題になるかもしれんと教えてやりたまえ」そして怒りをこめて肩をそびやかし、「これが姪だな」

「そうです」

「姪の身分証を」

母ちゃんがまっすぐ父ちゃんに視線をむけて、かすかに、だがきっぱりと首をふった。

短い間をおいて、父ちゃんは気弱な笑みを浮かべた。

「それはできかねます」

「できかねるとはどういう意味だ」警官が固い手のひらをつきだした。「よこしたまえ」

「外交特権を主張します」父ちゃんは穏やかに反発した。

「なんだと？」

「わたしは農業協同組合の交易代表だと申しあげました。正式に公使としてカルガン政府へ派遣された者です。身分証がそれを証明しています。その身分証をお見せしたのですから、これ以上わずらわされるいわれはありません」

警官は一瞬、呆気(あっけ)にとられた。

「身分証を見せたまえ。命令だ」

「行っちまいな」とつぜん母ちゃんが口をはさんだ。「用があるときはこっちから呼ぶよ。この……この……ごろつきども」

警官のくちびるが引き締まった。

「ハント、こいつらを見張っていろ。警部を呼んでくる」

「脚を折っちまうがいい」母ちゃんが背後からさけんだ。

誰かが笑い声をあげ、すぐさま沈黙した。

捜索は終わりに近づいていた。群衆は危険なほどいらだちを募(つの)らせている。グリッドがおりはじめてから四十五分。こんなに時間がかかったのでは最良の効果は得られない。ディリジ警部は足早に、集まっている群衆の真ん中へと人混みをかきわけていった。

「これがその子かね」警部は少女に目をむけてうんざりした声でたずねた。

確かに手配書と一致する。子供ひとりのためになんという騒ぎだ。

「この子の身分証を拝見したい」

「さっきも説明したように――」父ちゃんが言いかけた。

「あなたの説明は聞きました」と警部。「残念ながら、わたしはわたしで命令を受けているため、どうしようもありません。あとから抗議してくださって結構。だが必要とあらば、力ずくでも任務を遂行します」

しばしの間があき、警部は辛抱強く待った。

やがて父ちゃんがかすれた声で言った。

「アーケイディア、身分証をおくれ」

アーケイディアはうろたえて首をふったが、父ちゃんはうなずいてさらに促した。

「心配はいらない。身分証をよこしなさい」

アーケイディアはしかたなく手をのばして冊子をわたした。父ちゃんは不器用にそれをめくりながら注意深く目を通し、警部にわたした。つづいて警部も注意深く目を通した。それから視線をあげ、じっとアーケイディアを見つめていたが、やがてぱしりと音をたてて冊子を閉じた。

「問題ない」警部が言った。「いいだろう」

警部が去って二分もしないうちに、グリッドが消え、頭上の声が通常復帰を告げた。ふいに解放された群衆の声が高まった。

「どうして……どうして――」アーケイディアは口ごもった。

「しぃっ、何も言うんじゃないよ」父ちゃんがたしなめた。「さあ、船に行こう。もうすぐ搭乗がはじまる」

彼らは船に乗っていた。パルヴァー夫妻は専用の特別室をもっていて、食堂には専用のテーブルまであった。カルガンからもう二光年は離れただろうか。アーケイディアはようやく、さっきの話題をもちだすことができた。

「だけどあの人たち、ほんとうにあたしを追いかけていたんでしょ、ミスタ・パルヴァー。人相書きとか、細かいこともみんなわかっていたはずよ。なのに、どうしてあたしを行かせたの」

父ちゃんはローストビーフを前にしてにっこり笑った。

「簡単なことだよ、アーケイディア嬢ちゃん。仲介人やバイヤーと取引したり、ほかの組合と競(せ)りあったりしていると、いろいろなやり方をおぼえるもんなんだ。おれは二十年以上、そうした仕事をしているからね。じつはね、あの警部は嬢ちゃんの身分証をひらいたときに、小さく折り畳んだ五百クレジット札を見つけたんだよ。単純な話だろ」

「そのお金、お返しします――あたし、お金ならたくさんもってるから」

「まあまあ」父ちゃんは幅広の顔に当惑の笑みを浮かべ、手をふった。「同郷のご婦人のためなんだから――」

　そこでアーケイディアは申し出をひっこめた。

「だけど、もしあの警部がお金だけとって、あたしをつかまえていたら？　そして、あたしが賄賂をわたしたって訴えたら？」

「そして五百クレジットをどぶに捨てるのかい。おれは嬢ちゃんよりもああした連中をよく知っているんだよ」

　アーケイディアにはわかっている。ミスタ・パルヴァーのほうがよく知っているわけじゃない。とりわけ、あの連中のことは。その夜、彼女はベッドにはいってからじっくりと考えた。そして気づいた。警部が彼女をとらえるのをやめたのは、賄賂をもらったからではない。最初からそういう計画だったのだ。彼らはアーケイディアをつかまえるつもりはなかった。なのに、そう見せかけるためにあらゆる手段を講じた。

　なぜだろう。彼女の出発を確認するため？　目的地がトランターであることを確かめるため？　いま彼女とともにいる、心優しいがどこかとぼけた夫婦もまた、彼女自身と同じく、第二ファウンデーションの手に握られた無力な道具にすぎないのだろうか。

　きっとそうだ！

　それとも？

　何もかもが無意味だ。あんな連中とどうやって戦えるだろう。彼女が何をしようと、あの恐ろしい全能の連中が望むとおりの行動にすぎないかもしれないというのに。

それでもあいつらの上をいかなくてはならない。どうしても！　絶対に！　絶対に！

16　戦争勃発

ここで語られている時代の銀河系の人々には知られていない、ひとつ、もしくは複数の理由により、銀河標準時はその基本単位である秒を、光が二十九万九千七百七十六キロメートル移動する時間と定めている。そして恣意的に、八万六千四百秒を銀河標準日の一日に、さらにはその三百六十五日を銀河標準年の一年に、設定している。

なぜ二十九万九千七百七十六で——もしくは八万六千四百で——三百六十五なのか。

それが伝統なのだと、歴史家は議論を避ける。さまざまな不可思議な数の関係性によるものだと、神秘主義者や宗教家や数秘学者や形而上学者はいう。ごくわずかではあるが、人類発祥の惑星が特定の自転と公転の周期をもっていたので、そこからこのような数値が生まれたのだと主張する者もある。

ほんとうのことは誰にもわからない。

しかしながら、ファウンデーションの巡航艦ホバー・マロウ号が、フィアレス号率いるカルガン艦隊と遭遇し、捜索隊の乗船を拒否したために爆撃を受けてくすぶる残骸と化したのは、一八五：一一六九二GEだった。すなわち、伝説にいうカムブル王朝初代皇帝の即位からはじまる銀河紀元(ギャラクティック・エラ)における、一一六九二年の一八五日である。この日付はまた、セルダン誕生をはじまりとすれば、一八五：四一九AS、ファウンデーション設立をはじまりとするならば、一八五：三七六FEでもある。そしてカルガンにおいては、ミュールの第一市民即位をはじまりとして、一八五：五六FCとなる。もちろん、実際にその暦(こよみ)がはじまった日とは無関係に、不便が生じないよう、どの暦においても日付だけは等しくなるよう取り決められている。

さらにつけ加えるならば、銀河系の数百万の世界では、それぞれ近隣の天体の運行に基づいて、数百万の地方時間が定められている。

一一六九二年、四一九年、三七六年、五六年のどれを選ぼうと、後世の歴史家たちはその年の一八五日を、ステッティン戦争勃発の日として指摘している。

だがダレル博士にとって、そうした日付はまったくなんの意味ももたなかった。彼にとってそれは、アーケイディアがテルミヌスを出てからきっかり三十二日めという意味しかもたなかったのだ。

それらの日々、ことを荒立てずにおくためダレルがどれほど苦心したか、確かなことは誰にもわからない。

それでも想像はできると、エルヴェット・セミックは考えている。老人になってから、彼が好んで口にする言葉がある。わたしの神経鞘(しょう)はすっかり石灰化してしまったから、思考プロセスが手に負えないほど硬直してしまっているんだよ——。能力の衰えを真っ先に自嘲(じちょう)することで、世間による評価の低下を誘い、それを歓迎しているのだ。それでも彼の目は、衰えたとはいえ物事を見通したし、彼の精神は、しなやかさを失ったとはいえ経験豊かで聡明だった。

彼はただ、くちびるをひねって告げただけだった。

「なぜ行動を起こさないんだね」

その声が物理的な刺激となって襲いかかってきたため、ダレルはたじろいでぶっきらぼうに問い返した。

「なんのお話でしたか」

セミックの真剣な視線がむけられる。

「お嬢さんのことで、何か行動を起こしたほうがいいと言っているんだよ」

問いかけるようにひらいた口の中に、隙間(すきま)のひろがった黄色い歯が見える。ダレルは冷静に答えた。

「問題は、目的にかなうサイムズ＝モルフ共振装置が手にはいるかどうかです」

「手に入れられると言っただろう。聞いていなかったのか――」

「すみません、エルヴェット。つまりはこういうことなんですよ。わたしたちがこれからやろうとしていることは、アーケイディアが安全かどうかなどよりも、銀河系の人間すべてにとって、より重要な問題なんです。少なくとも、わたしとアーケイディアをのぞくすべての人間にとって、ですね。そしてわたしは、喜んで多数派につくつもりです。それで、共振装置はどれくらいの大きさなんですか」

セミックは曖昧な表情を浮かべた。

「わからんよ。カタログに載っているだろう」

「だいたいの大きさでいいんですけれどね。一トンですか、それとも一ポンド？　長さは一ブロック分とか？」

「ああ、正確な数値の話ではないのだな。いやいや、小さな機械さ」親指の第一関節を示して、「こんなものかな」

「わかりました。それで、こういったことはできますか」

ダレルは膝の上のノートパッドにすばやくスケッチを描き、老物理学者にわたした。物理学者は疑わしげにじっとそれをながめ、小さな笑い声をあげた。

「わたしのような歳になると脳が硬化するんだよ。きみはいったい何がしたいんだね」

ダレルはためらった。いまは何よりも、この老人の脳に閉じこめられている物理学の知識が、咽喉（のど）から手が出るほどにほしかった。そうしたら、思考をわざわざ言葉にする必要もないのに。だが、ないものねだりをしてもしかたがない。そこで説明した。

セミックが首をふった。

「ハイパー中継器だな。それだけの速度を出したいなら、あれしかあるまい。しかも、とてつもない数が必要だ」

「つくれますか」

「ああ、もちろんだとも」

「部品もすべてそろえられますか。つまり、あれこれ詮索されず、博士の通常の業務範囲内で、ということですが」

セミックが上唇（うわくちびる）をもちあげた。

「五十個のハイパー中継器をかね。わたしは一生かかっても、それほどの数を使いはせんよ」

「わたしたちはいま、防衛計画と取り組んでいるんです。何かそれだけのものを使う無難な理由を思いつきませんか。金（かね）の用意ならあります」

「ふむ。何か考えてみよう」

「装置全体ですが、どれだけ小さくできるでしょう」

「極小サイズのハイパー中継器となると……ワイアに……チューブに――ああ、回路も二、三百は必要だな」

「わかっています。それで、大きさは？」

セミックが両手でそのサイズを示した。

「大きすぎます。ベルトにさげたいんですよ」

ダレルはそう言ってから、ゆっくりとスケッチを丸め、黄色い葡萄（ぶどう）の粒（つぶ）くらいに固まったそれを灰皿に落とした。紙は白い小さな炎をあげて分子分解を起こし、消滅した。

「誰か玄関にきているようですが」

セミックはデスクに身をのりだし、ドア・シグナルの上の小さな白いスクリーンをのぞきこんだ。

「あの若いの、アンソールだ。もうひとり、誰かいるな」

ダレルは音をたてて椅子をひいた。

「いまの話、ほかの人たちにはまだ秘密ですよ。やつらに知られたら致命的です。危険にさらされるのは、わたしたちふたりだけで充分でしょう」


持ち主と同じくらい時を経たセミックのオフィスにいると、ペレアス・アンソールはさながら生命力あふれるつむじ風のようだ。静かな部屋の穏やかな膨圧で、夏らしいゆったりとしたチュニックの袖が、まだ外のそよ風に吹かれるかのように揺れている。

「ダレル博士、セミック博士——オラム・ディリジです」

連れの男は長身だった。まっすぐな長い鼻のせいで、痩せた顔が気難しげに見える。ダレル博士は手をさしだした。

アンソールがかすかな笑みを浮かべて告げた。

「ディリジは警部なんです」それから意味ありげに、「カルガン警察の」

ダレルはふり返って、若者の顔を凝視した。

「カルガン警察のディリジ警部」明瞭な発音でいまの言葉をくり返す。「そのような人を、なぜここに連れてきたのだ」

「カルガンで、最後にお嬢さんと会ったのが彼だったからですよ。いえ、待ってください」アンソールは意気揚々とした顔をふいに不安に陰らせて、ふたりのあいだに割ってはいった。乱暴にダレルと争ったあげく、ゆっくりと、いくぶん手荒に、年長の男を椅子に押しもどす。

「何をしようっていうんですか」アンソールはひたいから茶色の巻き毛をはらいのけて、ひょいとデスクに腰をおろし、考えこみながら脚を揺らした。「ぼくはいい知らせをもってきたつもりだったんですけれどね」

ダレルは直接、警官に話しかけた。

「娘と最後に会ったという話だが、それはどういう意味なんですか。娘は死んだのですか。はっきり答えてください」

ディリジ警部は表情も変えない。

「〝カルガンで最後に会った〟ということです。お嬢さんはもうカルガンにはいません。それ以上のことはわかりません」

「ぼくが説明しますよ」アンソールが割りこんできた。「劇的効果を狙いすぎましたね、すみません。今回のことではいつも超然としておいでだったので、博士でも感情的になるんだってことを忘れていました。まず第一に、ディリジ警部は同志です。生まれはカルガンですが、お父さんが、ミュールに仕えるようあの星に連れていかれたファウンデーション人だったんです。警部がファウンデーションに忠誠を誓っていることは、ぼくが保証します。

それで、ミスタ・マンからの定期連絡がなくなった翌日、ぼくは警部に連絡したんです——」


「なぜだ」ダレルは険しい声で話をさえぎった。「この件に関しては、いかなる行動も起こさないと決めたはずだ。きみは彼らとわたしたちの生命を危険にさらしたことになる」

アンソールがダレル以上に激しい口調で反論した。

「それは、ぼくが博士よりも長い期間、この計画にたずさわっているからです。博士がまったく知らないカルガンの連絡員を知っているからです。博士よりもっと深い知識に基づいて行動しているからです。おわかりになりますか」

「わたしには、きみの頭がおかしくなったのだとしか思えない」

「とにかく話を聞いてください」

しばしの間をおいて、ダレルは視線を伏せた。アンソールのくちびるがゆがんで微笑に近い形をつくった。

「いいでしょう、博士。数分だけ待ってください。それじゃ、話してくれ、ディリジ」

ディリジが澱みなく話しはじめた。

「ダレル博士、わたしの知るかぎり、お嬢さんはトランターにいます。少なくとも、イースタン宙港ではトランター行きのチケットをもっていました。トランターの交易代表といっしょで、その代表はお嬢さんのことを姪だと主張していました。お嬢さんはいろいろと奇妙な親戚をお持ちのようですね。この二週間で叔父と伯父をひとりづつです。おまけにそのトランター人は、わたしを買収しようとしました――たぶん、そのおかげで見逃してもらえたと思っているでしょう」そして冷やかな微笑を浮かべた。

「娘はどんなようすでしたか」

「わたしの見たかぎりですが、危害を受けたようすはありませんでした。怯えてはいましたが、それも当然でしょう。うちの署が総掛かりで追っていたのですから。その理由はわたしにもわかりませんが」

ダレルはほっと息をついた。この数分、呼吸を忘れていたような気がする。両手がふるえているのに気づいて、どうにかそれを抑えた。

「では、娘は無事なのですね。その交易代表というのは何者なんでしょう。話をもどすことになりますが、その男は今回の件において、どういう役割を果たしているのですか」

「わたしは知りません。博士はトランターについてご存じですか」

「以前、住んでいたことがあります」

「いまでは農業惑星になっています。主として、家畜の飼料と穀物の輸出ですね。じつに高品質で、銀河系じゅうと取引をしています。トランターには協同組合が一、二ダースほどもあり、それぞれが他国と交渉する代表をおいています。じつに抜け目のない連中でもあります。この男の記録は見たことがあります。これまでも何度かカルガンにきており、たいてい妻を同伴しています。根っからの正直者で、まったく無害な男です」

「ふうむ」とアンソール。「博士、確かお嬢さんはトランターで生まれたんですよね」

ダレルはうなずいた。

「それで筋が通りますね。お嬢さんは逃げたかった――いそいで、しかも遠くへ。そこでトランターを思いついたというわけです。そうは思いませんか」

「だが、なぜここにもどらないのだ」ダレルは言った。

「たぶん、追われていたので、べつの方角へ逃げなくてはならないと考えたんでしょう」

ダレル博士はそれ以上問い質す気力をなくした。ならばあの子は、安全にトランターにいさせておこう。この暗く恐ろしい銀河系では、どこであろうと、どれだけ安全でいられるかわかったものではないが。そして彼はよろよろとドアにむかった。アンソールが軽く袖に触れてきたのに気づいて、足をとめた。だがふり返りはしない。

「いっしょに帰りませんか」

「ああ、そうだな」ダレルは機械的に答えた。


夕方までに、ダレル博士の人格を包むもっとも外側の殻――すなわち他者と接する部分は、ふたたび硬化してしまった。彼は夕飯を食べることも拒否し、脳波分析の複雑な計算を一インチでも進めようと、熱に浮かされたように研究に没頭した。

ようやく居間にもどってきたのは真夜中に近いころだった。

ペレアス・アンソールはまだ居間にいて、ヴィデオのリモコンをいじっていた。背後からの足音を聞いて、彼が肩ごしにふり返った。

「あれ、まだ休んでなかったんですか。ぼくはもう何時間か、ヴィデオを見てるんですよ。ニュース以外のものが見たいんだけれどなあ。ファウンデーション艦ホバー・マロウ号は予定よりも遅れていて、しかも連絡がないんだそうです」

「なんだって。当局はどう考えているのだ」

「連中がどう考えてるかって。カルガンのしわざ、かな? ホバー・マロウ号が消息を絶った宙域でカルガン船が目撃されたって報告がありますからね」

ダレルは肩をすくめた。アンソールはためらいがちにひたいをこすった。

「ねえ、博士、トランターに行ったらどうですか」

「なぜわたしが行かなくてはならないのだ」

「ここにいても役に立たないからですよ。博士は完全に自分を見失っているじゃありませんか。まあ、それも当然ですけれどね。それに、トランターに行けば、ある目的をかなえることができるんです。あそこの旧帝国図書館には、セルダン会議の完全な議事録が残っていて――」

「駄目だ! あそこの図書館は荒らされつくしていて、誰の役にも立ったことがない」

「その昔、エブリング・ミスの役には立ちましたよね」

「なぜそうとわかる。確かにミスは第二ファウンデーションを発見したと言った。その五秒後に、わたしの母が彼を殺した。その所在地をミュールに知らさずにおくためには、そうするしかなかったからだ。だが、母はそれによって、ミスがほんとうにその所在地を知っていたのかどうか、確かめることができなくなった。そして以後、あそこにある記録から真実をつきとめた者はひとりもいない」

「おぼえておいででしょうが、あのときのエブリング・ミスは、ミュールの精神的圧力を受けていました」

「知っている。だがミスの精神は、まさしくその重圧のせいで、まともな状態ではなかった。他者の感情支配を受けた精神の特性について、その能力や欠点について、きみもわたしも何を知っているというのだ。どっちにしても、わたしはトランターへは行かない」

アンソールは眉をひそめた。

「何をそんなにいきりたっているんですか。ぼくはただ——ああ、もう、ぼくには博士が理解できませんよ。なんだか十歳も老けこみましたね。間違いなく、とんでもなくつらい思いをしていらっしゃる。ここにいたって、意味のあることなんか何ひとつできやしませんよ。ぼくだったら、トランターに行ってお嬢さんを連れもどしてきますね」

「そうだろうとも！　わたしだってそうしたいと思っている。だからこそ、しないのだよ。いいか、アンソール、考えてみたまえ。きみは——わたしたちは、戦おうにもまるで歯の立たないものを相手にしている。誇大妄想にとりつかれているときに何を考えようと、冷静になることさえできれば、わかるはずだ。

わたしたちは五十年前から、第二ファウンデーションがセルダン数学の真の子孫であり学徒であることを知っていた。それはつまり、きみも承知しているように、銀河系において、彼らの計算にふくまれないものは何ひとつ起こらないということだ。われわれにとっては、人生すべてが偶然の出来事で、その場その場で対応していかなくてはならない。だが彼らにとっては、人生すべてがなんらかの目的をもち、かつ前もって計算されたものなのだ。

だが彼らにも弱点はある。彼らの仕事は統計学的なものであり、彼らが必要としているのはただひとつ、集団としての人間の行動だ。あらかじめ定められた歴史において、わたしという個人がどのような役割を果たすことになっているか、わたしは知らない。きっと、これといった役割などないのだろう。〈プラン〉は個人を自由意志と不確実性の存在としているからな。それでもわたしはそれなりの影響力をもっているから、彼ら——彼らだよ——のほうでは、少なくとも、わたしがどんな反応を起こすか計算しているだろう。だからわたしは、自分の衝動も、欲求も、起こしそうな反応も、信じないのだ。

むしろ、わたしが起こしそうにない反応を見せつけてやる。とびだしていきたいと強く強く願いながら、ここにとどまるのだ。そうだとも！　とびだしていきたいと強く強く願っているからこそ」

若者が苦笑した。

「もしかしたら、連中は博士以上に博士の心理をよく承知しているかもしれませんよ。博士のことを知っていれば、あらかじめ博士の思考過程がわかっていれば、博士が〝起こしそうにない反応〟を示そうとするだろうってことくらい、予測するでしょう」

「そうなったらもう逃げ道はない。きみがいま提示した思考過程に従ってトランターに行ったとしても、彼らはそれもまた予測していることになる。裏の裏の裏の裏を読もうとして堂堂巡りになってしまう。その堂々巡りをどれだけたどろうと、わたしの選択肢は、行くかとどまるかのふたつしかない。複雑な手を使って娘を誘いだし、銀河系の半分を横断させるという行為が、わたしをいまの場所にとどめておくためであるはずはない。そんな真似をしなくとも、わたしはここにとどまっていただろうからね。だから今回の目的は、わたしを動かすためだとしか考えられない。だからわたしはとどまるのだ。

それに、アンソール、すべてのものに第二ファウンデーションの息がかかっているわけではない。すべての事件が彼らの操作の結果というわけでもない。彼らはアーケイディアの出発にいっさい関わっていないのかもしれない。あの子はわたしたち全員が死んだあとも、トランターで無事に生き延びるのかもしれない」

「駄目ですよ、博士はもうすでに間違っています」アンソールが鋭い声で指摘した。

「ほかの解釈があるというのか」

「ええ――聞いていただけますか」

「聞こう。それくらいの我慢強さはある」

「それじゃ――博士はお嬢さんのことをどれくらいよくご存じですか」

「ひとりの人間に、他者をどれくらいよく知ることができる？　もちろん、不充分なものにすぎないさ」

「それをいうなら、ぼくだって同じような、というか、もっと足りないでしょう。だけど少なくとも、ぼくは新しい角度からお嬢さんを見ることができました。第一に、お嬢さんは筋金入りのロマンティストで、象牙の塔に住まう学者のひとり娘で、ヴィデオやフィルムブックの冒険物語が描きだす非現実的な世界で育ってきました。スパイや陰謀という、自分でつくりあげた突拍子もない空想世界で生きています。第二に、そういう方面ではものすごく頭が切れます。とにかく、ぼくたちを出し抜くくらいには頭がいいですね。ぼくたちの最初の会議を盗み聞きしようと綿密な計画を立てて、それを実行しました。ミスタ・マンといっしょにカルガンに行こうと慎重に計画して、これまた成功したのですから。第三に、お嬢さんはミュールを打ち負かしたお祖母さまを――博士の母上を――英雄としてすばらしく尊敬しています。

ここまでは間違っていないと思うんですが、どうですか。では、つづけます。ぼくは博士とちがって、ディリジ警部から詳細な報告を受けとっています。さらには、カルガンにおけるぼくの情報源はほぼ完璧で、すべての情報が一致しています。たとえば、ホマー・マンはカルガン元首との最初の会談において、ミュール宮殿への入場を拒否されました。ですがこの拒否命令は、お嬢さんが、第一市民と親密な関係にあるレディ・カリアと話したあとで、とつぜん取り消されました」

「どうやってそんなことを知ったのだ」ダレルは口をはさんだ。

「ひとつには、お嬢さんの捜索にあたって、ミスタ・マンがディリジ警部の事情聴取を受けているんです。もちろん、その質疑に関する記録はすべて入手してあります。

つづいてレディ・カリア本人についてです。彼女はステッティンの寵愛を失ったという噂もありますが、いまのところそれを裏づける事実はありません。いまもその地位にとどまっていますし、ミスタ・マンと元首のあいだをとりもって、拒否を受諾に変えることもできました。しかもそればかりではありません。彼女は堂々と、お嬢さんの脱出を画策・実行したんです。ステッティンの元首邸を警護する十人以上の兵士が、その最後の夜、いっしょにいるふたりを目撃したと証言しています。それなのに、彼女はまだ処罰されずにいます。お嬢さんの捜索が、少なくとも表向きは、綿密におこなわれたにもかかわらず、です」

「いろいろと話してくれたが、どれもなんの脈絡もないように思えるね。それで、きみの結論はどういうことなのだ」

「つまり、お嬢さんの脱出は計画されたものだったのです」

「それは、さっきわたしも言ったことだ」

「それだけではありません。お嬢さんは、ご自分の脱出が仕組まれたものであることを知っていたはずです。あらゆるところに陰謀を見つける聡明なお嬢さんは、ここにも陰謀を見てとり、博士と同じ思考経路をたどった。彼らは自分をファウンデーションに帰らせたがっている——ならば逆にトランターに行こう。でも、なぜトランターだったのでしょう」

「そう、なぜなんだ」

「偶像視しているお祖母さま、ベイタが、追われて逃げこんだ場所だったからです。意識したのか無意識なのかはわかりませんが、お嬢さんはそれを真似たのでしょう。お祖母さまと同じ敵から逃れようとしていたからかもしれません」

「ミュールか」ダレルは穏やかに、だが皮肉をこめてたずねた。

「もちろんちがいますよ。ぼくが敵と言ったのは、戦うことのできない精神パワーです。お嬢さんは第二ファウンデーションから、もしくは、カルガンにある第二ファウンデーションの影響を受けたものから、逃げようとしていたんです」

「その、影響を受けたものとはなんだ」

「博士はカルガンが、いたるところに存在するあの脅威からまぬがれていると思うんですか。ぼくたちは、お嬢さんの脱出が計画されたものであるという点で同意に達しました。そうですよね？　捜索がおこなわれ、お嬢さんは発見されましたが、ディリジ警部が故意に見逃しました。いいですか、ディジリ警部が見逃したんですよ。なぜそんなことになったのでしょう。警部がぼくたちの同志だからです。だけど、なぜ連中はそれを知っていたんでしょう。なぜ警部が必ず裏切ると確信できたのでしょう。どうです、博士」

「こんどは、彼らはあの子をつかまえるつもりだったと言うのか。正直なところ、いささかうんざりしてきたよ、アンソール、話を終わらせてくれ。もう休みたい」

「すぐに終わります」

アンソールは内ポケットから何枚かの記録写真をとりだした。ぎざぎざの線を描く、見慣れた脳波グラフだ。

「ディリジの脳波です」アンソールが淡々と告げた。「こちらにもどってから採取しました」

裸眼でもはっきりとわかる。視線をあげたダレルの顔からは血の気がひいていた。

「制御されている」

「そのとおり。ディリジがお嬢さんを見逃したのは、われわれの仲間だからではなく、第二ファウンデーションに操られていたからなんです」

「テルミヌスにもどるのではなく、トランターに行こうとしているのがわかったあとでもか」

アンソールは肩をすくめた。

「とにかくお嬢さんを見逃すよう指示されていたんでしょうね。彼自身で、それを修正することはできなかった。ただの道具にすぎないんですから。お嬢さんはもっとも可能性の低いコースをたどったわけです。たぶん無事でいますよ。少なくとも、第二ファウンデーションがこの変更に対処するべく計画を修正するまでは、無事でしょう――」

彼は言葉をとめた。ヴィデオ・マシンで小さなシグナル・ライトが点滅している。独立回路につながっていて、緊急ニュースを知らせるものだ。ダレルもそれを目にし、長年の習慣から機械的にスイッチをいれた。途中からではあったが、その文が終わらないうちにふたりは知った。ホバー・マロウ号が、というか、その残骸が発見されたこと。ファウンデーションが、ほぼ半世紀ぶりに、ふたたび戦争に突入したこと。

アンソールが顔をこわばらせた。

「博士もお聞きになりましたよね。カルガンが攻めてきました。そして、カルガンは第二ファウンデーションの支配下にあるんです。お嬢さんの示した道に従って、トランターへ行きますか」

「いや。やってやろうじゃないか。ここでね」

「ダレル博士、あなたはお嬢さんほど聡明ではないようだ。どこまで信用していいのか、わからなくなりましたよ」

そしてアンソールはしばらくのあいだじっとダレルを見つめていたが、やがて無言で去った。

ダレルは不安と――絶望に近いものの中に、ひとり残された。

ヴィデオは誰にも見られることのないまま興奮気味に、カルガン対ファウンデーション戦争の最初の一時間に関する映像と音を、いらだたしいほど詳細にわたってつぎつぎと映しだしていた。

17　戦争

ファウンデーション市長は、木柵（ピケットフエンス）のように頭蓋を縁取る髪を虚しくかき乱し、ため息をついた。

「われわれが無駄にした歳月。われわれが捨ててしまったチャンス。誰を責めることもできんが、ダレル博士、われわれの敗北は必至（ひっし）だな」

ダレルは静かに答えた。

「何事であれ、自信をもてずにいるのはいかがなものでしょう」

「自信の欠如！　自信の欠如か！　銀河にかけて、ダレル博士、何を根拠に自信をもてというのだ。ここにきたまえ――」

市長はなかば導くように、なかば無理やり、ささやかなフォースフィールドが優雅に支える透明な卵形の前に、ダレルを連れていった。市長が手を触れると、その中に、銀河系二重螺旋の正確な三次元モデルが浮かびあがる。

「黄色の部分は」市長が興奮した声で説明した。「ファウンデーションが支配している宙域だ。赤がカルガンの支配宙域」

ダレルの目に映ったのは、深紅の球と、それにかぶさる黄色い手のひらだった。黄色は、銀河系中心部にむいた側をのぞいて、赤い球の半面をおおっている。

「銀河系地理が最大の敵なのだ」市長が言った。「提督たちも、わが軍の配置が戦略的にほぼ望み薄であることを隠していない。見たまえ。敵軍の通信網は内側にむいている。また、集中して固まっているから、どの方向にでもたやすく対処できるし、防御にむける戦力も最小限ですむ。

それに対して、わが軍は大きくひろがっている。ファウンデーション内部でふたつの居住星系間を移動しようとしたら、その距離はカルガンの三倍近くになる。たとえば、サンタンニからロクリスに行こうとして、両軍がそれぞれの支配宙域のみを使って移動する場合、われわれにとっては二千五百パーセクだが、やつらは八百パーセクですむ――」

「それはよくわかります」ダレルは言った。

「それが敗北を意味することはわかっていないようだな」

「戦争は距離だけで決まるわけではありません。われわれは負けやしませんよ。そんなことはあり得ません」

「なぜそう断言できる？」

「わたしなりにセルダン計画を解釈した結果です」

「なるほど」市長のくちびるがゆがんだ。背中で組んだ手がひらひらと動く。「ではきみもまた、第二ファウンデーションの神秘的な助けをあてにしているのか」

「いいえ。あてにしているというならば、必然性と――勇気と粘（ねば）り強さでしょうね」

だがそのさりげない自信の背後には、なおも疑問が――

もし――

そう――。もしアンソールが正しくて、カルガンがあの心の魔術師たちの直接支配を受けた道具だったら。彼らの目的が、ファウンデーションを倒し、滅ぼすことだったら。ちがう！　それでは辻褄（つじつま）があわない！

だがそれでも――

彼は苦い笑みを浮かべた。いつだって同じだ。いつだって自分たちは、くり返しくり返し不透明な御影石をのぞきこんでいる。その石が、敵にはまったく透明に見えているというのに。

現在の銀河系地理問題には、ステッティンもまた気づいていた。

いまカルガン元首の前には、ファウンデーション市長とダレルが調べていたのとそっくり同じ銀河系モデルがある。ただし、市長は眉をひそめていたのに、ステッティンは笑みを浮かべている。

彼はたくましい身体をきらきら光る提督軍服に包み、右肩から腰にかけて先代第一市民より与えられたミュール勲章（くんしょう）の深紅の帯をかけている――先代第一市民はその授与式の六カ月後、強制的に退位させられたのであるが。そして左肩には、二重彗星（すいせい）と剣をあしらった銀星章が燦然（さんぜん）と輝いている。

ステッティンは六人の参謀幕僚（ばくりょう）――彼のものほど仰々しくない軍服を着ている――と、白髪（はくはつ）の痩せた第一大臣――きらびやかな軍人たちのあいだでは、暗がりの蜘蛛（くも）の巣のように目立たない――にむかって語った。

「今回の決定は明らかである。われわれは待てばよいのだ。やつらにとっては、一日一日の遅れが士気の低下につながる。しかも全領域を守ろうとすれば、やつらは薄くひろがらざるを得ない。われわれとしては、ここと ここの二カ所を、同時に攻め、突破するだけでよい」

そして彼は、銀河系モデルでふたつの場所を示した――二本の白い線が槍（やり）のように赤い球からとびだし、球にかぶさる黄色い手のひらをテルミヌスの両脇で突き破った。

「これによって、われわれはやつらの艦隊を三つに分断し、それぞれを撃破することができる。やつらが結集するためには、領土の三分の二を放棄しなくてはならない。だがそうすれば叛乱の可能性が高まる」

それにつづく沈黙の中で、第一大臣の細い声がしみるように響いた。

「六カ月待てば、ファウンデーションは六カ月分だけ強くなります。ご存じのように、彼らはわれわれよりも資源が豊かです。宙軍艦艇もわれらより多く抱えていますし、徴発できる人員は実質的に無尽蔵といえるでしょう。迅速な攻撃のほうがより安全なのではありませんか」

当然ながら、彼はこの部屋でもっとも影響力をもたない人間だった。ステッティンはにやりと笑い、きっぱりと手をふってその意見を退けた。

「六カ月であろうと、場合によっては一年待とうと、われわれにはなんの損失も生じん。ファウンデーションのやつらは準備するということができんからな。あまりに観念的で、そうした能力に欠けているのだ。第二ファウンデーションが助けてくれると信じることが、人生観そのものになってしまっている。だが今回はそうはいかん、そうだろう？」

室内の男たちが不安げに身じろぎした。

「諸君らは自信がもてぬようだな」ステッティンは冷やかに言った。「ファウンデーション領にもぐりこんだエージェントの報告を、もう一度説明しようか。それとも、ファウンデーションのエージェントで、現在は……ああ……われわれのために働いているミスタ・ホマー・マンの発見についてくり返すか。では諸君、ここで閉会とする」

ステッティンはなおも微笑を貼りつけたまま、私室にもどった。ホマー・マンか、不思議なやつだ。まったく期待外れの、奇妙な腰抜け男。だが、信頼性のある面白い情報をやまと披露してくれる――とりわけ、カリアが同席しているときにはそれが著しい。

微笑がひろがった。結局は、あのでぶ女にも使い途があったというわけか。少なくとも、マンをおだてあげて、おれよりも多くの情報を、おれよりもたやすく、ひきだしてくれる。そのままマンにさげわたしてやろうか。そこで眉をひそめた。カリア。あの女も、その愚かしい嫉妬も。ちくしょう！　ダレルの小娘がまだ手もとにいれば――。なぜあのとき、あの女の頭蓋を粉々に砕いてやらなかったのか。

自分でもその理由を、これとはっきり指し示すことはできない。

あいつがマンとうまくやっているからだろうか。そして彼にはマンが必要なのだ。たとえば、ミュールが第二ファウンデーションの存在を否定していたことを証明してみせたのはマンだ。提督たちにも、それが確かな事実なのだと納得させなくてはならない。

その証拠をおおやけにしたいとは思うのだが、ファウンデーションのやつらには、ありもしない援軍を期待させておいたほうがいい。それを指摘したのは、ほんとうにカリアだったろうか。そうだ。あいつが言ったのだ。

いや、そんな馬鹿な！　あの女にそんなことが言えるはずはない。

だがそれでも――

彼は首をふってその思考をはらいのけ、そのまま忘れた。

18 幻の世界

トランターは残骸と再生の世界だ。銀河系中心部の無数の恒星の真ん中――目的なく浪費されうず高く積みあげられたような星団の中に、ぽつんとおかれた色あせた宝石。トランターは過去の夢と未来の夢を交互に見ている。金属におおわれたこの世界から、支配という目に見えないリボンが宇宙の果ての果てまでのびていた時代もある。そのころ、ここは四百億の行政官が住まうひとつの都市であり、銀河史上もっとも強大な首都だった。

その後、帝国の衰退がとうとうこの惑星にまで到達した。一世紀前には大略奪もあった。衰えつつあった権力が反転してみずからに襲いかかり、そのまま永久に消滅した。荒れ果てた死の廃墟の中で、惑星をおおっていた金属殻は傷みよじれ、いまではかつての壮大さを惨めに模倣するばかりだ。

生き残った人々は金属板を剝がして他惑星に売りつけ、種と家畜を仕入れた。ふたたび地面がむきだしになり、トランターは原初の姿にもどった。原始農業地帯がひろがるにつれて、複雑で巨大な過去は忘れられていった。

いや。痛々しくも荘厳な静寂に包まれ、いまだ堂々たる残骸を積みあげて空にそびえたつ強大な遺構がなかったら、忘れられていただろう。

地平線を縁取る金属を見ていると、アーケイディアはわくわくしてくる。パルヴァー夫妻が住んでいる村は、彼女にしてみると、いくつかの家が集まっただけの小さな原始的集落にすぎない。周囲には畑がひろがり、黄金色の小麦がたわわに実っている。

だがそこに、目の届く範囲の少しさきに、過去の遺物がひろがっている。まばゆいトランターの太陽に照らされて炎をあげるかのように、いまだ錆びることなく壮大な輝きを放っている。トランターにきてしばらくしたころ、アーケイディアは一度だけ、そこを訪れてみた。なめらかで継ぎ目のない舗道にあがり、埃の積もった静かな建物群の中を歩いた。壊れた壁や仕切りの隙間から、陽光が射しこんでいた。

それは固体化した悲嘆であり、冒瀆だった。

彼女は足音を響かせてその場を逃げだした――ふたたびやわらかな土を踏みしめるまで、走りつづけた。

そのときになってようやく憧憬をもってふり返ることができた。だが二度と、あの壮大な黙想をかき乱す気にはなれなかった。

この惑星のどこかで自分が生まれたことは知っている。旧帝国図書館の近くだったという。旧帝国図書館――トランターの中のトランター、聖地の中の聖地、霊域の中の霊域！　この世界において、大略奪を受けることのなかった唯一の場所。一世紀のあいだ、宇宙と関わりをもたず、手を触れられることもなく、完全な姿を保っている。

あの場所で、ハリ・セルダンとその仲間たちは想像を絶する蜘蛛の巣を編みあげた。あの場所で、エブリング・ミスは秘密を解明し、あまりの驚愕に茫然としているところを、秘密の拡散をふせぐために殺された。

あの帝国図書館で、彼女の祖父母はミュールが死を迎えるまでの十年をすごし、生まれ変わったファウンデーションにようやく帰還することができた。

あの帝国図書館に、彼女の父は花嫁を連れてもどり、もう一度、第二ファウンデーションを見つけようとしたが果たせずに終わった。あの場所で、彼女は生まれ、母は死んだ。

あの図書館を訪れてみたいと思う。だがプリーム・パルヴァーは丸い頭をふった。

「何千マイルも遠いところにあるんだよ、アーカディ。そして、ここにはやらなければならない仕事がたんとある。それに、あそこを騒がすのはよくないことだ。わかるだろう、神殿のようなものなんだから――」

だがアーケイディアにはわかっている。彼はただ図書館に行きたくないだけだ。ミュールの宮殿と同じ。現代の小人は、過去の巨人の遺物すべてに対して、迷信的な恐怖を抱いているのだ。

でも、だからといってこの不思議な小男に悪意を抱いたりするなんて、とんでもない。トランターにきてからもう三カ月になる。そのあいだ、この夫婦は――父ちゃんと母ちゃんは、ほんとうによくしてくれているのだから——

そして、アーケイディアはその礼として何を返すのか。巻きこんで、ともに破滅させるだけ。自分は破滅する運命にあるのだと、ふたりに警告したか。していない！　何も知らさず、彼女の保護者という生命にかかわる危険な役目を押しつけている。

良心が耐えがたいほど痛む——だけどほかにどうできたというのか。

しかたなく、朝食の席につこうと階段をおりた。そのとき声が聞こえてきた。


プリーム・パルヴァーは太い首を曲げてナプキンをシャツの襟にはさみ、このうえない期待をこめてポーチドエッグに手をのばした。

「母ちゃんや、昨日町に行ったときのことなんだがね」フォークを使いながら話したため、言葉が口いっぱいの食べ物の中で圧死しそうになる。

「町で何があったんですか」母ちゃんはどうでもよさそうに返事をして腰をおろし、鋭い視線でテーブルを見まわすと、また立ちあがって塩をとりにいった。

「うん、あまりよくない話だよ。カルガン方面からの船があそこの新聞を積んできたんだがね。戦争がはじまったんだそうだ」

「戦争！　まあまあ！　いくらでも頭をぶち割りあってればいいんですよ。中に分別ってものがはいってないんならね。それで、報酬はちゃんともらえたの？　もう一度言っておきますけどね、コスカーじいさんに警告しておやんなさいな。この世界にはあんたんとこだけしか協同組合がないわけじゃないからねって。恥ずかしくて友達に話せないくらいの報酬しかもらえないなんて、ほんとにひどい話ですよ。せめて期日どおりにはらってほしいもんですね」

「おいおい、やめてくれよ」父ちゃんはいらだちをこめて言った。「朝食の席でくだらん話をせんでくれ。ひと口ごとに咽喉がつまっちまう」

話しながら、父ちゃんはバターを塗ったトーストをやっつけた。それから、いくらか穏やかな声でつづけた。

「カルガンとファウンデーションの戦争だよ。もう二カ月もやってるんだそうだ」

そして宇宙戦を真似るように、両手をつつきあわせる。

「ふうん。それで、どうなんですね」

「ファウンデーションの旗色が悪いようだ。うむ、母ちゃんもカルガンを見ただろう。兵隊だらけだった。連中は準備をしていた。ファウンデーションはしていなかった。だから――どかん！　さ」

とつぜん母ちゃんがフォークをおいた。

「この能なしの間抜け！」

「え？」

「空っぽ頭の薄のろが！　いつだって大口あけておしゃべりばかりなんだから」

母ちゃんがすばやく指さした。父ちゃんが肩ごしにふり返ると、入口にアーケイディアが凍りついたように立ちすくんでいた。

「ファウンデーションが戦争してるの?」彼女がたずねた。

父ちゃんは困り果てた顔で母ちゃんに目をむけ、それからうなずいた。

「それで、負けてるの?」

もう一度うなずく。

アーケイディアの咽喉が耐えられないほどぎゅっとつまった。ゆっくりとテーブルに歩み寄った。

「もう終わったの?」彼女はささやいた。

「終わったかって?」父ちゃんがわざとらしく元気にくり返した。「終わったなんて誰が言ったね。戦争となりゃ、いろんなことが起こるもんさ。そして……そして――」

「おすわりなさいな」母ちゃんがなだめるように声をかけた。「朝ご飯の前に話なんかするもんじゃありませんよ。お腹が空っぽってのは、健康な状態とはいえないからね」

アーケイディアは母ちゃんを無視してつづけた。

「カルガンがテルミヌスを占領したの?」

「いやいや」父ちゃんが真面目な声で答えた。「これは先週のニュースで、ファウンデーションはまだばりばり戦っているよ。ほんとうだ。ごまかしたりしてやしない。ファウンデーションは強いからね。その新聞、見るかい」

「見たいです!」

食べられるだけのものを口に運びながら読んでいるうちに、涙で目がぼやけてきた。サンタンニとコレルが失われた——一戦もまじえることなく。恒星がまばらに点在するイフニ星域で、ファウンデーションの小艦隊は罠(わな)にはまり、ほぼ全滅した。

いま、ファウンデーションは四王国の中心あたりまで後退している——初代市長サルヴァー・ハーディンがいちばん最初に領土に加えた宙域だ。それでもまだ戦いはつづいている。まだチャンスはある。そして、戦況がどうなろうと、お父さまに知らせなくてはならないことがある。なんとかして、お父さまの耳に届けなくては。なんとかして！

でも、どうやって？ 途中で戦争に巻きこまれてしまう。

朝食後、アーケイディアは父ちゃんにたずねた。

「おじさま、またそのうちに、つぎの仕事でお出かけする？」

父ちゃんは前庭の芝生に出した大きな椅子の上で日光浴をしていた。丸々とした指のあいだで太い葉巻が煙をあげている。その姿はさながら、幸せにひたるパグ犬のようだ。

「仕事で？」父ちゃんは物憂(ものう)げにくり返した。「どうだろうな。いまは楽しい休暇中で、まだ終わっちゃいないからね。どうして新しい仕事の話なんかもちだすんだい。ここにも飽きてきたのかな、アーカディ」

「あたしが？ ううん、ここは大好きよ。おじさまもおばさまも、とってもよくしてくださるし」

父ちゃんは、いやいやというように軽く手をふった。

「あたし、戦争のことを考えてたの」

「考えるんじゃないよ。おまえさんに何ができる。どうしようもないことを考えて、胸を痛めるんじゃない」

「だけど、ファウンデーションは農業惑星のほとんどをとられてしまったんでしょ。きっといまじゃ、食べ物は配給になってるわ」

父ちゃんは困った顔をしている。

「心配いらない。大丈夫だよ」

アーケイディアは聞いていなかった。

「みんなに食料を運んであげたいんです、それだけなの。ミュールが死んだあとのこと、おじさまだってご存じでしょ。ファウンデーションが叛乱を起こして、テルミヌスはしばらくのあいだ孤立してたの。ミュールのあとを継いだハン・プリッチャー将軍に包囲されたから。食料がほんとうに足りなくなって。お父さまがお祖父さまから聞いた話なんだけど、ものすごく不味（まず）い濃縮乾燥アミノ酸しかなかったんですって。卵ひとつが二百クレジットもしたの。それから、ほんとに危機一髪のところで包囲網を破ることができて、サンタンニの船が食料を運んできたんですって。ものすごく大変な時代だったのね。もしかしたら、いまも同じようなことになってるかもしれない」

しばしの間をおいて、アーケイディアはつづけた。

「いまだったらきっと、ファウンデーションは、食料に密輸と同じくらいの金額をはらうと思うの。二倍とか三倍とか、もしかしたらもっと。たとえば、トランターのどこかの組合がその仕事を引き受けたら、船は何隻かやられちゃうかもしれないけれど、戦争が終わるまでにものすごいお金持ちになれるわ。昔、ファウンデーションの貿易商はみんな、そうやってたのよ。戦争が起こったら、そのときにいちばん必要とされているものをもっていくの。そうやって勝負に出たの。一度の旅で二百万クレジットも手に入れたんですって——それも、純益で！　一隻の船が運べる積み荷だけで！」

父ちゃんが身じろぎした。葉巻の火が消えてしまっているのにも気がついていない。

「食料の取引か。ふむ。だがファウンデーションは遠いからなあ」

「わかってる。もちろんここからじゃ無理よね。ふつうの貨物船だったら、マッセナかスムシクよりさきには行けないもの。そのさきは、小型の偵察船か何かを雇って、包囲網を突破しなきゃならないでしょう」

父ちゃんは髪をいじりながら計算した。

二週間後、すべての手筈が整った。母ちゃんはそのあいだじゅう文句をならべていた。まずは、自殺に突き進むかのような父ちゃんの矯正不能の頑固さに。それから、同行したいという母ちゃんを断固としてはねつける信じがたいほどの頑固さに。

「母ちゃん、年寄りみたいな真似はやめてくれんか。母ちゃんを連れていくわけにはいかない。これは男の仕事だからな。戦争をなんだと思ってるんだね。気晴らしか。子供の遊びか」

「だったらなんで父ちゃんが行くんですね。確かに男だけれど、年寄りじゃありませんか。

片足と、腕まで半分棺桶につっこんでるくせに。若いのに行かせればいいじゃありませんか——父ちゃんみたいなでぶの禿げじゃなくって」

「おれは禿げちゃいない」父ちゃんは厳然と反論した。「髪はまだたくさん残っている。この任務を受けるのが、なぜおれでは駄目なんだね。若造を行かせろだって？　いいか。これは何百万にもなる大仕事なんだぞ」

母ちゃんもそれはわかっていたので、口をつぐんだ。

アーケイディアはもう一度、出発前の父ちゃんと話をした。

「テルミヌスに行くの？」

「そりゃね。テルミヌスにはパンと米とジャガイモが必要だって言ったのはおまえさんじゃないか。取引してくるよ。食料はちゃんとみんなの手にわたる」

「そう。それで——ひとつだけお願いがあるの。テルミヌスに行ったら、その……あたしのお父さまに会ってきてくれませんか」

不憫に思ったのだろう、父ちゃんの顔が溶けたように皺くちゃになった。

「ああ——もちろんだとも。必ず会ってくるよ。おまえさんは無事で、何も心配はいらないって伝えてくる。戦争が終わったら、ちゃんと連れてもどるってね」

「ありがとう。それじゃ、どうやったら会えるか説明するわね。名前はトラン・ダレル博士、スタンマークに住んでるの。テルミヌス・シティの郊外で、小型飛行艇の定期便が出てる。チャネル・ドライヴの五五番地」

「ちょっと待っておくれ。メモをとるから」

「駄目」アーケイディアは片手をつきだした。「何も書いちゃ駄目。おぼえてちょうだい――そして、誰にも手伝ってもらわずにお父さまを見つけて」

父ちゃんは面食らったようだったが、やがて肩をすくめた。

「わかったよ。テルミヌス・シティ郊外のスタンマーク、チャネル・ドライヴの五五番地だね。そして小型飛行艇の定期便がある、と。それでいいかな」

「もうひとつあるの」

「なんだい」

「お父さまに伝えてほしいことがあるの」

「いいとも」

「内緒話でいい？」

父ちゃんが丸々とした頬を彼女の方にむけた。アーケイディアから父ちゃんに、ひそひそと何かが伝えられた。

父ちゃんの目が丸くなった。

「それを伝えればいいのかい？　いったいなんのことだね」

「お父さまにはわかるわ。あたしがそう伝えてほしいって言ったって、お父さまならきっとその意味がわかるって言ったって、話してくれればいいの。そのまんまを伝えてね。ひと言だって変えちゃ駄目よ。忘れない？」

「忘れるもんかね。ほんの短い文章じゃないか。いいかい——」

「駄目よ、駄目」彼女は興奮のままにぴょんぴょんとびはねた。「くり返しちゃ駄目。誰にも言っちゃ駄目。お父さまに会うまでは、ぜんぶ忘れてて。約束してちょうだい」

父ちゃんはまた肩をすくめた。

「約束するよ！　大丈夫だ！」

「お願いね」その言葉はなぜか悲しげに響いた。

そして彼女は、宙港行きのエアタクシーにむかう父ちゃんを見送った。あたしはいま、死刑執行令状にサインしてしまったんじゃないだろうか。もう一度、おじさまに会うことができるんだろうか。

家の中にもどって、親切で善良な母ちゃんと顔をあわせる勇気がない。すべてが終わったとき、あたしはこの人たちにしたことを償って、みずから生命を絶ったほうがいいのかもしれない。

19　戦争終結

クォリストンの戦い……FE三七七年九月十七日、ファウンデーション軍とステッティン卿率いるカルガン軍のあいだで戦われた。これは空白期間における、最後の重要な戦闘であり……

銀河百科事典(エンサイクロペディア・ギャラクティカ)

従軍記者という新しい職務を得たジョウル・ターバーは、宙軍軍服にその巨体を包み、まんざらでもない気分だった。放送の仕事にもどれることが嬉しかった。それに、第二ファウンデーション相手の無謀な戦いでどうしようもない無力感を味わったあとでは、実体のある船とふつうの人間相手の戦いに、興奮をおぼえずにはいられない。

確かにファウンデーションは、めざましい戦果をあげているわけではない。だがその点については心配していなかった。六カ月がすぎたいまも、ファウンデーションの中核は侵(おか)されておらず、艦隊の中核も無事なままだ。開戦以後、新たな艦艇が増強されたため、イフニの敗北以前と比較しても、数字上の強さはほとんど変わらず、技術的にはより強力になっている。

そうこうしているあいだにも惑星防衛は強化されていった。軍の訓練はいっそう厳しく、行政は無駄を省(はぶ)いて効率的になった。そして、カルガン占領軍の多くは〝征服地〟を占領しつづけるという仕事に汲々(きゅうきゅう)としていた。

ターバーはいま、第三艦隊に同行してアナクレオン星域の外縁にいる。彼はこの戦争を、〝一兵卒(いっぺいそつ)の戦い〟という視点で報道しようと考えている。そのために、志願兵の三等機関士フェネル・リーマーにインタヴューしているところだ。

「ご自身について話してください」

「話すことなんて、あんまりないです」リーマーは足を踏み替えながら、いまこの瞬間にも間違いなく彼をながめているだろう何百万の人々が見えているかのように、はにかんだかすかな笑みを顔いっぱいに浮かべた。「自分はロクリスの生まれです。エアカーの工場で働いてて、セクションをまかされてて、いい給料をもらってます。結婚してて、子供がふたりいます。ふたりとも女の子です。あの、あいつらに声をかけてやりたいんですけど、いいですか――もしかしたら、聞いてるかもしれないから」

「どうぞ。この放送はあなたのものです」

「そいつはどうも」彼は早口にしゃべりはじめた。「やあ、ミラ、聞いてるかい。おれは元気だよ。スニはどうしてる？　トマは？　いつだっておまえたちのことを考えてるよ。たぶん、こんど宙港にもどったら休暇で帰れる。食料のはいった荷物を受けとったけど、送り返すよ。おれたちはちゃんと食事をとってる。民間人のほうが大変だって聞いてるからな――。うん、こんなとこかな」

「こんどロクリスに行ったら、奥さんを訪ねて、食料に困ってないかどうか、確かめてきましょう。どうです？」

若者は大きな笑みを浮かべてうなずいた。

「ありがとう、ミスタ・ターバー。そいつは嬉しいです」

「いいでしょう、それじゃ話をつづけましょう。あなたは志願兵なんですよね」

「そうです。喧嘩(けんか)を売られたんだから、さっさと買わなきゃ。ホバー・マロウ号の話を聞いて、その日のうちに志願しました」

「それはすばらしい。戦闘にはずいぶん出ているんでしょうか。星章(せいしょう)をふたつ、つけていますね」

「ふん」兵士は吐きだすように答えた。「あれは戦闘なんてもんじゃない、追いかけっこみたいなもんですよ。カルガンのやつら、自分たちが五倍かそれ以上の戦力があるときしか戦おうとしないんですからね。そのときだって、隙間にはいりこんで、こっちを一隻一隻切り離そうとするんです。イフニのとき、なんとか脱出を果たした古いエブリング・ミス号に従兄弟が乗ってたんですけどね、あそこでも同じだったって話です。あいつらいつだって、こっちの側面分艦隊にも主力艦隊をぶつけてくるし、こっちが五隻しか残ってないようなところでも、戦ったりしないであとをつけてくるだけなんです。そんな戦いで、自分たちは二倍の敵艦をやっつけましたよ」

「ではあなたは、わが軍の勝利を信じているんですね」

「もちろんです。こっちは退却してないんですから。まあ、最悪の事態になったら、そのときこそ第二ファウンデーションがのりだしてきてくれるんじゃないですか。自分たちにはセルダン計画があるんだし――むこうもそのことは知ってるでしょう」

ターバーのくちびるがわずかにゆがんだ。

「それじゃ、あなたは第二ファウンデーションに期待しているんですね」

その答えは、純粋な驚きとともにもたらされた。

「そりゃあ、だって、みんなそうでしょう」

そのインタヴューが放送されたあと、下級将校ティッペラムがターバーの部屋にやってきた。彼は記者に煙草をつきつけ、帽子をぐいと押しやった。帽子はいまにも落ちそうになりながら、かろうじて後頭部にひっかかった。

「捕虜をつかまえたぞ」

「ほう」

「頭がおかしな小男だ。なんと、自分は中立だと主張してるんだぜ——それも外交特権ときたもんだ。どう扱えばいいか、上のほうでも考えあぐねている。パルヴロだか、パルヴァーだか、そんな名前で、トランターからきたんだそうだ。戦闘宙域でいったい何をやってるんだか」

ターバーは、寝台の上でがばっと身体を起こした。これから昼寝しようとしていたことも、頭からふっとんだ。開戦が宣言され、出発が決まった翌日、最後にダレルと会ったときのことがはっきりと思いだされた。

「プリーム・パルヴァーか」それは問いではなく断言だった。

ティッペラムが動きをとめた。口の両端から、ほそぼそと煙がこぼれる。

「その名前だ。いったいぜんたい、なんで知ってるんだ」

「まあ、いいじゃないか。会えるかな」

「おれにわかるわけがない。艦長が艦長室で尋問している。そりゃ、スパイだと思わんやつはいないだろう」

「艦長に、おれの知人だと言ってくれ。ほんとうに本人ならな。おれが責任をもつ」

第三艦隊旗艦の艦長ディクシルは、飽くことなく大探知機を凝視していた。いかなる船も、たとえまったく動かず静止しているだけでも、核エネルギーの放射を完全にとめることはできない。そうした放射源のひとつひとつが、この三次元フィールドに小さな閃光として表示される。

中立を自称する小男のスパイが捕獲されたのち、すべてのファウンデーション艦の所在が確認された。いま、それ以外の閃光はない。外部からやってきたスパイの船は、しばらくのあいだ艦長室に興奮をもたらした。すぐさま戦術を変更しなくてはならないかもしれないからだ。だが実際には――

「間違いなく記憶したな」艦長はたずねた。

セン中佐がうなずいた。

「中隊はハイパースペースにはいります。半径一〇・〇〇パーセク、シータ二六八・五二度、ファイ八四・一五度。一三三〇時に帰還。不在合計時間一一・八三時間であります」

「よし。では、時空双方において正確な帰還を期待する。いいな」

「了解」腕時計を見ながら、「本隊は〇一四〇時に準備が整います」

「よし」ディクシル艦長は言った。

カルガン艦隊はいまのところ、探知機の表示範囲にはいない。だがまもなくやってくると、別口からの情報がはいっている。センの中隊が抜ければ、ファウンデーション軍は数のうえでかなりの劣勢になる。それでも艦長は自信にあふれていた。自信満々だった。


プリーム・パルヴァーは悲しげに周囲を見まわした。まず、長身の痩せた提督が目にはいった。それから軍服姿の者たち。そして最後の男――大柄でがっしりしている。ほかの者たちとはちがって、襟（えり）はひらいたまま、ネクタイは締めていない。この男が、彼と話したいのだという。

ジョウル・ターバーがしゃべっている。

「提督、非常に重要な可能性をもった問題であることは、わたしもよくよく承知しています。ですが、ほんの数分、この男と話をする許可をいただけたら、わたしが現在の不確かな状況を解決できると思うのです」

「わたしの前で尋問できない理由があるのか」

ターバーはくちびるをすぼめた。一歩もひかない面構（つらがま）えだ。

「わたしが提督の艦に配属されて以後、第三艦隊は報道上すばらしい評価を受けていますよね。ドアの外に兵を配置してくださってかまいませんし、五分でもどってきてもいいんです。

ですが、ほんの少しのあいだ、わたしの好きにさせてください。そうすれば、今後も閣下の人気は安泰でしょう。おわかりになりますね」

提督は理解した。

そしてふたりきりになったターバーが、パルヴァーをふり返って言った。

「大急ぎだ――あんたが誘拐した女の子の名前は？」

パルヴァーはただ、目を瞠って首をふった。

「真面目な話なんだ」とターバー。「答えなきゃ、あんたはスパイになる。戦時中のスパイは審理なしで銃殺だぞ」

「アーケイディア・ダレル！」パルヴァーはあえぐように答えた。

「よし！　それでいい。で、その子は無事なんだな」

パルヴァーはうなずいた。

「はっきり答えたほうがいいぞ。でないとあんたのためにならない」

「あの子は元気で、なんの危険もないところにいる」パルヴァーは青ざめながら答えた。

提督がもどってきた。

「それで？」

「提督、この男はスパイではありません。彼が話すことは信用しても大丈夫です。わたしが保証します」

「ほう、そうなのか」提督は眉をひそめた。「トランターの農業協同組合代表で、テルミヌスと通商条約を結び、穀物やジャガイモを届けたいと言っているのだが。いいだろう、だがいますぐ解放するわけにはいかん」

「なぜですか」パルヴァーはすばやくたずねた。

「戦闘の真っ最中だからだ。これが終わったら――そのときに、われわれがまだ生きていたら――テルミヌスに送り届けてやろう」


宇宙空間に展開していたカルガン艦隊は、信じられないほど遠距離からファウンデーション艦隊を探知し、また、彼ら自身も探知された。たがいの大探知機に小さな蛍(ほたる)の群のようにその存在を映しだしながら、両軍は虚空を越えて接近した。

ファウンデーション軍提督が眉をひそめて言った。

「やつら、総攻撃にのりだしたようだな。あの数を見ろ」それから、「だが、われらにはかなうまい。センの分遣(ぶんけん)隊が期待どおりに働いてくれれば」

セン中佐は数時間前、最初の敵艦が探知されたときに出動した。もう作戦変更はできない。うまくいくかどうかはわからずとも、提督の心はおちついていた。将校たちも、そしてまた兵士たちも同じだった。

また螢火をながめる。

死をもたらすバレエ群舞(ぐんぶ)のように、正確な隊形を組んできらめいている。

ファウンデーション艦隊は少しずつ後退していった。何時間かをかけて、敵をからかうようにゆっくりとむきを変えていく。前進してくる敵の進路もまた、少しずつずれていくことになる。

ファウンデーション軍指揮官たちの意図は、カルガン艦隊をある〝スペース〟に導きいれ、そこにとどめおくことだった。ファウンデーション艦が後退してその〝スペース〟から抜けだし、かわってカルガン艦が流れこんだ。その〝スペース〟から出ようとするカルガン艦は、猛烈な攻撃を受けることになる。〝スペース〟内にとどまっているかぎり、攻撃されることはない。

すべては、自分たちから攻撃をしかけることを好まず、どこからも攻められることのない場所にとどまろうとするステッティン艦隊の習性をもとに、立てられた計画だった。

ディクシル艦長は冷然たる態度で腕時計に目をやった。一三一〇時。

「まだ二十分ある」

かたわらの副官が緊張したままうなずく。

「いまのところ、すべて順調です。敵の九十パーセント以上を封じこめています。この状態を維持していられれば――」

「そうだ！　維持していられれば――」

ファウンデーション艦隊はふたたび、ごくゆっくりと前進しはじめた。カルガン軍を後退させるほど急な動きではないものの、前進する気は失わせるような、ほどよい速度だ。カルガン軍はそのまま待つことを選んだ。

さらに数分がすぎた。

一三二五時。提督のブザーが鳴り響き、戦列についた七十五隻のファウンデーション戦艦が、三百隻からなるカルガン艦隊の前列にむかって最大加速で前進しはじめた。カルガン艦隊がひらめくように防御シールドを張りめぐらし、おびただしいエネルギービームが発射される。三百隻の戦艦はすべて同じ方向――無謀にも狂ったように突進してくる敵のほうをむいていて、そして――

一三三〇時。セン中佐率いる五十隻の艦がどこからともなく出現した。一度だけのジャンプを使ってハイパースペースを抜け、計算どおりの時間に、計算どおりの場所にあらわれ――そして、まったく油断していたカルガン軍の後方に、猛烈な勢いでつっこんでいったのである。

計略はみごとに成功した。

カルガン軍は数のうえでは優勢だったが、数をかぞえようなどという気にもならないまま、まずはともかく逃げようとした。だが敵艦が退路を妨害している。隊形が崩れ、それが致命傷となった。

やがて、それは戦闘というよりも鼠(ねずみ)狩りの様相を呈していった。

カルガン艦隊の中核にして誇りでもある三百隻のうち、かろうじてカルガンにたどりついたのはわずか六十隻ほどで、しかもそのほとんどは修復不能なほど破損していた。ファウンデーション側の損失は、百二十五隻中、わずか八隻にすぎなかった。

プリーム・パルヴァーが到着したとき、テルミヌスは祝祭の最高潮を迎えていた。浮かれ騒ぎにはいささか閉口させられたものの、彼は惑星を去る前に、ふたつの任務を遂行し、ひとつの依頼を受けた。

遂行したふたつの任務とは、（1）パルヴァーの組合が、翌年一年間、毎月二十隻分の食料を戦時価格で――先日の戦果のおかげで危険はなくなっているのに――届けるという協定を結んだこと。（2）ダレル博士に、アーケイディアの短い伝言を届けたこと、である。

ダレルは一瞬、驚きに目を丸くして彼を見つめていたが、やがて、ひとつの頼みごとをした。アーケイディアに返事を届けてほしい、というのだ。もちろんパルヴァーに否(いな)やはなかった。それは短くて、しかも完全に筋の通ったものだった。「もどってきなさい。もう危険はないから」

ステッティン卿は猛烈な欲求不満にさいなまれていた。手の中の武器が、ながめているうちにもすべて壊れていく。丈夫な織物(おりもの)だと思っていた自軍が、ふいに腐った糸であったと判明して、ばらばらに崩れていく。そうとなれば、冷静沈着さが煮えたぎる溶岩に変わったとしても不思議はない。さらに、彼には何ひとつ手のうちようがなく、彼自身もそのことを承知しているのだ。

もう何週間もまともに眠っていない。三日というもの、髭も剃っていない。謁見はすべて拒否し、提督たちも放置している。これ以上敗北を喫せずとも、さほど待つ必要もなく、自分が内乱に対処しなくてはならなくなることを、カルガン元首以上によく知る者はいなかった。

第一大臣レヴ・メイルスも役に立たなかった。見苦しい年寄り顔をさらして、平然とその場に立ったまま、いつものように、細く神経質な指で鼻からあごの皺をこすっている。

「何か言ったらどうなんだ」ステッティンは怒鳴った。「われわれは負けたんだぞ。わかっているのか。負けたんだ！　なぜだ？　おれにはわからん。とにかくそうなった。おれには理由がわからん。きさまにはわかるか」

「わかると思います」メイルスはおちついて答えた。

「謀叛だ！」その言葉は静かに発せられ、同じように静かな言葉がつづいた。「きさまは謀叛のことを知っていた、なのに黙っていた。きさまは、わたしが第一市民の座から追い落としたやつに仕えていた。そしていずれは、おれにとってかわる薄汚い鼠に仕えるつもりでいる。もしほんとうに謀叛のことを知っていたのなら、そのはらわたをひきずりだして目の前で燃やしてやる」

メイルスは動じない。

「わたしは一度ならず、自分が抱いている危惧をお伝えしようとしてきました。閣下の耳もとで大声でさけんできました。ですが閣下は、ほかの者たちの進言を受け入れることを好まれました。そのほうが閣下のエゴを満足させたからです。事態は、わたしが恐れた展開をたどるどころか、それ以上に悪化しています。いまお聞きくださるつもりがないなら、そうおっしゃってください。わたしは辞職します。そしてそのまま、あなたの後継者と交渉します。誰であろうとその方がいちばん最初にとる行動は、間違いなく平和条約への署名となるでしょう」

巨大なこぶしをゆっくりと握ったりゆるめたりしながら、ステッティンは血走った目で彼をにらみつけた。

「話せ！　この白髪頭のナメクジめ！　話せ！」

「何度も申しあげました。閣下はミュールではないのです。戦艦や銃器は支配できますが、人の心を支配することはできません。ご自分が何と戦っているか、気づいておられますか。ファウンデーションです。不敗のファウンデーション。セルダン計画に守られているファウンデーション。新しい帝国を築く運命（さだめ）にあるファウンデーションです」

「セルダン計画などない。あんなものはもはや存在しない。マンがそう言った」

「ならばマンが間違っているのです。たとえ正しいとしても、それがなんだというのですか。閣下もわたしも一般市民ではありません。ですが、カルガンとカルガンの支配する世界では、男も女も、この銀河の果ての住人すべてと同じように、セルダン計画を心の底から信じているのです。四百年近い歴史において、ファウンデーションが敗北したことは一度もありません。諸王国も、総帥たちも、旧銀河帝国そのものですら、ファウンデーションを負かすことはできなかったのです」
「ミュールはやってのけたぞ」
「そのとおり。彼は計算を越えていました。ですが、閣下はちがいます。さらにまずいことに、民はそれを知っているのです。ですから閣下の艦隊は、なんらかの未知の方法で負かされるのではないかと恐怖に怯えながら、戦いにむかいます。〈プラン〉という目に見えない布をかぶせられているため、用心深くなり、攻撃をしかける前にようすをうかがい、いろいろと考えすぎます。いっぽう敵方では、同じ目に見えない布が自信を与え、恐怖をとりのぞき、初期に敗北を喫しても士気を保つのです。当然でしょう。ファウンデーションはいつも緒戦（しょせん）に負けますが、最後には必ず勝利をおさめるのですから。

それにひきかえ、閣下の士気はどうでしょう。閣下はいくつもの敵領土を占拠しています。自領土はまだどこも侵攻を受けていないし、侵攻される危険もありません。なのに閣下は敗北している。勝利の可能性を信じることすらできない。そんな可能性がないことを知っているからです。

ならば降伏なさい。さもなければ、たたきのめされて膝をつくことになります。みずから降伏なさい。そうすれば残されたものだけでも守ることができるでしょう。閣下は軍備と権力に依存し、それらは可能な限り閣下を支えてきました。ですが精神と士気を無視してきたため、それらのほうでも閣下を助けることはなかった。いまはわたしの忠告をお聞きください。閣下のもとにはファウンデーション人、ホマー・マンがいます。あの男を解放し、テルミヌスに送り返しなさい。そして、講和の申し出を伝えてもらうのです」
ステッティンは、固く結んで血の気のなくなったくちびるの奥で歯ぎしりをした。だが、ほかに選択肢があるだろうか。

新年最初の日、ホマー・マンはカルガンを離れた。テルミヌスを出てからすでに六カ月以上がすぎている。そのあいだにひとつ戦争が激化し、終息した。きたときはひとりだったが、去るときは随員(ずいいん)を従えていた。きたときは単なる私人だったが、去るときは任命こそされていないものの実質的な平和使節だった。

何より大きく変化したのは、第二ファウンデーションに対する関心だった。考えるだけで笑いがこみあげてくる。最終的に発見した驚くべき新事実を、ダレル博士に滔々(とうとう)と話してやるさまを思い描く。あの精力的で有能な若者、アンソールにも。彼ら全員に——

彼は知ったのだ。彼、ホマー・マンは、ついに真実を知ったのだ。

20

「わたしは知っている……」

ホマー・マンは、ステッティン戦争の最後の二カ月を、ただだらだらとすごしたわけではなかった。特命調停官という珍しい役職につき、恒星間情勢の中心となって働いたのだ。彼はその役割を心から楽しんだ。

大きな戦闘はもう起こらなかった——思いがけない小競り合いは幾度かあったものの、それは問題にならない。ファウンデーション側としては、ほとんど譲歩する必要もない条件で、講和条約が締結された。ステッティンはその地位にとどまったが、それだけだった。彼の宙軍は解体された。カルガン星系以外の領土は自治権を与えられ、以前の状態にもどるか、完全に独立するか、ファウンデーションの同盟国として連邦に加わるか、選択のための投票がおこなわれた。

この戦争が正式な終結を迎えたのは、テルミヌスが属する星系内の小惑星にあるファウンデーション最古の宙軍基地においてだった。レヴ・メイルスがカルガンを代表してサインした。ホマーはそれを興味深く見物した。

その期間、彼はダレル博士とも、ほかの仲間とも、会うことがなかった。だがそんなことはどうでもよかった。まだ待てる。ニュースの公表をするときは——。そのときのことを考えると、いつもこらえきれずに笑いがこみあげてくるのだった。


カルガン戦勝日の数週間後、ダレル博士はテルミヌスに帰国した。そしてその日、彼の邸では、十カ月前に最初の会議をひらいた五人がふたたび集まっていた。

彼らは以前の話題にもどることをためらうかのように、時間をかけて食事をし、ゆっくりとワインを飲んだ。

口をひらいたのはジョウル・ターバーだった。片目で紫のワイングラスの奥をのぞきこみながら、話すというよりもそっとささやいた。

「ホマー、あんた、じつはすごいやり手だったんだな。みごとな手並みじゃないか」

「わたしが？」マンは面白そうに大きな笑い声をあげた。なぜかこの数カ月、吃音がまったく出ていない。「わたしはまったく関係ありませんよ。すべてアーケイディアのおかげです。それはそうと、ダレル、彼女は元気ですか。トランターからもどると聞きましたが」

「ああ、そうだ。今週のうちに船がつく」

ダレルは静かに答え、それとなくほかの者たちをうかがった。とまどったように、曖昧な喜びの声があがっただけだった。ほかには何もなかった。

「それじゃ、ほんとうに終わったんだな」とターバー。「十カ月前、誰がこんな未来を予測できただろう。マンはカルガンに行って、もどってきた。アーケイディアはカルガンからトランターに行って、まもなくもどってくる。戦争が起こり、われわれは勝った。なんということだ。歴史のおおまかな流れは予測できるというが、ここしばらくのあいだに起こったすべては、それをくぐり抜けてきたわれわれにとっては混乱以外の何ものでもなかった。とても予測なんかできるわけがないと思わないか」

「くだらない」アンソールが辛辣な声をあげた。「どうしてそんなに勝ち誇っていられるんですか。まるでぼくたちが真の勝利をおさめたみたいに。ぼくたちの心を真の敵からそらすための、くだらない喧嘩に勝ったってだけの話じゃないですか」

気まずい沈黙が流れた。その中で、ホマー・マンだけが場違いな笑みをうっすらと浮かべている。

アンソールが怒りをこめてこぶしを握りしめ、椅子のアームをどんとたたいた。

「そう、ぼくは第二ファウンデーションのことを言ってるんです。それについては誰もひと言だって触れないし、ぼくの判断が正しければ、そのことを考えないよう一生懸命努力しているみたいだ。この、愚者の世界を包みこむ偽り(いつわ)の勝利の雰囲気があまりにも心地いいから、それに加わらなきゃ損だとでも思ってるんですか。だったら、宙返りでもしたらどうですか。そして壁にぶつかって、たがいに背中をたたきあって、窓から紙吹雪(かみふぶき)を投げればいい。なんだって好きなことをしてください。そうやってくだらない考えを頭の中から追いだすんです。それが終わって正気にもどったら、またあの問題について話しあいましょう。みなさんがここにすわって、何かわからないものを恐れながら背後をうかがっていた十カ月前から、何も変わっちゃいない。あの問題はいまも存在しているんです。愚かな宇宙船艦隊の親玉を打ち負かしたからといって、精神を支配する第二ファウンデーションの脅威がなくなったと、本気で思っているんですか」アンソールは顔を紅潮させ、息を切らしながら口をつぐんだ。

マンが静かに言った。

「ここでわたしの話を聞いてほしいんですけれどね、アンソール。それとも、まだわめきたてる陰謀家の役を演じつづけたいのかな」

「聞こうじゃないか、ホマー」ダレルは言った。「ただし、わたしたち全員、あまり過激な言葉は使わないようにしよう。それがふさわしい場面もあるだろうが、ここではうんざりさせられるばかりだ」

ホマー・マンはアームチェアの背にゆったりともたれ、手もとのデキャンタをとりあげて、丁寧にグラスを満たした。

「わたしは、ミュール宮殿に残された記録からできるかぎりの手がかりをさがしだすためにカルガンに送りこまれ、何カ月かその調査をおこないました。今回のことは、べつにわたしの手柄というわけじゃありません。前にもお話ししたように、宮殿への入場許可がもらえたのは、いろいろと気をまわしてお節介を焼いてくれたアーケイディアのおかげだったのですから。それでもわたしは、ミュールの生涯と時代に関して、もとからもっていた知識——それも少なからぬものだと自負していますが——に加えて、余人には触れることも許されなかった一次資料から、多大な成果をあげることができました。

つまりわたしは、第二ファウンデーションの真の危険性について評価できる、独自の立場にあるわけです。そこで興奮しているわれらの友人以上に正確な評価です」

「それで、あなたはその危険をどう評価するんですか」アンソールが嚙みついた。

「そう、ゼロですね」

短い間。エルヴェット・セミックが信じがたいといった驚きをこめてたずねた。

「危険性がゼロだというのか」

「そうです。第二ファウンデーションは存在しないのですから！」

アンソールがその場にすわったままゆっくりと目蓋を閉じた。その顔は青ざめ、なんの表情も浮かべていない。

　注目を浴びているのが心地よいのだろう、マンはなおもつづけた。

「さらにいうならば、第二ファウンデーションなるものは、これまで存在したことなどなかったのです」

「いったい何を根拠に、そのように驚くべき結論に達したのだ」ダレルはたずねた。

「驚くべきというほどのものではないでしょう」とマン。「みなさんも、ミュールの第二ファウンデーション探索の物語は知っていますね。ですが、その探索がどれほどすさまじいものだったか、どれほど一途だったか、知っていますか。彼は膨大な資金を自由にできる立場にあり、けっしてそれを惜しむような真似はしませんでした。彼は一途に努力し――それでも失敗しました。第二ファウンデーションは見つかりませんでした」

「発見なんて、そもそも不可能だったんだろう」ターバーがおちつかなげに反論した。「探索してくる精神から身を守る方法をもっていたんだ」

「探索してくる精神が、ミュールのようなミュータントであってもですか。それはないでしょう。でも、五十冊におよぶ報告書の要点は、五分では説明できませんからね。それらの報告書はすべて、講和条約の協定により、最終的にセルダン歴史博物館におさめられることになっています。ですから誰でも自由に閲覧し、わたしのように分析することができます。そうすれば、そこに彼の結論がはっきりと記されています。さっきわたしが述べたとおりです。第二ファウンデーションなどというものは、過去にも現在にも、存在したことはないのです」

「だが、なぜミュールは探索をやめたんだね」セミックが口をはさんだ。

「大銀河系にかけて、なぜやめたんだと思います？　〝死〟ですよ。死はあらゆる行動に終止符をうちます。現代における最大の迷信は、ミュールは全銀河を征服しようというその偉業を、彼以上の力をもつなんらかの神秘的存在によって阻止された、というものです。すべてを間違った角度からながめた結果ですね。

もちろん銀河系の人間はみな、ミュールがその精神と同様、肉体においても〝あたりまえ〟でなかったことを知っています。彼は三十代で死んでいますが、それは、あのきしみをあげる不安定な肉体で、それ以上生命を維持していくことができなかったからです。死の何年も前から、彼はすでに病身でした。もっとも健康なときでさえ、通常の人間にとっては虚弱といえる状態でした。そう、彼は銀河系を征服し、自然の成り行きとして死を迎えました。あれだけの期間を生き、あれだけの偉業を達成できたことそのものが、驚異ではありませんか。これらのことは、一目瞭然（いちもく）、はっきりと明記されています。あとは根気さえあれば大丈夫。すべての事実を新しい視点から見てみようとしさえすればいいのです」

ダレルは考えこみながら言った。

「いいだろう、ホマー、やってみよう。面白い試みだし、少なくとも思考の潤滑油にはなる。では、あの干渉を受けた人たち――アンソールが一年近く前に記録をもってきた人たちだが、あれはどういうことなのだ。彼らをどのような視点で見ればいいのか、教えてくれ」

「いいですとも。脳波分析はどれくらい古い学問でしょう。言い換えるならば、神経経路の研究はどれほど発達しているのでしょう」

「それはもちろん、まだはじまったばかりの学問にすぎないが」ダレルは答えた。

「そうです。では、あなたとアンソールが〝被干渉平坦部〟と呼んでいたものの解釈は、どれくらい確かなものでしょう。あなた方はあなた方でそれなりの理論をもっていたけれど、どれだけの自信がありますか。ほかの証拠すべてがその存在を否定しているときに、さる強力な力が存在することを信じる根拠とできますか。未知のものを超人の気まぐれな意志として説明するのは、いつだってたやすいことです。


これはじつに人間的な現象なのですよ。銀河史上、孤立した惑星が退行して野蛮化する例はいくつもありますが、わたしたちはそこから何を学んだでしょう。すべてのケースにおいて、これらの蛮人は、〝自分たちに理解できない〟自然の力——嵐や悪疫や旱魃を、人間よりも強力で人間よりも気まぐれな知的存在のせいにするのです。

これは確か、神人同形論と呼ばれるものだったと思いますが、その点においてわたしたちは蛮人であり、そこから脱することができずにいるのです。精神科学について無知であるがゆえに、わたしたちは、理解できないものすべてを超人のせいにする——この場合は、セルダンが投げかけたヒントをもとにして、第二ファウンデーションのせいということになったのですよ」

「ああ」アンソールが口をさはんだ。「それじゃ、セルダンのことはちゃんとおぼえてたんですね。忘れてるんじゃないかと心配してました。セルダンは、第二ファウンデーションはあると言っています。そこに焦点をあわせませんか」

「では、あなたはセルダンの目的をすべて理解しているのですか。彼の計算にどのような必要性がふくまれていたか、知っているのですか。第二ファウンデーションは、非常に特殊な目的のためにどうしても必要とされた案山子だったとは思いませんか。たとえば、わたしたちはどのようにしてカルガンを敗北せしめたでしょう。たとえば、ターバー、あなたはこのあいだの連載記事になんと書いていましたか」

ターバーが巨体を揺すった。

「ああ、あんたの言いたいことはわかるよ。ダレル、おれは終戦時、カルガンにいた。あの惑星の士気は信じられないほど低かった。ニュース記録を調べたんだが——そう、連中は自分たちの敗北を予測していた。つまり、最終的には第二ファウンデーションが参戦して第一ファウンデーションに味方するだろうと考え、完全に戦意を失っていたんだ」

「そのとおり」とマン。「わたしは戦争のあいだ、ずっとカルガンにいました。ステッティンに第二ファウンデーションは存在しないと教え、ステッティンはそれを信じました。だから彼は心を強くもっていられましたが、自分の民に、生涯ずっと抱いてきた信仰をとつぜん捨てさせることはできませんでした。そしてその神話は、セルダンの宇宙チェス・ゲームにおいて、期待されたとおりの役割をみごとに果たしたのです」

だがアンソールはふいに目をひらき、冷笑をこめてマンの顔をじっと見つめた。

「あなたは嘘をついている」

ホマーが青ざめた。

「そんな非難は受け入れられないし、ましてや答える必要もない」

「あなたを個人的に非難しているわけじゃありません。あなたは嘘をつかざるを得ないんですから。そして、自分が嘘をついていることに気づいていない。それでもそれが嘘であることに変わりはない」

セミックが皺だらけの手を若者の袖にかけた。

「きみ、おちつきたまえ」

アンソールはその手を乱暴にふりはらってつづけた。

「あなた方全員、もううんざりだ。ぼくはこれまで、ミスタ・マンとは五、六回しか会っていないけれど、信じられないほど変わってしまってるじゃないですか。何年も前からの知り合いだろうに、あなた方はそれを見逃している。頭がおかしくなりそうだ。あなた方はいま話していたこの人をホマー・マンと呼ぶんですか。この人はぼくの知っているホマー・マンじゃない」

みながそれぞれ驚愕をあらわにする中で、それをうわまわってマンの声がとどろいた。

「わたしが偽者（にせもの）だというのか」

「ふつうの意味では偽者じゃありませんよ」騒ぎの中でアンソールが怒鳴り返す。「それでも偽者にはちがいない。みなさん、静かに！　聞いてください」

彼は凶暴に顔をしかめて一同を黙らせた。

「誰か、ぼくと同じようにホマー・マンをおぼえている人はいないんですか。話をするときはいつだってきまり悪そうにしていた小心者。緊張した神経質な声で、吃音をまじえながら不明瞭な言葉を発していた図書館司書。この人がそのホマー・マンに見えますか。自信たっぷりで、さまざまな理論を雄弁に展開する。そして何よりも吃音がない。これが同じ人間でしょうか」

マンですら混乱している。ペレアス・アンソールはさらにつづけた。

「調べてみましょう」

「どうやって？」ダレルはたずねた。

「博士がそれを言うんですか。わかりきってるじゃありませんか。博士は十カ月前にとった彼の脳波記録をもっているでしょう。いま一度、検査して、比べてみるんです」

そして、眉をひそめている図書館司書を指さし、激しい口調で言った。

「拒否できるものならしてみるがいい」

「拒否などしない」マンが挑むように答える。「わたしは以前とかわらずわたし自身だ」

「それがあなたにわかるんですか」アンソールの声には侮蔑がまじっている。「それだけじゃない。ぼくにはもう、ここにいる全員が信じられません。全員に分析を受けてもらいたいと思っています。戦争がありました。ミスタ・マンはカルガンに行っていた。ミスタ・ターバーは船に乗って、戦地をとびまわっていた。ダレル博士とセミック博士もどこかに行っていた——どこなんだかは知りませんけれどね。ここで安全に隔離されていたのはぼくひとりです。そしてぼくはもはや、あなた方全員を信じることができない。もちろん公平を期して、ぼくもテストを受けます。みなさん、同意してくれますよね。さもなければ、ぼくはいますぐここを出て、ひとりでやっていきます」

「異存はない」ターバーが肩をすくめて言った。

「わたしはすでに同意している」とマン。

セミックが無言で手をあげて賛意を表明した。アンソールはダレルの返事を待っている。

やがて、ダレルも首肯（しゅこう）した。

「ではぼくが最初にやりましょう」アンソールが言った。

若い神経生理学者が、重たげに目蓋を伏せてリクライニングシートにじっと横たわっている。幾本かの針が、グラフ用紙に繊細な線を描いていく。ダレルはファイルの中からアンソールの以前の脳波記録のはいったフォルダをとりだし、それを彼に見せた。

「これはきみのサインだね」

「ええ、そうです。ぼくの記録です。比較してみてください」

スキャナが新旧二枚のデータをスクリーンに映しだした。どちらにも六本の曲線が描かれている。暗闇の中にマンの棘々しい声が響いた。

「ほら、そこだ。変化があるじゃないですか」

「これは前頭葉の基本波だよ、ホマー。たいした意味はない。きみが指摘した揺れは怒りだな。問題になるのはほかの波だ」

調整スイッチに触れると、六対の曲線は溶けあうように完全に重なった。基本波の振幅の大きい部分だけが二重になっている。

「これで納得できましたか」アンソールがたずねた。

ダレルは短くうなずき、こんどは自分がシートについた。そのあとにセミックが、そしてターバーがつづく。無言で曲線が集められ、無言で比較された。

マンが最後だった。彼は一瞬ためらい、それからいくぶん自棄(やけ)ぎみに言った。

「ああ、いいですよ。だけどわたしは、最後ということで緊張している。そのあたりは考慮してもらえるんでしょうね」

「もちろんだ」ダレルは答えた。「意識的な感情はどれも基本波にしか影響しない。そして基本波は重要ではない」

完全な静寂のうちに何時間もがすぎたように思え――

闇の中で二枚のデータを比較しながら、アンソールがかすれた声で言った。

「なるほど。これはコンプレックスの徴候だ。ミスタ・マンがさっき言っていたのはこれですよね。これは干渉なんかじゃない。くだらない神人同形論そのものだ――ああ、これを見てください！　偶然かもしれないけれど」

「いったいどうなっているんですか」マンがわめいた。

ダレルは図書館司書の肩をしっかりととらえた。

「静かにしたまえ、ホマー——きみは操られている。彼らの干渉を受けている」

そして明かりがともった。マンは絶望のこもった目で周囲を見まわしながら、恐ろしいほどの努力をはらって笑おうとした。

「もちろん冗談でしょう？　何かわけがあるんですよね。わたしをためしているんですか」

ダレルはただ首をふった。

「いや、ホマー。これは事実だ」

図書館司書の目に、ふいに涙があふれた。

「わたしはどこも変わったようには感じていない。信じられない」それからとつぜん確信をもって、「あんたたち、みんなぐるなんだ。わたしを陥れようとしているんだ」

ダレルがなだめるように手をのばしたが、マンはそれをはらいのけてうなった。

「わたしを殺そうというんだな。なんてことだ、わたしを殺そうとしているんだ」

アンソールがとつぜんマンにとびかかった。骨と骨がぶつかる鋭い音がして、ホマーは恐怖を顔に張りつかせたまま、ぐんにゃりと横たわった。

アンソールがふるえながら起きあがって言った。

「縛りあげて猿ぐつわをかましたほうがいいですね。どうするか、あとで決めましょう」そして長い髪を撫でつけた。

「こいつがおかしいと、どうしてわかったんだ」ターバーがたずねた。

アンソールは皮肉っぽく彼をふり返った。

「簡単な話ですよ。いいですか、ぼくはたまたまですが、第二ファウンデーションがほんとうはどこにあるか、知っていたんです」

驚愕も、あまりにもつづくと効果が薄れる――

セミックがじつに穏やかな口調でたずねた。

「ほんとうかね。結局はマンの二の舞になるのではないか――」

「そんなことはありません」アンソールは答えた。「ダレル博士、戦争がはじまった日、ぼくは真剣に、博士をテルミヌスから出ていかせようとしましたよね。あのとき博士を信頼できていたら、お話ししようと思っていたことがあるんです。いま、それを話しましょう」

「つまりきみは、半年前から答えを知っていたというのか」ダレルは微笑した。

「お嬢さんがトランターに行ったと聞いたとき、わかったんです」

ダレルはぎょっとして立ちあがった。

「アーケイディアがどう関係しているというのだ。きみは何が言いたいのだ」

「ざっと目を通しただけだって、これまでにわかっているすべての事実を考えあわせたら明らかじゃないですか。アーケイディアはカルガンに行き、それから恐怖にかられて、でも故郷にもどるのではなく銀河系の真の中心にむかった。カルガンに住むもっとも優秀なエージェント、ディリジ警部は、干渉を受けた。ホマー・マンはカルガンに行き、彼もまた干渉を受けた。ミュールは銀河系を征服し、カルガンに都を据えた。じつに奇妙だと思いませんか。そこでぼくは、ミュールは征服者なのだろうか、それとも、もしかしたら道具だったのではないかと疑問を抱いたんです。どの角を曲がってもカルガンに行きつく。カルガン――すべてカルガンじゃないですか。一世紀にわたる総帥たちの戦いのあいだも、被害を受けることなく無事に生き延びてきた世界です」

「つまり、きみの結論は」

「明らかでしょう」アンソールの両眼に熱がこもる。「第二ファウンデーションはカルガンにあるんです」

「アンソール、おれはカルガンにいた」ターバーが口をはさんだ。「先週、あそこにいたんだ。第二ファウンデーションがあそこにあるんだったら、おれは頭がおかしいんだろう。だがおれとしては、おかしいのはあんたの頭のほうだと思うがね」

若者は猛烈な勢いで彼をふり返った。

「だったらあなたは太っちょの阿呆だ。第二ファウンデーションがどんなものだと思ってるんですか。小学校ですか。宇宙船入港ルートぞいの放射フィールドに、緑や紫のタイトビームで『第二ファウンデーション』とか書いた看板が出ているとでも思ってるんですか。いいですか、ミスタ・ターバー。どこにいようと、連中は厳密な少数独裁制を敷いているんです。自分たちが暮らしている惑星の中に、上手に身を隠しているんですよ。銀河系全体の中に、その世界そのものを隠しているようにね」

ターバーのあごの筋肉がよじれた。

「きみの態度は気に入らんな、アンソール」

「それは困りましたね」皮肉な答えが返った。「ここテルミヌスで、自分の周囲を見てください。ぼくたちがいまいるのは、中心地――中核というか――自然科学の知識を集めた第一ファウンデーション発祥の地ですよね。それで、この世界に何人の自然科学者がいるでしょう。あなたはエネルギー送信所の操作ができますか。超核エンジンの働きについて何を知っていますか。どうです。テルミヌスにおいて――テルミヌスにおいてすら、真の科学者の数は人口の一パーセントより少ないんです。

だったら、秘密を保たなくてはならない第二ファウンデーションはどうでしょう。その道の人たちはもっと数が少なく、自分の世界からも身を隠しているんじゃないでしょうか」

「だが、わたしたちはカルガンを負かしたんだぞ」セミックが慎重に反論した。

「負かしましたね。確かに負かしました」アンソールが皮肉につづけた。「ああ、ぼくたちはいまそのお祝いの真っ最中です。町ではまだイルミネーションが輝いているし、花火があがっているし、人々はテレヴァイザーを見て大声をあげています。ですがいま、ふたたび第二ファウンデーション探索がおこなわれはじめたいま、けっしてその対象とならないのはどこでしょう。誰もがけっして調べないだろう世界はどこでしょう。そう、カルガンです！

いいですか、ぼくたちは実質的には彼らになんの損害も与えていないんです。何隻かの船を破壊し、何千人かの生命を奪い、帝国を分断し、商業的経済的な力をいくらかとりあげた――だけどそんなものにはなんの意味もありません。賭けてもいいですけれど、カルガンの真の支配階級に属する連中は、ひとりだって、まったくなんの被害も受けていませんよ。それどころか、いまじゃ好奇心をむけられる心配がなくなって、ほっとしていることでしょう。だけどぼくの好奇心はべつです。どうですか、ダレル博士」

　ダレルは肩をすくめた。

「面白いね。わたしはさっきからきみの意見を、二カ月前にアーケイディアから受けとったメッセージとつきあわせているのだが」

「メッセージですって？　どんなメッセージだったんですか」とアンソール。

「ああ、はっきりしたものではなくてね。ごく短い言葉だ。だが面白いよ」

「すまんがね、わたしにはどうしても理解できんことがあるのだ」セミックが当惑しながらも興味深げにわりこんできた。

「なんでしょう」

　セミックは、しかたなく搾りだすかのように注意深く言葉を選んだ。一語ごとに、年老いた上唇がまくれあがる。

「つまりだな、ホマー・マンはさっき、第二ファウンデーションを設立したというハリ・セルダンの主張は嘘だったのだと言った。そしていまきみは、それはちがうと言う。つまり、セルダンは嘘などついていなかったと」

「そうです。セルダンは嘘なんかついていません。セルダンは第二ファウンデーションを設立したと主張し、実際に設立しているんです」

「いいだろう。だが彼の主張はほかにもあるな。そう、セルダンはふたつのファウンデーションを、それぞれ銀河系の両端に設立したと主張している。さて、お若いの、ではそれは嘘だったのかな。カルガンは銀河系の反対側の端ではないぞ」

　アンソールは腹を立てたようだった。

「そんなのは些細な問題ですよ。彼らを守るための方便だったのかもしれないし。つまるところ、考えてみてください――。精神を支配する者たちを銀河系の向こう端において、いったいなんの役に立つんですか。彼らの役割はなんでしょう。〈プラン〉の維持を助けることですよね。中心となって〈プラン〉を推し進めているのは誰でしょう。ぼくたち、第一ファウンデーションです。ぼくたちを観察し、彼ら自身の目的をかなえるのに、いちばんふさわしい場所はどこでしょう。銀河系の向こう端ですか。馬鹿馬鹿しい！　彼らはもちろん、五十パーセク以内のところにいるはずです。そのほうがずっと筋が通ります」

「なかなか面白い議論だ」ダレルは言った。「確かに筋が通っている。ところで、ホマーがさっきから意識をとりもどしている。縄をほどいてやらないか。現実問題として、われわれに害を加えることはできないのだから」

　アンソールは反論したそうだったが、ホマーは一生懸命に首を縦にふっている。五秒後、彼は同じくらい一生懸命に手首をこすっていた。

「気分はどうだ」ダレルはたずねた。

「最低ですね」マンがむっつりと答える。「でも気にしなくていいです。そこにいる頭のいい若者にたずねたいことがあるんですよ。いまの話は聞いていました。では、わたしたちはつぎにどうすればいいか、それを教えてもらえませんかね」

ばらばらの反応を示しながらも、全員が奇妙な沈黙に陥った。

マンが苦々しく笑った。

「そう、ほんとうにカルガンが第二ファウンデーションなのだとしましょう。で、その〝彼ら〟とは、カルガンにいる誰のことなんですか。どうやってその人たちを見つければいいんですか。見つかったとして、どうやって戦えばいいんですか」

「ああ」ダレルは言った。「奇妙に思えるかもしれないが、それにはわたしが答えられるよ。この半年、わたしとセミックが何をしていたか、話してあげよう。そうしたら、アンソール、わたしがなぜずっとテルミヌスにとどまろうとしていたか、その理由がもうひとつ、わかるだろう」


「まず第一に」ダレルはつづけた。「わたしは諸君の誰も思いつかないだろう目的をもって、脳波分析の研究にたずさわってきた。第二ファウンデーション人の精神をさがしあてるのは、単なる〝被干渉平坦部〟の発見に比べると、もう少し微妙な作業となる――わたしもまだ、現実に成功をおさめたわけではない。ごく近くまできてはいるがね。

諸君の誰でもいいが、感情支配がどのように働くか、知っている者はいるか。ミュールの時代から、フィクション作家のあいだでは人気のテーマだ。じつに多くのくだらない物語が書かれ、話され、記録されてきたが、ほとんどいつも謎めいた神秘的なものとして扱われている。もちろん、それは間違っている。誰もが知っているとおり、脳は何億もの極小電磁フィールドを発生させている。それらのフィールドは、そのときどきにあふれる感情によって、いささか複雑な変化を起こす。これもみなが知っていることだ。

さて、そうしたフィールドの変化を感知し、かつそれに同調できる精神があるとしよう。すなわち、探知したフィールドパターンがどのようなものであれ、それを模倣できる大脳が存在すると仮定するのだ。どうやればそんなことができるのか、正確なところは見当もつかないが、まあそれはいいとしよう。たとえば、目が見えなかったとしても、光子とエネルギー量子の重要性を学ぶことはできるし、エネルギーをもった光子を吸収すれば肉体器官に化学変化が起こり、その存在が探知できるようになるという理論を知ることもできる。だが、もちろん、だからといって色を理解することはできないがね。

諸君、話についてきているかな」

アンソールがしっかりとうなずき、あとの者たちはやや曖昧にうなずいた。

「仮定ではあるが、このような精神共鳴器官は、他者の精神から放出されたフィールドにみずからを同調させることで、〝感情を読む〟――もしくは、こちらのほうがより微妙だが〝読心術〟と呼ばれる行為をおこなうことができる。そこからさらに一歩進めば、他者の心に強制的に干渉できる器官を想像するのもそれほど困難ではない。より強力な自分のフィールドを使って、より弱い他者のフィールドの方向性を定めるだけのことだ。強力な磁石が、鉄の棒の原子双極子の方向性を定め、磁化してしまうようなものといえばいいだろうか。

　わたしは第二ファウンデーションの数学を解いた。つまり、いま説明したような器官の形成を導くのに必要な、神経経路の組み合わせを予測する関数を導きだしたのだ。だが不幸にも、その関数はあまりにも複雑で、現在知られているいかなる数学的手段でも解くことができない。じつに残念だ。つまり、脳波パターンだけでは精神支配能力者の探知は不可能だということなのだよ。

　だがほかにもできることはある。わたしはセミック博士の助けを借りてある機械をつくりあげた。精神空電（くうでん）装置とでもいおうか。脳波のような電磁フィールドパターンを複製することは、現代の科学でも不可能ではない。この機械はさらに、完全に無作為なパターンをつくりだすこともできる。つまりはそれが〝騒音〟というか〝空電〟のようなものになって、支配しようと接触してくる精神を遮断し、人々の精神を守るのだよ。

　まだついてきているかな」

　セミックがくっくと笑った。彼はわけがわからないまま装置の製作を手伝ったのだが、ある程度の推測はしていたし、その推測はまさに正しかった。老人はさらにひとつふたつ奥の手を隠しもっていて――

「ええ、大丈夫だと思います」アンソールが答えた。

「この装置の製作はそれほど難しくはないし」ダレルはつづけた。「戦時研究という名目のもと、わたしはファウンデーションの資源を自由に使うことができた。いま現在、市長のオフィスと立法議会の周囲には、この精神空電装置が設置されている。主要な工場の多くにも、そしてこの邸にもだ。最終的には、われわれの望むすべての場所が、第二ファウンデーションから、もしくは未来のミュールから、完全に保護されることになるだろう」

ダレルは片手をひらいて、あっさりと話を終えた。

ターバーは茫然としている。

「それじゃ、終わったのか。偉大なるセルダンにかけて、すべて終わったんだな」

「いや、完全に終わったというわけではない」とダレル。

「完全に終わっていないとはどういうことだ。ほかにもまだ何かあるのか」

「そうだ。第二ファウンデーションの所在地がまだわかっていない」

「なんですって」アンソールがさけんだ。「つまり博士は――」

「そうだ。カルガンは第二ファウンデーションではない」

「どうしてあなたにわかるんですか」

「簡単だよ」ダレルはうなるように答えた。「わ、た、し、は、た、ま、た、ま、だが、第、二、フ、ァ、ウ、ン、デ、ー、シ、ョ、ン、が、ほ、ん、と、う、は、ど、こ、に、あ、る、か、知、っ、て、い、た、の、さ」

21　納得のいく答

　とつぜんターバーが笑いだした。嵐のような大声が壁にはね返ってとどろく。彼はやがてあえぐように笑いおさめ、弱々しく首をふった。

「大銀河にかけて、ひと晩中これがつづくのかよ。つぎからつぎへと中身のない仮説を立ててはそれを打ち倒す。面白くはあるが、どこにもたどりつけない。もういっそのこと、すべての惑星が第二ファウンデーションでいいじゃないか。たぶん、本拠となる惑星なんかなくて、中心になる連中がすべての惑星に散らばってるんだ。べつにそれだってかまわないさ。完全な防御装置があるって、ダレルが言ってるんだからな」

　ダレルは面白くもなさそうに微笑した。

「完全な防御装置だけでは足りないんだよ、ターバー。精神空電装置は、人が一カ所にとどまっていなくては役に立たないのだからね。永久にこぶしを握ったまま、誰ともわからない敵をさがして、血走った目で四方八方をにらみつづけることはできない。どうやって勝つかだけではなく、誰に勝つかを知らなくてはならないのだ。そしてその敵は、ある惑星に存在している」

「要点を話してください」アンソールがうんざりした声をあげた。「博士は何を知っているんですか」

「アーケイディアがメッセージをよこしたのだ」ダレルは語った。「あまりにもあからさまだったのに、それを受けとるまで、わたしには見えていなかった。そのメッセージがなければ、おそらく永久に見えないままだっただろう。とはいえそれは単純なものだった。『円に端はない』だ。わかるか」

「いいえ」アンソールが頑固に言い張った。

明らかに、ほかの者たちも同じ意見であるようだ。

「円に端はない」マンがひたいに皺をよせ、考えこむようにくり返した。

「そうだ」ダレルはじれったそうにつづけた。「わたしにははっきりわかった――。第二ファウンデーションについて、わたしたちが知っているただひとつの確かな事実はなんだろう。そう！ ハリ・セルダンがそれを〝銀河系の向こう端〟に設立したということだ。ホマー・マンは、第二ファウンデーションの存在そのものについてセルダンが嘘をついたのだと論じた。ペレアス・アンソールは、セルダンは第二ファウンデーションの存在については真実を語ったが、その所在地については嘘をついたと論じた。だがわたしは、ハリ・セルダンは一度も嘘をついていないと主張する。彼は真実を語っていたのだ。

だが、反対側の端とはどこだ？ 銀河系は平らなレンズ型だ。水平に切断した面は円になる。そして円に端はない――アーケイディアが言ったとおりにね。われわれは――われわれ第一ファウンデーションは、その円の端、テルミヌスに位置している。銀河系のひとつの端にいると定義できるだろう。では、その円の縁にそって、反対側の端をさがしてみようではないか。縁にそって進んでも、どこまで進んでも、反対側の端は見つからない。出発点にもどってくるだけだ――

　そして、第二ファウンデーションはそこにあるのだ」

「そこに？」アンソールがくり返した。「つまり、ここということですか」

「そう、つまりはここだ！」ダレルは力をこめてさけんだ。「そう、ここ以外のどこだというのだ。きみ自身、言ったではないか。第二ファウンデーションがセルダン計画の守護者であるならば、いわゆる銀河系の向こう端、それ以上はないほど孤立した場所になど、いるはずがない。きみは五十パーセクという距離が理に適っていると考えた。わたしにいわせれば、それでも遠すぎる。もっとも理に適うのは、距離などまったくないことだ。さらには、もっとも安全な場所とはどこか。誰がここで彼らをさがそうとするだろう。昔からいうではないか、もっとも疑惑を招かないのは、もっともあからさまな場所だとね。

　気の毒なエブリング・ミスは、第二ファウンデーションの所在地を発見したとき、なぜあれほど驚き、失意にかられたのか。彼はミュールの出現を警告するため、必死で第二ファウンデーションをさがした。なのに結局は、ミュールがすでにふたつのファウンデーションをまとめて征服していたことを知ったのだ。ではミュール本人は、なぜ第二ファウンデーション探索に失敗したのか。当然ではないか。征服しがたい敵を捜索するにあたって、すでに征服した敵の中をさがす者があるだろうか。そこで、精神支配者たちはゆっくりと時間をかけてミュールを阻止する計画を立て、みごとに成功したのだ。

頭にくるほど簡単なことだ。わたしたちはここで、秘密を保っていると信じて計画を立て作戦を練ってきたが——じつはずっと、敵の本拠地の真ん中、その中心地にいたのだよ。なんと滑稽な話だ」

アンソールが疑惑を浮かべたままたずねた。

「ダレル博士、本気でその説を信じているんですか」

「ああ、本気で信じているよ」

「では、ぼくたちの隣人の中に、町ですれちがう人の中に、第二ファウンデーションの超人がまじっていて、精神を監視し、思考の動きを感じとっているというんですか」

「そのとおり」

「なのにぼくたちはこれまでずっと、妨害も受けずにやってこられたのですか」

「妨害を受けずにだと？　妨害を受けていないなどと誰が言った。きみ自身、マンが干渉を受けていたことを証明したじゃないか。そもそも、彼をカルガンに派遣したのがわれわれ自身の決断だと考えているのか。アーケイディアにしても、あの子自身の意志で盗み聞きをしてマンについていったと思うのか。馬鹿馬鹿しい！　わたしたちはこれまでずっと、間断なく妨害されていたのだ。だが彼らは、なぜそうした妨害にとどまっていたのか。われわれをただ阻止するよりも、誤った道筋をたどらせておくほうが、彼らにとってはるかに都合がいいからだよ」

アンソールはどっぷり思索に沈みこみ、やがていかにも不満そうな顔で浮上してきた。

「どうも気に入りませんね。そうなると、博士の精神空電装置は一考の価値もないことになりますよね。敵の正体がわかっているとしたって、永久に家の中にとどまってはいられないんだし、家を出た瞬間、干渉を受けることになるんですから。ああ、銀河系の住人全員に小型の機械をつくれるっていうんなら話はべつです」

「そうだ。だがまったく手も足も出ないわけではないよ、アンソール。第二ファウンデーションの人間は、われわれにはない特別な知覚をもっている。それが彼らの力であると同時に、弱点にもなる。たとえば、目の見える人間にだけ有効で、目の見えない人間には意味のない武器があるだろうか」

「もちろんだ」マンが即座に答える。「目に光をあててやればいい」

「そのとおり」とダレル。「強力な光で目をくらませることだ」

「で、それがなんだというんだ」ターバーがたずねる。

「明らかな類似性があるのだよ。ここに精神空電装置がある。この機械が放出する人工的な電磁パターンは、われわれにとっての光線ビームのような効果を、第二ファウンデーション人にもたらすのだ。精神空電装置は万華鏡のようなもので、受けとる側の精神がついていけないほどすばやく、しかも継続的に変化する。点滅する光にたとえればいいかもしれない。長時間ながめていると頭が痛くなるようなやつだ。ではその光の強度、もしくは電磁フィールドの強度を、目がくらむくらいにまであげてみよう――苦痛が起こる。耐えがたいほどの苦痛だ。だがそれが起こるのは、適した知覚をもつ者に対してだけで、知覚をもたない者にはなんの効果ももたらさない」

「ほんとうですか」アンソールが熱意をあらわしはじめた。「ためしてみたんですか」

「誰にためすというのだね。もちろんためしてなどいないさ。だがうまく働くはずだ」

「なるほど。ところで、この家を囲んでいるフィールドのコントロール装置はどこにあるんですか。見せてもらえませんか」

「これだ」

ダレルはジャケットのポケットに手をのばした。ポケットをわずかにふくらませる程度の小さなものだ。ダレルはスイッチがいくつもついた黒いシリンダを、アンソールに投げてやった。

アンソールは注意深くそれを調べ、肩をすくめた。

「見ただけじゃよくわかりません。ダレル博士、触ってはいけないスイッチはありますか。うっかりこの邸の防御を消してしまっては大変ですから」

「大丈夫さ。ロックしてあるからね」

ダレルは無造作に答えてトグルスイッチをはじいたが、それは動かなかった。

「こっちにあるダイヤルはなんですか」

「それはパターンの変化を調整する。もうひとつの――このダイヤルは強度を変えるものだ。わたしがさっき話したのはこれだな」

「ためしてもいいですか――」アンソールが言って、強度のダイヤルに指をかけた。

ほかの者たちも集まってきた。

「どうぞ」ダレルは肩をすくめた。「わたしたちにはなんの影響もないからね」

ゆっくりと、むしろ恐る恐るといったふうに、アンソールがダイヤルをまわした。まずは一方向に、つづけて逆方向に。ターバーは歯を食いしばっている。マンはせわしなくまばたきをしている。それはまるで、自分の知覚器官が不充分で、この波長を感じとることができないのを嘆き悲しんでいるかのようだった。

やがてアンソールは肩をすくめ、ダレルの膝にコントロール装置を投げ返した。

「まあいいや、博士のお話を信じますよ。でも、ダイヤルをまわしたときに何かが起こっていたなんて、とても考えられませんけどね」

「それはそうだろう。ペレアス・アンソール」ダレルはこわばった微笑を浮かべた。「きみにわたしたのはダミーだったのだから。ほら、ここにもうひとつある」

そしてジャケットをはねのけた。アンソールが調べていたものとそっくり同じシリンダがベルトにさがっている。

「ほら」

ダレルはコントロール装置を握り、強度ダイヤルを一気に最大まであげた。

この世のものとも思えない悲鳴をあげて、ペレアス・アンソールが床に倒れた。苦悶のあまりのたうちまわる。白くなった指が髪をつかんで掻きむしる。

ころがる身体を避けようと、マンがあわててとびのいた。彼の両眼は深淵となって恐怖をたたえている。セミックとターバーは、一対（いっつい）の石膏（せっこう）像のように青ざめて硬直していた。

ダレルはいくぶん憂鬱（ゆううつ）そうに、もう一度ダイヤルをひねった。アンソールがさらに一、二度身体を引き攣（つ）らせ、そのままぐったりと動かなくなった。息をするのも苦しそうだ。それでもまだ生きてはいる。

「カウチに寝かせよう」ダレルは言って、若者の頭部を抱えた。「手伝ってくれ」

ターバーが足をもった。小麦粉袋をもちあげるかのようだった。かなりの時間がすぎて、ようやくアンソールの呼吸がおさまり、目蓋が動いてもちあがった。顔は恐ろしいような黄色で、髪も身体も汗でぐっしょり濡れている。口からこぼれた声は、誰のものだかわからないほどしわがれていた。

「やめてください」彼はつぶやいた。「もう二度と、二度とやらないで！　あなたにはわからないんだ――わからない――あぁぁ」それは長いふるえるようなうめきだった。

「二度としないよ」ダレルは言った。「真実を話してくれるならね。きみは第二ファウンデーションの成員だね」

「水をください」アンソールが懇願（こんがん）した。

「ターバー、もってきてくれ」とダレル。「それと、ウィスキーの罎（びん）も」

彼は一ジガー分のウィスキーとコップ二杯の水を与えてから、さっきの問いをくり返した。若者の中で何かがほぐれたようだった――

「そう」彼は物憂げに答えた。「ぼくは第二ファウンデーションの成員だ」

「それはここ、テルミヌスにあるんだな」ダレルはつづけた。

「そう、そうだ。ダレル博士、あなたの話はすべて正しい」

「よし！　では、この半年間、何が起こっていたのか説明してくれ。さあ、話すんだ！」

「眠りたい」アンソールがつぶやいた。

「あとでだ！　いますぐ話せ！」

　ふるえるようなため息。それから、低い早口で言葉が流れだす。あとの者たちも、それを聞きとろうと身をのりだしてきた。

「事態は危険になりつつあった。ぼくたちは、テルミヌスとその自然科学者たちが脳波パターンに興味をもちはじめていること、精神空電装置のようなものがそろそろ発明されるだろうことに気づいていた。それに、第二ファウンデーションに対する憎悪も高まりつつあった。ぼくたちは、セルダン計画を損なうことなく、それをくいとめなくてはならなかった。

　ぼくたちは……ぼくたちは、そうした動きをコントロールするため、その渦中にとびこむことにした。そうしたら、疑惑や試みをぼくたちからそらせると考えたのだ。さらなる目くらましとして、カルガンに宣線布告を出させることにした。マンをカルガンに送りこんだのはそのためだ。ステッティンの愛人とされている女はぼくたちの仲間だ。マンが適切な行動をとるよう、彼女がいろいろと細工をした——」

「カリアが！」マンがさけんだ。

ダレルは手をふって黙らせた。アンソールは邪魔がはいったことにも気づかないように話しつづけた。

「アーケイディアがマンについていった。それはぼくたちの計画にはなかったことだ――ぼくたちにもすべてを予測することはできない。障害にならないよう、カリアが策を講じてアーケイディアをトランターにむかわせた。それですべてだ。そして結局、ぼくたちは負けた」

「きみはわたしをトランターに行かせたがっていたな」ダレルはたずねた。

アンソールがうなずいた。

「あなたをここから排除しなくてはならなかった。あなたの心の中で、勝利感がどんどん高まっていくのがわかった。精神空電装置の問題を解決しつつあったんだ」

「なぜわたしを支配しなかったのだ」

「できなかった……してはならなかった。そう命令を受けている。ぼくたちはひとつの〈計画〉に従って行動している。ぼくが勝手な行動をすれば、すべてがだいなしになってしまうかもしれない。その〈計画〉は可能性を予測するだけだ――それはあなたにもわかるだろう――セルダンの〈プラン〉と同じで」彼は苦しそうにあえいでいる。言葉がだんだん支離滅裂になっていく。熱に浮かされているかのように、首が左右にふれる。「ぼくたちは個人に働きかけた……集団ではなく……可能性はごく低くて……完敗だ。それに……あなたを支配したって……いずれ誰かが装置を発明する……無駄だ……支配すべきなのは時間だ……もっと微妙な……第一発言者の計画だって……すべてを網羅してるわけでは……ただ……うまくいかなぁぁぁ……」彼はそこで口をつぐんだ。

　ダレルは乱暴に彼を揺すった。

「まだ眠るんじゃない。きみたちは何人いるのだ」

「え？　何？……ああ……多くない……驚くほどでは……五十人……それで充分だ」

「全員テルミヌスにいるのか」

「五人……六人は、宇宙に出て……カリアのように……眠い」

　それからすさまじい努力をはらって身じろぎすると、ふいに話しぶりが明瞭さをとりもどした。それは、敗北を矮小化し、自己を正当化しようとする最後の試みだった。

「もう少しであなたを負かせると思ったのに。防御装置を切って、あなたをとらえるはずだったのに。だれが支配者であるかわからせてやれたのに。だがあなたはダミーのコントロール装置をわたした……ずっとぼくのことを疑っていたんだ――」

　そしてついに、彼は眠りに落ちた。


　ターバーが畏怖の声をあげた。

「いったいいつからこいつを疑っていたんだ、ダレル」

「最初にこの家にきたときからさ」というのが穏やかな答えだった。「クライゼのところからきた、と言ったからね。だがわたしはクライゼを知っていた。彼と袂を分かった事情も理解していた。クライゼは狂信的なまでに第二ファウンデーションに熱中していた。だからわたしは彼のもとを去った。わたしにはわたしなりの理由があった。自分の信念は自分ひとりで追い求めるのが最善であり、かつもっとも安全だと考えたのだ。だがクライゼには話さなかった。話しても聞く耳をもたなかっただろう。彼にとって、わたしは臆病者の裏切り者なのだ。もしかすると第二ファウンデーションのエージェントだとすら考えていたかもしれない。彼はいったんこうと決めたらけっしてそれを曲げない。そのときから死の直前まで、いっさいわたしと関わりをもとうとしなかった。それが死の二、三週間前になって、とつぜん手紙をよこしたのだ。それも旧友として。非常に優秀で将来有望な学生を紹介するから、その彼を共同研究者として迎え入れ、昔の研究を再開しろという。まったく彼らしくないことだった。外部からの影響なくして、彼がこんな行動をとるだろうか。真の目的は、第二ファウンデーションのほんもののエージェントを送りこんで、わたしに信頼させることではないか。そして、まさしくわたしの考えはあたっていた――」

彼はため息をつき、ふいと目を閉じた。

セミックがためらいがちに口をはさんだ。

「それにしても、あの連中を……第二ファウンデーションのやつらを、どうすればよいのかね」

「わからない」ダレルは悲しげに答えた。「追放するかな。そう、たとえばゾラネルとかに。あそこに移住させて、惑星全体を精神空電で満たすとか。そして男女をべつべつにする。いや、不妊手術をしたほうがいいな。そうすれば五十年後、第二ファウンデーションは過去のものとなる。それとも、全員を安楽死させたほうが親切というものだろうか」

「なあ、おれたちでも、あいつらのその知覚を習得することはできるかな」ターバーが言った。「それともあれは、ミュールのように、もって生まれた能力なんだろうか」

「わからない。たぶん長い訓練によって培(つちか)ったものではないかな。脳波グラフには、そうした能力が人間の精神に潜在していることが示されている。だがそんな知覚を身につけてどうするつもりだ。あれは彼らの役には立たなかったぞ」

そしてダレルは眉をひそめた。

何も言わないまま、だが心の中でさけんでいた。

あまりにも簡単だった——簡単すぎた。彼らは倒れた。あの、無敵と思われた者たちが。ブックに出てくる悪党のように陥落した。どうにも気に入らない。

銀河系にかけて！　人はいつ、自分が操り人形ではないと知ることができるだろう。人はどうすれば、自分が操り人形ではないと知ることができるのだろう。

アーケイディアが帰ってくる。彼は身ぶるいとともに、最後に直面しなくてはならないものから思考をそらした。

アーケイディアが帰宅して一週間がたち、二週間がすぎた。そのあいだもダレルは、あのことに関連して厳しいチェックをつづけずにはいられなかった。どうして安閑(あんかん)としていられるだろう。娘は旅のあいだに、子供から若い女に変身していた。まるで不思議な錬金(れんきん)術のようだ。娘がいるからこそ、自分はいまも生きていられる。娘がいるからこそ、自分はいまも、短く終わってしまったあの苦く甘やかな結婚生活を忘れずにいられる。

そしてある日の夜遅く、ダレルはできるだけさりげなく、娘にたずねた。

「アーケイディア、テルミヌスにふたつのファウンデーションがあると、どうしてわかったんだい」

ふたりは劇場から帰ってきたところだった。個別に立体ヴューアのついた最上席だったし、アーケイディアはこの日のために新調したドレスを着てご機嫌だった。

彼女は一瞬父を見つめ、それから無造作に答えた。

「どうしてかな。なんとなく思いついただけよ」

ダレル博士の心臓のまわりで氷が分厚くなった。

「考えてみなさい」言葉に熱がこもった。「大切なことだよ。いったいどうして、両方のファウンデーションがテルミヌスにあると思ったんだい」

彼女はわずかに眉をひそめた。

「そう、レディ・カリアがいたの。あの人が第二ファウンデーション人だってわかって。アンソールもそう言ってたでしょ」

「だがレディ・カリアがいたのはカルガンだよ」ダレルはさらに問い質した。「なのに、なぜテルミヌスだと判断したんだね」

アーケイディアは答える前に、数分間考えこんだ。なぜそう判断したのか。なぜそう判断したのか。握ろうとした手のすぐさきから何かがすべて落ちていくような、恐ろしい感覚。

「あの人、レディ・カリアはいろんなことを知っていたの。それってきっと、テルミヌスから情報をもらっていたからよ。そうじゃない？」

だが彼は首をふった。

「お父さま」彼女はさけんだ。「あたし、わかったのよ。考えれば考えるほど、そうとしか思えなかったの。それでちゃんと筋が通ったのよ」

父の目にあの当惑の色が浮かんだ。

「駄目だよ、アーケイディア。それじゃ駄目なんだ。第二ファウンデーションに関するかぎり、直感は疑惑しか招かない。わかるだろう。確かにそれは直感だったかもしれない——だが、彼らによる干渉だったかもしれないんだ！」

「干渉って！　あたしがあの連中に変えられたってこと？　冗談じゃない。そんなこと、あり得ない」彼女は父から離れてあとずさった。「だけどアンソールは、あたしの言うとおりだって言ったんでしょ。あの人、認めたじゃない。すべてを認めたじゃない。そしてお父さまは、ここテルミヌスで、あの連中をみんな見つけたじゃないの。そうでしょ。そうなんでしょ」呼吸が荒くなってきた。

「それはそうだよ。だがね——アーケイディア。おまえの脳波分析をさせてくれないか」

彼女は乱暴に首をふった。

「いや、いやよ！　そんなの、怖い！」

「アーケイディア、わたしが怖いのか。何も怖がることなどないよ。だが知らなくてはならないんだ。それはおまえにだってわかるだろう」

その後、彼女が抵抗を示したのは一度だけだった。最後のスイッチをいれる直前、父の腕をぎゅっとつかんだのだ。

「もしあたしがほんとうに変わっていたら、どうなるの？　お父さまはどうしなきゃならないの？」

「何もしなくてはならないことなどないよ、アーケイディア。もしおまえが変わっていたら、ここを去ろう。トランターにもどろう。おまえとわたしとふたりだけで。そして……そしてそれからは、銀河系のことなんか何ひとつ気にかけずに暮らそう」

ダレルの人生において、分析にこれほど時間がかかったことはなかったし、これほど努力が必要になったこともなかった。すべてが終了したときも、アーケイディアは縮こまったまま顔をあげることができなかった。それから、父の笑い声が聞こえた。それだけで充分だった。彼女はとびあがって、大きくひらいた父の腕にとびこんだ。

しっかりと抱きあっているあいだも、父はぶつぶつとつぶやきつづけた。

「この邸には最大レベルの精神空電がかかっている。そして、おまえの脳波は正常だった。わたしたちはほんとうに、やつらをやっつけることができたんだな、アーケイディア。これでふつうの暮らしにもどれる」

「お父さま」彼女はあえぎながら言った。「あたしたち、これでもう勲章をもらってもいいんじゃない？」

「どうしてわたしが辞退したことを知っているんだ」そして彼女をつかんだまま、いっぱいに腕をのばし、それからまた笑い声をあげた。「まあいい、おまえはなんでも知っているんだからな。いいだろう、壇上で勲章をもらって、祝辞を受けよう」

「ねえ、お父さま」

「なんだい」

「これからはあたしのこと、アーカディと呼んでくれる？」

「だが――ああ、いいとも、アーカディ」

ゆっくりと、膨大なまでの勝利感が彼の中に染みわたり、彼を満たした。ファウンデーションが――第一ファウンデーションが――いまやただひとつのファウンデーションが、銀河系の絶対的あるじとなったのだ。もはや、セルダン計画の最終実現である第二帝国と彼らのあいだをはばむものは何ひとつない。

あとはそれにむかって手をのばすだけだ――

感謝をこめて――

22　真の答

どことも知れぬ世界の、どことも知れぬ部屋！

そして、みごと計画を遂行してのけたひとりの男。

第一発言者は顔をあげて学生を見た。

「五十人の男女だ。五十人の殉教者（じゅんきょうしゃ）！　彼らは自分たちを待ち受けるものが、死、もしくは終身幽閉（ゆうへい）であることを知っていた。意志の弱化をふせぐために制御を受けることもできなかった——制御を受ければ探知される恐れがあるからね。だが彼らは意志を貫いた。計画を完遂した。大いなる〈プラン〉を愛していたからだ」

「それだけの人数がほんとうに必要だったのでしょうか」学生が疑惑をこめてたずねた。

第一発言者はゆっくりと首をふった。

「それがぎりぎり最小の数値だよ。それより少ないと説得力がなくなる。純粋客観論でいえば、誤差を考慮にいれて、七十五人が必要となる。だがまあ、それはいい。それで、十五年前に発言者委員会が算出した一連の行動を研究したかね」

「はい」

「そしてそれを、現実の展開と比較したかね」

「はい」それからしばしの間をおいて、「ほんとうに驚きました」

「そうだろう。驚くのも無理はない。何人の人間が何カ月――実際には何年かけて、完全を期すために努力してきたかを知っていれば、そこまで驚きはしないがね。では、何が起こったかを語りたまえ――言葉を使ってだ。きみが数学をどのように解釈するか、聞きたい」

「はい、発言者」若者は思考を整理して答えた。「まず、第一ファウンデーションの人々に、自分たちは第二ファウンデーションの所在をつきとめ滅亡させたのだと、完全に信じさせる必要がありました。そうすれば、本来の計画にもどることができます。実質上、テルミヌスはふたたび、わたしたちに関するすべての情報を失いました。今後いかなる計算にもわたしたちをふくめることはありません。わたしたちはふたたび存在を隠し、安全になります――五十人の犠牲によって」

「では、カルガン戦争の目的は？」

「ファウンデーションの人々に、自分たちの国は物理的な敵なら打ち倒せるのだということを示すためです。ミュールが彼らの自負心と自信に与えた疵を払拭するためです」

「それだけでは不充分だね。おぼえているかな。テルミヌスの人々はわれわれに対して、明らかに相反する感情を抱いている。われわれのほうが優れていると勝手に思いこんで憎悪や嫉妬を抱くと同時に、われわれが無条件に守ってくれると期待してもいる。もしわれわれがカルガン戦争以前に〝滅亡〟していたら、ファウンデーションじゅうがパニックに陥っていただろう。そんなときに攻撃されたら、ステッティンに対抗する勇気など奮い起こせるはずもない。そしてステッティンは、間違いなく機に乗じて攻撃してきただろうね。だが、勝利による興奮が最高潮に達したそのときならば、〝滅亡〟の悪影響は最小限ですむ。勝利の一年後では熱が冷めてしまい、それもまたうまくいかない」

学生はうなずいた。

「わかります。つまり、歴史は〈プラン〉が示すコースからそれることなく進んでいくのですね」

「個人による予見できないアクシデントが、これ以上起こらなければだな」第一発言者は指摘した。

「そのときのためにわたしたちがいます。ただ——。ただ——。現状において、ひとつだけ心配なことがあります。第一ファウンデーションに精神空電装置が残されました——わたしたちに対する強力な武器です。少なくともその点だけは、以前どおりでなくなっています」

「よく気がついたね。だがいまでは、その装置をむけるべき相手がいない。あれは無用な機械となるだろう。同様に、われわれという脅威がなくなれば、脳波分析もまた無用の学問となる。より重要で即時の利益を約束するさまざまな知識が、ふたたび脚光を浴びるだろう。だから、第一ファウンデーションにおける精神科学者の第一世代は、同時に最後の世代ともなるわけだ。一世紀もすれば、精神空電装置など過去の遺物として忘れ去られる」

「そうですね——」学生は心の中で計算している。「発言者のおっしゃるとおりなのでしょう」

「だがね、いずれ委員会に席をおくきみに何よりも理解しておいてもらいたいのは、この十五年、個人を扱うというそれだけの理由で計画に組みこまなくてはならなくなった微調整に、どれだけの考慮がはらわれてきたかだ。たとえば、アンソールはどうやって、自分自身への疑惑が適切な時期に頂点に達するよう仕組んだか、とか。まあ、これはさほど難しくはなかったがね。

テルミヌスこそ自分たちの求める答えだと、予定よりもはやく気づく者がいないよう、状況を操作しなくてはならない問題もあった。この情報はあの少女、アーケイディアに託された。彼女の言葉なら、父親以外、誰ひとり注目することはないからね。その情報を与えられたのち、彼女は、予定よりもはやく父親と接触することのないよう、トランターに送られた。このふたりは超核エンジンの両極のようなものだよ。どちらが欠けても作動しない。そして、最適の瞬間にスイッチをいれなくては――接触がおこなわれなくてはならないのだ。それはわたしが手配した！

最後の戦闘にもまた操作が必要だった。ファウンデーション艦隊にあふれんばかりの自信をもたせ、カルガン艦隊にはすぐにも逃げだしたい不安を植えつける。それもわたしが手配した！」

「うかがっていると」学生が言った。「あなたは……つまり、わたしたちはみな……アーケイディアがわれわれの道具であることにダレル博士が気づかないという点に、頼りすぎていたのではないでしょうか。わたし自身の計算によると、博士が疑問を抱く可能性は三十パーセントです。その場合はどうなっていたのでしょう」

「その点も考慮はした。きみは〝被干渉平坦部〟についてどう教わったかな。あれはいったいなんなのか。もちろん、外部から感情バイアスが移入された証拠ではないよ。外部からの感情移入は、考え得るかぎりもっとも厳密な脳波分析でも探知できない。きみも知っているだろう、レファートの定理の結論だ。脳波パターンにあらわれるのは、もとからある感情バイアスを除去、もしくは切除した痕跡だ。その痕跡だけはどうしても消すことができない。もちろん、ダレルが〝被干渉平坦部〟をすべて理解していることはアンソールが確かめた。それでも――痕跡を残すことなくひとりの人間を制御できるのはどういうときだろう。除去すべき感情バイアスが存在しないとき、言い換えるならば、精神が白紙状態にある新生児の時期だ。十五年前、アーケイディア・ダレルはこのトランターで生まれたばかりだった。そのときに、この計画は最初の一歩を踏みだしたのだよ。彼女は今後も、自分が制御されていたと知ることはない。それはそのほうがいい。彼女の制御には、早熟にして知性的という、個性の発達がふくまれていたのだからね」

第一発言者は短い笑い声をあげた。

「それにしてもなんという皮肉だろうね。驚かずにはいられない。四百年のあいだ、じつに多くの人々がセルダンの〝銀河系の向こう端〟という言葉に目をくらまされてきたのだよ。それぞれが独自の自然科学的思考でこの問題に取り組み、分度器や定規を使って〝向こう端〟を算出しようとした。そして最終的に、銀河系の外周を百八十度まわった一点か、もしくは出発点にもどるかだと結論した。

われわれにとって最大の危険は、そうした自然科学的思考によっても正しい答えが導きだされる可能性があることだった。銀河系はけっして平たくなった卵形ではないし、外縁星域も閉曲線ではない。実質的には二重螺旋（らせん）で、居住惑星の少なくとも八十パーセントがその主腕にふくまれている。テルミヌスは螺旋を描く腕の最外縁に位置しており、われわれはその反対側の端にいる——螺旋の反対端とはどこか。そう、もちろん中心部だ。

まあ、これはどうでもいいことだ。的外れの思考によって偶発的に導きだされた答えにすぎないのだからね。そう、ハリ・セルダンが自然科学者ではなく社会科学者であったことを思いだし、それに従って思考を導いていけば、解答はすぐさま得られる。社会科学者にとって〝反対側の端〟とは何を意味するか。地図の向こう端か。もちろんちがう。それは物理的な解釈にすぎない。

第一ファウンデーションは外縁星域に設立された。旧帝国の力がもっとも弱く、文明の影響がもっとも小さく、富と文化がほとんど存在しない場所だ。では、銀河系におけるその社会的反対の端とはどこか。旧帝国の力がもっとも強く、文明の影響がもっとも大きく、富と文化がもっとも豊かに存在している場所。

ここだよ！　すべての中心！　セルダンの時代における帝国首都、トランターだ。

これは必然でもあるのだ。ハリ・セルダンは、おのが仕事を維持・改良・発展させるために第二ファウンデーションを残した。それは五十年前から知られていた、もしくは推測されていたことだ。その仕事にもっとも適しているのはどこか。トランターだ。セルダンの仲間が作業をおこない、何十年にもわたるデータが蓄積されている場所。そして、第二ファウンデーションの目的は、敵から〈プラン〉を守ることだ。それもまた知られたことではないか！　テルミヌスと〈プラン〉にとって最大の危険となり得るのはどこか。

ここだ！　このトランター——衰えつつあるとはいえ、三世紀にわたり、なおそのつもりにさえなればファウンデーションを滅ぼすことのできた帝国の本拠地。

その後トランターが陥落し、略奪され、完全に破壊されたとき、そう、ほんの一世紀ほど前のことだが、わたしたちはもちろん本拠地を守ることができた。この惑星の中でも、帝国図書館とその敷地だけは、なんの被害も受けることなく残された。これもまた銀河系じゅうに知られたことだが、彼らはその圧倒的なまでに明らかなヒントも見逃している。

エブリング・ミスがわれわれを発見したのも、ここトランターにおいてだった。そしてわたしたちは、彼がその発見以後、生き延びることのないよう画策(かくさく)した。そのためには、ごくあたりまえのファウンデーションの娘が、ミュールのとほうもないミュータント能力に打ち勝つよう、手筈を整えなくてはならなかった。もちろんふつうなら、そんな事件が起こった惑星は疑惑を招き寄せるだろう。だがここは、わたしたちがミュールの研究をはじめ、最終的に彼を負かすための計画を立てた惑星だ。そしてまた、アーケイディアが生まれた場所、セルダン計画に偉大なる復帰を果たすべく、一連の出来事がはじまった場所でもあるのだ。

秘密を守るうえでのすべての瑕疵(かし)、大きくあいた穴は、ひとえにセルダンが彼流の言葉を使って〝反対側の端〟といってくれたおかげで気づかれずにすんだ。彼らは彼らのやり方でそれを解釈したからだ」

第一発言者はずいぶん前から学生に話しかけるのをやめていた。これは彼自身にむけての説明であり、解説だった。彼は窓の前に立ち、信じられないほど輝かしい天蓋（てんがい）を、いまや永久に安全となった大銀河系を見あげた。

「ハリ・セルダンはトランターを〝星界の果て〟と呼んだ」第一発言者はささやいた。「ささやかな詩的想像力だよ。かつて、宇宙のすべてはこの岩塊（がんかい）を起点としてひろがっていた。すべての星々がここに依存していた。古い諺（ことわざ）にいうではないか。『すべての道はトランターに通ず。しかしてかの地、すべての星の果つるところなり』」

人類が銀河系と呼ぶこの巨大な集合体の中心部ほど、星々が密集している場所はない。十カ月前、彼は不安にかられながらこの群がる星々をながめていた。だがいま、第一発言者の――プリーム・パルヴァーの丸い赤ら顔には、憂（うれ）いを帯びた満足感が浮かんでいた。

完璧な計画と戦う自由への意志の悲劇性

渡邊利道

　本書は、アメリカの作家アイザック・アシモフの《銀河帝国の興亡》初期三部作の完結編 *Second Foundation* (1953) の新訳である。第一部「ミュールによる探索」は、雑誌〈アスタウンディング・サイエンス・フィクション〉一九四八年一月号に、"Now You See It…"（今度はわかったな――）のタイトルで、第二部「ファウンデーションによる探索」は、同誌四九年十一月、十二月号、一九五〇年一月号に "…And Now You Don't"（――しかもわかっていなくもある）のタイトルで掲載されたもの。単行本にまとめられた経緯は第一巻『風雲編』の牧眞司による解説に詳しい。

　一九四〇年代のアメリカSFは「黄金時代」と言われていて（雑誌掲載のそれらの作品の多くは五〇年代に単行本化された）、《銀河帝国の興亡》初期三部作もその時代を代表する作品の一つ。アシモフはこのシリーズで、R・A・ハインライン、アーサー・C・クラークと並んでビッグ・スリーと呼ばれる有名作家となった。近年も人気は衰えず、配信サービスAppleTV+でドラマ化されたりしている（詳しくは第二巻『怒濤編』の堺三保による解説を参照のこと)。
今回解説を書くにあたって厚木淳訳の旧版から読み直してみたのだが、なるほど古典的名作と呼ぶに相応しく、物語の中で描かれる野蛮な帝国幻想や偏った功利主義や権威主義で科学技術が簡単に失われてしまうことは現在の政治状況を彷彿させるし、また統計力学的な方法で未来を予測する心理歴史学が、近年の計算機科学の応用技術の発展やその心理学との強い結びつきを連想させる。もちろん、いかにも一九四〇年代のアメリカという時代性を感じさせられる部分も多々あるのだが、いまでもじゅうぶんアクチュアルな作品である。

心理歴史学者ハリ・セルダンが銀河帝国の崩壊を予見し、暗黒時代を少しでも短くするために二つのファウンデーションを設立。忘れられた科学技術で野蛮化した帝国を圧倒した第一ファウンデーションは、セルダン計画では予定されていなかった、他者の精神を操ることのできる突然変異体ミュールによって撃破される。しかし、謎に包まれた第二ファウンデーションの存在に脅威を感じたミュールは、銀河全域の制圧を前にしてまず第二ファウンデーションの打倒を誓う、というのが前巻までの物語。

アシモフは本作を構想するにあたって十八世紀の歴史家エドワード・ギボンの『ローマ帝国衰亡史』を参考にしたという。ギボンがローマ帝国の衰退した主要な原因として挙げたのは、ゴートなどの野蛮な異民族の侵入と、ヘブライから現れて帝国を席捲し遂に国教となるキリスト教の影響だったが、アシモフは帝国の外部を設定していない。単に長く続いて空疎(くうそ)な権威主義と政治腐敗が横行、技術革新などの進取の気質が失われて野蛮化するとし、宗教については第一巻で原子力技術を祭儀化して宗教権力で野蛮な辺境国家を制圧する道具に使っただけで、視野の外かと思えば、後述するように帝国を再興させるはずの第二ファウンデーションにむしろ宗教的な佇(たたず)まいがある。

アシモフが、銀河帝国を異星人のいない地球出自の人類だけの世界にしたのは人種問題を小説に組み込まないためだったらしいが、おそらくその方針のために使われる言語がどの地域でも一緒というちょっと異様な世界になっている。

一般に「帝国」という政体には、古代や中世の世界帝国と近代以降の帝国主義国家の二つがあるが、アシモフの銀河帝国がどういうものであるのかは率直に言ってよくわからない。というか、あきらかに古代や中世を想起させる貴族制だったり執筆当時のアメリカと同じような市民社会だったり地域によってバラバラで、ほぼ雰囲気だけの「帝国」に見えるのも、このような外部のない世界観のためだろう。

また、栄華を誇った帝国が衰退し長い暗黒期が訪れ、復興して第二銀河帝国ができる、という設定には、古代ギリシャ・ローマの栄光が失われた後、長い中世の暗黒期を経て、ルネサンス(再生)から革命の世紀へ、という近代的な歴史観が反映していると思われる。

近年では、中世はべつに平坦な暗黒期などではなく、そこには独自の文化的価値があるという見方が有力だが、第二次世界大戦を経て覇権国家としてまさに帝国化していく一九四〇年代のアメリカでは、まだ歴史はずっと単純に理解されていたのがわかる。

宗教に関していえば、ロシア生まれのユダヤ人という出自にもかかわらず、アメリカで物心つき、ユダヤ教の信仰をはじめとする伝統にほとんど無縁で成長したというアシモフ自身の経歴が、いくらかは反映されているのかもしれない。

訳題は「興亡」となっているが、シリーズ全体を見渡しても、基本的に銀河帝国は衰亡していくだけで、第二銀河帝国はその片鱗（へんりん）も現れてこない（ファウンデーションがそのまま第二銀河帝国になるという道筋も考えられなくはないが、年代順でシリーズ最後のパートである『ファウンデーションの彼方へ』『ファウンデーションと地球』の二部作になるとその見通しはかなり怪しくなってしまう）。

実際のところアシモフはあまり物語の先を考えないで書いていたらしく、たとえばセルダン計画を止めるミュールも担当編集者の発案で登場させたらしい。詳しくは後述するが、おそらくそのために年代記風の叙述はミュールが登場したことでほぼ途切れてしまい、この三巻『回天編』では、物語は第二ファウンデーションを探すミュール及び第一ファウンデーションと、その裏をかく第二ファウンデーションの謀略の鬩（せめ）ぎ合いという広義のミステリ的な展開に終始する。どちらも結末はかなり無理があるどんでん返しなのだが、丁寧なロジックの積み重ねで読者を丸め込んでしまうストーリーテリングの妙は見事なものだ。

SF的なアイディアとしては、ミュールや第二ファウンデーションが有する、他人の感情を探知・支配できる能力を、本作第二部の登場人物ダレル博士とその仲間たちが脳波を分析して察知しようとする部分が面白い。

ダレル博士たちは、第一ファウンデーションが物理科学中心の世界観に囚われていて、心理学や社会学などの精神科学を軽んじているために、心理歴史学者たちで構成されるはずの第二ファウンデーションに勝てないと分析し、脳波を機械で測定して精神感応能力を理解しようとする。

アシモフは、当時の本格的とされるSFが自然科学と工学技術を偏重しすぎていて、これからのSFは心理学や社会学などの社会科学をもっと追求しなくてはならないという作家としての問題意識を持っていたのだろうが、いうまでもなくそれは、心理や社会を自然科学的な対象としてみるということであり、物理主義の拡張に他ならない。

ダレル博士の研究は、機械によって人間の感情をコントロールできるまであと一歩のところまで来ているのだが、この『回天編』ではその可能性については追及されず、アシモフは八〇年代以降に再開した後期シリーズでこの問題を再検討することになる。

もっとも、人間を操作するということで言えば、そもそもセルダン計画がそういうものである。

人間集団の行動を数学的に処理して予測する心理歴史学というアイディアは、厳然とした法則性が強調されるので何か決定論的な予測であるように思えるが、実際のところ、その集団行動の法則をその集団のメンバーが知ってしまうとかえって外れてしまう、というアポリアを抱えている。
そのため、一般に科学理論というものはその内容が公開され広く議論されることが前提になっているが、心理歴史学はその性質上セルダン計画を十全に実現するにはその内容を隠蔽しなくてはならないので、きわめて秘教的な性質を帯びている。

さらにミュールが登場し、さまざまな偶然的ファクターで計画が危うくなると、それを修正するために隠された心理歴史学者の集団である第二ファウンデーションの出番となるのだが、そのありようはまさに世界を陰から操る秘密結社そのものである。

第二ファウンデーションの主席は「第一発言者」と呼ばれているが、旧版の《銀河帝国の興亡》の訳者である厚木淳によると、これにはアリストテレスの「第一動者」という森羅万象の原因としての神の概念が込められているということで（それが第一発言者の正体を示唆する伏線にもなっている）、ユダヤ・キリスト教的な神ではないにせよ、そうした宗教的権威が象徴的にはめ込まれているのも、その秘教的性質を強調しているようだ。

第一ファウンデーションは、セルダンの予言を信じて行動し、第一巻の解説で引用された笠井潔の言葉を借りれば、個々の主体性によって計画を肉化していく。それは自分の行為が、どういう結果をもたらすのか無知であるがゆえ、実存的な賭けの部分をかならず含んでいて、それゆえロマンティックな行為となる。それらの人物たちが魅力的であればあるほど、彼らの意思とは無関係に実現していくセルダン計画の完全性とのコントラストが鮮やかに物語を彩るわけである。

しかし、第二ファウンデーションは、むしろ計画にまつわる知を囲い込んで、陰謀論的な方法で世界を操作する。しかもそれは計画を完遂するために多少の犠牲はやむを得ないというかなり残酷なやり方として描かれており、到底ロマンティックとは思えないありようだというべきだろう。稲葉振一郎が『銀河帝国は必要か？　ロボットと人類の未来』（ちくまプリマー新書）という著作で、初期三部作について「ディストピア小説」という評言を与えているのも理解できなくはない。

それゆえ、第三部において読者が感情移入するだろう「主役」側の人間はミュールであったりダレル博士とその愛娘アーケイディアであって、第二ファウンデーションはほとんど謎に包まれた存在に留まる。ミュールも第一ファウンデーションも、みずからが敗れたことを自覚しないまま物語から退場し、その何とも言えない後味の悪いアイロニーは、謎解きの快感の明快さと衝突して物語に複雑な余韻を残す。

現在、世界は計算機科学の応用によるさまざまな「計画」が花盛りで、SF的想像力で未来をデザインする思考も企業などに歓迎されている。また同時に、反ワクチン運動など世界を陰謀論的な枠組みで理解するのも大流行だ。もちろん《銀河帝国の興亡》は、基本的にはロマンティックなエンターテインメント小説であり、その大掛かりな陰謀の謎解きをワクワクしながら推理しあるいは驚き、登場人物たちの運命に一抹の悲哀を感じるのが読み方としては本筋だろう。

しかし、ここで展開される人間にとって最良であると科学的に算出した計画を堅持貫徹しようとする人間たちのエリート主義的な意志と、誰かに操作されることを嫌い、そのことであるいは酷いことになろうとも自由を求める愚かでアナーキーなものたちの戦いから、知識と権力の危うい関係について学べることは多いに違いない。

二〇二二年四月

検印
廃止

訳者紹介　東京女子大学文理学部心理学科卒、翻訳家。主な訳書に、クレメント「20億の針」、ニューマン「ドラキュラ紀元」、ビジョルド「スピリット・リング」他多数。

銀河帝国の興亡3
回天編

2022年5月31日　初版
2023年7月28日　3版

著　者　アイザック・アシモフ

訳　者　鍛治靖子（かじやすこ）

発行所　(株)東京創元社
代表者　渋谷健太郎

162-0814/東京都新宿区新小川町1-5
電　話　03・3268・8231-営業部
03・3268・8204-編集部
URL　http://www.tsogen.co.jp
DTP　工友会印刷
暁印刷・本間製本

乱丁・落丁本は、ご面倒ですが小社までご送付ください。送料小社負担にてお取替えいたします。

©鍛治靖子　2022　Printed in Japan

ISBN978-4-488-60413-4　C0197

SF史上不朽の傑作

CHILDHOOD'S END◆Arthur C. Clarke

地球幼年期の終わり

アーサー・C・クラーク
沼沢洽治 訳 カバーデザイン=岩郷重力+T.K
創元SF文庫

◆

宇宙進出を目前にした地球人類。
だがある日、全世界の大都市上空に
未知の大宇宙船団が降下してきた。
〈上主〉と呼ばれる彼らは
遠い星系から訪れた超知性体であり、
圧倒的なまでの科学技術を備えた全能者だった。
彼らは国連事務総長のみを交渉相手として
人類を全面的に管理し、
ついに地球に理想社会がもたらされたが。
人類進化の一大ヴィジョンを描く、
SF史上不朽の傑作！

創元SF文庫を代表する一冊

INHERIT THE STARS◆James P. Hogan

星を継ぐもの

ジェイムズ・P・ホーガン

池 央耿 訳　カバーイラスト＝加藤直之

創元SF文庫

【星雲賞受賞】

月面調査員が、真紅の宇宙服をまとった死体を発見した。
綿密な調査の結果、
この死体はなんと死後５万年を
経過していることが判明する。
果たして現生人類とのつながりは、いかなるものなのか？
いっぽう木星の衛星ガニメデでは、
地球のものではない宇宙船の残骸が発見された……。
ハードSFの巨星が一世を風靡したデビュー作。
解説＝鏡明

日本SF史に名を刻む壮大な宇宙叙事詩

Legend of the Galactic Heroes◆Yoshiki Tanaka

銀河英雄伝説

全10巻＋外伝全5巻

田中芳樹

カバーイラスト＝星野之宣

銀河系に一大王朝を築きあげた帝国と、
民主主義を掲げる自由惑星同盟(フリー・プラネッツ)が繰り広げる
飽くなき闘争のなか、
若き帝国の将“常勝の天才”
ラインハルト・フォン・ローエングラムと、
同盟が誇る不世出の軍略家“不敗の魔術師”
ヤン・ウェンリーは相まみえた。
この二人の智将の邂逅が、
のちに銀河系の命運を大きく揺るがすことになる。
日本SF史に名を刻む壮大な宇宙叙事詩、星雲賞受賞作。

創元SF文庫の日本SF